U0789621

金陵全書

丁編·文獻類

禪林僧寶傳

（宋）釋惠洪 撰

冷齋夜話

（宋）釋惠洪 輯

南京出版社
南京出版傳媒集團

圖書在版編目（CIP）數據

禪林僧寶傳；冷齋夜話 /（宋）釋惠洪撰、輯. -- 南京：南京出版社, 2023.6

（金陵全書）

ISBN 978-7-5533-4164-4

Ⅰ. ①禪… Ⅱ. ①釋… Ⅲ. ①僧侶 - 生平事迹 - 中國 - 古代②筆記小説 - 小説集 - 中國 - 宋代 Ⅳ. ①B949.92②I242.1

中國國家版本館CIP數據核字（2023）第064973號

書　名　【金陵全書】（丁編·文獻類）
　　　　禪林僧寶傳·冷齋夜話
作　者　（宋）釋惠洪
出版發行　南京出版傳媒集團
　　　　南 京 出 版 社
　　　　社址：南京市太平門街53號　　郵編：210016
　　　　網址：http://www.njcbs.cn　　電子信箱：njcbs1988@163.com
　　　　聯系電話：025-83283893、83283864（營銷）　025-83112257（編務）

出 版 人　項曉寧
出 品 人　盧海鳴
責任編輯　程　瑶
裝幀設計　楊曉崗
責任印製　楊福彬

製　版　南京新華豐製版有限公司
印　刷　南京凱德印刷有限公司
開　本　889毫米×1194毫米　1/16
印　張　48.25
版　次　2023年6月第1版
印　次　2023年6月第1次印刷
書　號　ISBN 978-7-5533-4164-4
定　價　800.00元

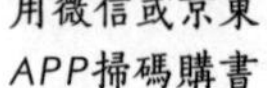
用微信或京東APP掃碼購書

用淘寶APP掃碼購書

總序

南京，古稱金陵，中國著名的四大古都之一，是國務院首批公佈的國家歷史文化名城。

南京有着六十萬年的人類活動史，近二千五百年的建城史，約四百五十年的建都史，享有『六朝古都』『十朝都會』的美譽。南京歷史的興衰起伏在某種程度上可以説是中國歷史的一個縮影。在中華民族光輝燦爛的歷史長河中，古聖先賢在南京創造了舉世矚目、富有特色的六朝文化、南唐文化、明文化和民國文化，爲中華民族文化的傳承和發展做出了不朽貢獻。然而，由於時代的遞遷、戰爭的破壞以及自然的損毀等原因，歷史上南京的輝煌成就以物質文化形態留存下來的相對較少，見諸文獻典籍的則相對較多。南京文獻内涵廣博，卷帙浩繁，版本複雜。截至一九四九年中華人民共和國成立，南京文獻留存下來的有近萬種，在全國歷史文化名城中名列前茅。以六朝《世説新語》《文心雕龍》《昭明文選》，唐朝《建康實録》，宋朝《景定建康志》《六朝事迹編類》，元朝《至正金陵新志》，明朝《洪武京城圖志》《金陵古今圖考》《客座贅語》，清朝《康熙江寧府志》《白下瑣言》，民國《首都計劃》《首都志》《金陵古蹟圖考》等爲代表的南京地方文獻，不僅是南京文化的集中體現，也是中華民族優秀傳統文化的重要組成部分。這些南京文獻，積澱貯存了歷代南京人民的經驗和智慧，翔實地反映了南京地區的社會變遷，是研究南京乃至全國政治、經濟、軍事、文化、外交和民風民俗的重要資料。

歷史上的南京文化輝煌燦爛，各類圖書典籍琳琅滿目。迄今爲止，南京文獻曾經有過三次不同程度的整理。

第一次是距今六百多年前的明朝永樂年間，明朝中央政府在南京組織整理出版了《永樂大典》。《永樂大典》正文二萬二千八百七十七卷，凡例和目録六十卷，分裝成一萬一千零九十五册，總字數約三億七千萬字。書中保存了中國上自先秦、下迄明初的各種典籍資料達七八千種，是中國古代最大的類書。

第二次是民國年間，南京通志館編印了一套《南京文獻》。《南京文獻》每月一期，從一九四七年元月至一九四九年二月共刊行了二十六期，收入南京地方文獻六十七種，包括元明清到民國各個時期的著作，其中收録的部分民國文獻今天已經成爲絶版。

第三次是二〇〇六年以來，南京出版社選取部分南京珍貴文獻，整理出版了一套《南京稀見文獻叢刊》點校本，到二〇二〇年，已經出版了六十九册一百零五種，時代上起六朝，下迄民國，在學術普及方面做出了一定的貢獻。

中華人民共和國成立以來，尤其是改革開放以來，南京的政治、經濟、文化建設飛速發展，但南京文獻的全面系統整理出版工作一直没有得到應有的重視，這與南京這座國家歷史文化名城的地位頗不相稱。據調查，目前有關南京的各類文獻主要保存在南京圖書館、南京市檔案館，以及全國各地的高等院校、科研院所、圖書館、檔案館、博物館，少數流散於民間和國外。一方面，廣大讀者要查閲這些收藏在全國各地的南京文獻殊爲不便；另一方面，許多珍貴的南京文獻隨着歲月的流逝而瀕臨損毁和失傳。南京文獻的存史、資治、教化、育人功能没有得到應有的發揮。

盛世修史（志）。在中華民族和平崛起和大力弘揚民族傳統文化、全力發展民族文化事業的大背景下，在建設『文化南京』的發展思路下，中共南京市委、南京市人民政府於二〇〇九年十二月做出决定，將南京有史以來的地方文獻進行全面系統的匯集、整理和影印出版，輯爲《金陵全書》（以下簡稱《全書》），以更好地搶救和保護鄉邦文獻，傳承民族文化，推動學術研究，促進南京文化建設；同時，也更爲有効地增加南京文獻存世途徑，提昇南京文獻地位，凸顯南京文獻價值。

爲編纂出能够代表當代最高學術水平和科技成就，又經得起時間檢驗的《全書》，我們將編纂工作分成三個階段進行。第一個階段爲調研階段，主要對南京現存文獻的種類、數量、保存現狀以及收藏地點等進行深入細緻的調研，召集專家學者多次進行學術論證和可操作性論證，撰寫出可行性調查報告，爲科學決策提供依據，此項工作主要由中共南京市委宣傳部和南京出版社組織完成。第二個階段爲啓動階段，以二〇〇九年十二月二十四日召開的『《金陵全書》編纂啓動工作會』爲標志，市委主要領導親自到會動員講話，市委宣傳部對《全書》的編纂出版工作作了明確部署。在廣泛徵求專家學者意見的基礎上，確定了《全書》的總體框架設計，確定了將《全書》列爲市委宣傳部每年要實施的重大文化工程，確定了主要參編責任單位和責任人，並分解了任務。第三個階段爲編纂出版階段，主要在全國範圍內進行資料的徵集、遴選和圖書的版式設計、複製、排版及印製工作。

爲了確保《全書》編纂出版工作的順利進行，中共南京市委、南京市人民政府成立了專門的編纂出版組織機構。其中編輯工作領導小組，由中共南京市委、市政府領導以及相關成員單位主要負責人組成；《全書》的編纂出版工作由市委宣傳部總牽頭；學術指導委員會，由蔣贊初、茅家琦、梁白泉等一批全國著名的專家學者組成，負責《全書》的學術審核和把關。

《全書》分爲方志、史料、檔案和文獻四大類。自二〇一〇年起，計劃每年出版四十册左右。鑒於《全書》的整理出版工作難度較大，周期較長，在具體操作中，我們採取了分工協作的方式。市委宣傳部和南京出版社負責《全書》的總體策劃，其中方志部分，主要由南京市地方志編纂委員會辦公室和南京出版傳媒集團·南京出版社共同承擔；史料和文獻部分，主要由南京圖書館承擔；檔案部分，主要由南京市檔案局（館）承擔。《全書》的編輯出版，得到了江蘇省文化廳、江蘇省新聞出版局、江蘇省檔案局（館）、南京大學、南京圖書館、南京市文廣新局、南京市社科聯（社科院）、南京市文聯、金陵圖書館以及各區委宣傳部和地方志辦公室等單位及社會各界的熱情鼓勵和大力支持，尤其是得到了中國國家圖書館和全國各地（包括港臺地區）高等院校、科研院所、圖書館、檔案館、博物館等藏書單位的鼎力相助，在此表示深深的謝意！

我們相信，在中共南京市委、南京市人民政府的長期不懈支持下，在各部門、各單位的積極配合和衆多專家學者的共同努力下，這項功在當代、利在千秋的傳世工程一定能够圓滿完成。

《金陵全書》編輯出版委員會

凡例

一、《金陵全書》（以下簡稱《全書》）收録的南京文獻，分爲方志、史料、檔案和文獻四大類。

二、《全書》按上述四大類分爲甲、乙、丙、丁四編，以不同的封面顏色加以區分；每編酌分細類，原則上以成書時代爲序分爲若幹册，依次編列序號。

三、《全書》收録南京文獻的地域範圍，包括了清代江寧府所轄上元、江寧、句容、溧水、高淳、江浦、六合。

四、《全書》收録的南京文獻，其成書年代的下限爲一九四九年。

五、《全書》收録方志、史料和文獻，盡量選用善本爲底本。《全書》收録的檔案以學術價值和實用價值較高爲原則，一般選用延續時間較長、相對比較完整的檔案全宗。

六、《全書》收録的南京文獻底本如有殘缺、漫漶不清等情況，必要時予以配補、抽換或修描，以保證全書完整清晰；稿本、鈔本、批校本的修改、批注文字等均保留原貌。

七、《全書》收録的南京文獻，每種均撰寫提要，置於該文獻前，以便讀者了解其作者生平、主要内容、學術文化價值、編纂過程、版本源流、底本採用等情况。

八、《全書》所收文獻篇幅較大時，分爲序號相連的若干册；篇幅較小的文獻，則將數種合編爲一册。

九、《全書》統一版式設計，大部分文獻原大影印；對於少數原版面過大或過小的文獻，適當進行縮小或放大處理，並加以説明。

十、《全書》各册除保留文獻原有頁碼外，均新編頁碼，每册頁碼自爲起訖。

總目録

提要

《禪林僧寶傳》三十卷，附《補禪林僧寶傳》《臨濟宗旨》各一卷，宋釋惠洪撰。《冷齋夜話》十卷，宋釋惠洪輯。

惠洪（一〇七一—一一二八），一名德洪，字覺範，時稱洪覺範。自號冷齋、寂音、明白、老儼、儼師、甘露滅、筠溪、石門精舍等，賜號寶覺圓明。俗姓彭，名乘，一説姓喻，或言曾過繼喻氏爲養子。筠州新昌（今屬江西宜豐）人。元豐七年（一〇八四）出家，元祐四年（一〇八九）試經得度，冒惠洪之名獲得僧籍。依廬山歸宗寺真淨克文（一〇二一—一一〇二）禪師參學，得真淨克文之道。大觀元年（一一〇七），出世住持臨川北景德禪寺，自稱其居爲『明白庵』。元符三年（一一〇〇）冬曾至江甯府，游鍾山定林寺。大觀二年（一一〇八）再游金陵，定居定林寺，次年應轉運使吳正仲所請，住清涼寺。惠洪才氣橫溢，頗有詩名，喜結交公卿名士，與蘇軾、黄庭堅、謝逸、李之儀、張商英、陳瓘、郭天信、曾孝序等人皆有交往。一生坎壈，曾多次坐事或被誣入獄，兩度被迫還俗，流放崖州（今屬海南）。其《石門文字禪》有《寂音自序》一文自述生平。宋釋祖琇《僧寶正續傳》卷二有傳。今人周裕鍇《宋僧惠洪行履著述編年總案》一書考其行實甚詳。惠洪工詩能文，著有《林間録》《禪林僧寶傳》《冷齋夜話》《石門文字禪》《天廚禁臠》《智證傳》《臨濟宗旨》等。

《禪林僧寶傳》

惠洪有感於贊甯《宋高僧傳·習禪篇》不爲雲門宗作傳，且其書文體不一，故立志編寫禪宗僧傳，並在游方過程中注意搜集材料。宣和元年（一一一九），他在湘西南台禪寺整理舊藏，得七十多篇，後增補爲八十一篇，遂成《禪林僧寶傳》三十卷。

《禪林僧寶傳》收載晚唐五代至北宋著名禪僧傳記，計有八十一人，始於曹山本寂（八四〇—九〇一），迄於黄龍惟清（？—一一一七），以北宋禪僧居多。除法系不明者數人外，青原十一人、曹洞宗十人、臨濟宗十七人、雲門宗十五人、黄龍派十五人、法眼宗五人、溈仰宗一人、楊岐派四人。此前禪史著作，或以記言爲主，如《景德傳燈録》《古尊宿語録》等燈録和語録，或以記事爲主，如《楞伽師資記》《歷代法寶記》等僧傳。《禪林僧寶傳》既載傳主機緣語句，又記其行事，傳後有讚語，創僧史著作新體例。該書取材於禪師塔銘、僧傳、燈録，還有惠洪的親見親聞，來源可靠，故成爲後來一些禪宗史籍的重要資料來源。此書歷代評價褒貶不一，詳見陳垣《中國佛教史籍概論》。楊曾文、陳自力等人曾指出一些疏誤，儘管有一些不足，但其仍不失爲研究唐宋禪宗史的重要史籍。

《禪林僧寶傳》卷末附有《補禪林僧寶傳》和《臨濟宗旨》各一卷。《補禪林僧寶傳》題『舟峰庵沙門慶老』撰，補傳三人，即五祖演禪師、雲巖新禪師、南嶽石頭志庵主。柳田聖山《禪林僧寶傳譯注》指出，慶老是大慧宗杲（一〇八九—一一六三）弟子，他補三僧傳記反映出兩宋之際大慧宗杲一系得勢的時代背景。《臨濟宗旨》援引古德尊宿提唱，數舉與張商英、朱彦論禪之語，闡論三玄三要、十智同真、四賓主等法要，意在標舉臨濟綱宗。《臨濟宗旨》長期附於《禪林僧寶傳》後，二十世紀初日本京都藏經書院刊行《卍續藏經》將其移出，收入禪宗著述部。

《禪林僧寶傳》於宣和六年（一一二四）初次刊行，廣泛流傳，南宋時又多次重刻。元明以後，迭經刊印，版本更多，現存版本大致可分爲明刊本系統、清刊本系統以及日本流傳系統。

明刊本系統，主要有南京圖書館藏本、天津圖書館藏本、國家圖書館藏本、普林斯頓大學東亞圖書館藏本、嘉興藏本。皆爲三十卷，目録分上中下，版式皆爲左右雙邊，每半頁十行十九字，有行格，細黑口，單花魚尾，版心中鐫『僧寶傳』及卷次。國家圖書館藏本、天津圖書館藏本、嘉興藏本爲三册，南京圖書館藏本、普林斯頓大學東亞圖書館藏本爲八册。書後附題『舟峰庵沙門慶老』撰《補禪林僧寶傳》一卷，以及惠洪《臨濟宗旨》一卷。

南京圖書館藏本封面鈐有『八千卷樓珍藏善本』印。襯頁黏貼手書『禪林僧寶傳三十二卷附臨濟宗旨明刊本』提要一則，與丁丙《善本書室藏書志》所録《禪林僧寶傳》提要内容基本一致，可知爲丁丙手稿。卷首鈐有『嘉惠堂藏閲書』『江蘇第一圖書館善本書室之印記』『南京圖書館藏』等印，可知該書由丁氏八千卷樓入藏南京圖書館的經過。正文有佚名句讀，天頭有佚名作校語，其他諸本無之。

清刊本系統，主要有《四庫全書》本和常熟刻本。《四庫全書》本，三十卷，全六册，無目録。常熟刻本爲光緒六年（一八八〇）常熟刻經處刊，三十卷，全三册，首册有完整目録。書後均附慶老《補禪林僧寶傳》以及惠洪《臨濟宗旨》。

日本流傳系統的版本也有很多，較有代表性的是五山本系列、寬永本和卍續藏經本。五山本系列版本首先是永仁三年（一二九五）刊本，仍保留宋版樣式，此外還有南北朝後半期刊行的有界十一行二十字本、室町初期開版的有界十三行二十五字本。寬永本，有寬永二十一年（一六四四）敦賀屋久兵衛據五山本重刊本，以及寬永二十一年京都文台屋治郎兵衛刊本。卍續藏經本，内容與寬永本基本一致，由此知其據寬永本整理而成。不同地方在於卍續藏經本有完整目録，每卷題署『宋明白庵居沙門惠洪撰』，天頭有校語，部分禪師標注世系。

《金陵全書》收録的《禪林僧寶傳》以南京圖書館藏明刊本爲底本影印出版。

王榮湟　鄧明婷

『冷齋』本爲惠洪自號，《石門文字禪》卷十六《英上人手録〈冷齋〉爲示戲書其尾》曰：『五鼎八珍非我事，曲眉清倡乞人爭。一帙冷齋夜深話，青燈相對聽秋聲。』可見此書乃因其號得名。晁公武《郡齋讀書志》稱《冷齋夜話》『崇觀間記一時雜事』，郭紹虞《宋詩話考》據此判定此書當作於崇甯元年（一一〇二）至大觀四年（一一一〇）之間。周裕鍇《宋僧惠洪行履著述編年總案》提出不同意見，因其書卷三《李元膺喪妻長短句》條有『許彦周曰』等語，推斷此條必作於宣和三年（一一二一）夏惠洪與許顗交遊期間。另許顗《彦周詩話》亦記載二人就《冷齋詩話》評李商隱語討論一事，可證《冷齋夜話》當成書於宣和三年左右，且時有增删。按是書雜記見聞，所涉人事時間跨度較大，恐非作於一時一地，或崇甯、大觀年間即已動筆，最終定稿於宣和年間。惠洪《英上人手録〈冷齋〉爲示戲書其尾》一詩作於宣和四年（一一二二）冬，詳其詩意，是時此書已定稿，故《冷齋夜話》的最後完成時間當在宣和三年夏至宣和四年冬之間。

《冷齋夜話》的主要内容，正如《四庫全書總目提要》所言『是書雜記見聞，而論詩者居十之八』，性質介於筆記小說與詩話之間，歷代書目往往將其列入小說類，如宋晁公武《郡齋讀書志》、陳振孫《直齋書録解題》，元脫脫《宋史·藝文志》、馬端臨《文獻通考》等，明毛晉《津逮秘書》跋文亦稱其爲『小說家言』。《四庫全書總目提要》則因其『雜記見聞』歸入子部雜家類，並未歸入詩文評。而筆記小說與詩話在體制方面本來關係密切，日本近藤元粹專收詩話的《螢雪軒叢書》即曾收録此書，郭紹虞《宋詩話考》亦加論述，今人多以詩話視之。書中論詩敘事，每條篇幅不長，爲數十字或數百字不等。篇前皆標有題目，然或冗遝過甚，或拙鄙不文，甚至有與内容相背或有違史實者，恐爲後人所妄加，非此書原有。

《冷齋夜話》於宋代評價不高。陳振孫《直齋書録解題》直斥其書『所言多誕妄』，晁公武《郡齋讀書志》於惠洪《筠溪集》提要中言：『著書數萬言，如《林間録》《禪林僧寶傳》《冷齋夜話》之類，皆行於世。然多誇誕，人莫之信云。』吴曾《能改齋漫録》提及《冷齋詩話》曰：『予嘗以覺範不學，故每爲妄語。』陳善《捫虱新話》甚至專列《〈冷齋夜話〉誕妄》一條，稱惠洪爲高自標榜，僞造黄庭堅和詞贈詩。或因惠洪作爲方外人士而喜結交公卿，好附庸風雅，至有『浪子和尚』之譏，故爲南宋人所輕。然其書記載了大量北宋特别是元祐時人的語録軼事，縱有誇誕之嫌，仍可據此一窺當時的士林風貌與文人心態，尤其是宋代士大夫與禪僧的交遊情狀，具有不可忽視的史料價值。書中大量引用黄庭堅語，雖不無引以自重之嫌，但也賴此保留了許多黄庭堅的論詩見解，例如對後世影響甚大的『奪胎换骨』之説即首見於此書。此外，惠洪本人文采出衆，論詩亦有見地，正如《四庫全書總目提要》所云：『惠洪本工詩，其詩論實多中理解。所言可取則取之，其托於聞之某某，置而不論可矣。』書中記載趣聞軼事生動細緻，有很强的可讀性，也具有較高的文學價值。

《冷齋夜話》的卷數，諸史志著録不一，《郡齋讀書志》與《文獻通考》作六卷，《直齋書録解題》作十卷，《宋史·藝文志》作十三卷，而流傳至今的版本皆爲十卷。該書版本情況較爲複雜，現存最早的版本爲國家圖書館藏元至正三年（一三四三）刻本殘卷。《中國叢書綜録》著録現存完整十卷本《冷齋夜話》版本爲：《稗海》本、《津逮秘書》本、《四庫全書》本、《學津討原》本、《筆記小説大觀》本、《殷禮在斯堂叢書》本、《叢書集成初編》

本。其中流傳最廣、影響最大者爲明《稗海》本與《津逮秘書》本，據學者考證，其他版本多源出於此二本。此外，《故宮珍本叢刊》收録故宮博物院藏『元至正三年』刻本，據考實爲明人僞造，但成書時間早於《稗海》本與《津逮秘書》本，具有一定的文獻價值。日韓等國家亦有諸多版本的《冷齋夜話》流傳，其中學界公認年代最古、品質最高者爲五山本，今藏於東洋文庫的岩崎文庫，爲覆元刊本。

《金陵全書》收録的《冷齋夜話》以南京圖書館藏毛氏汲古閣《津逮秘書》本爲底本影印出版。

陶　慧

金陵全書

丁編·文獻類

禪林僧寶傳

（宋）釋惠洪 撰

南京出版社
南京出版傳媒集團

釋家類

禪林僧寶傳三十卷附臨濟宗旨　明刊本

明白庵居沙門惠洪撰

惠洪名德洪字覺範筠州人大觀中遊丞相張商英之門後謫朱崖著有冷齋夜話十卷是書前有宣和六年長沙侯延慶序稱達磨六傳至大鑒鑒之後析而為二其一由石頭雲門曹洞法眼宗之其一為馬祖臨濟溈仰宗之是為五家宗派嘉祐中達觀曇穎禪師嘗為之傳載其機緣語句而略其始終行事德洪載其入道之緣臨終之効又取雲門臨濟兩家之裔嶄然絕出者合八十一人各為傳而繫之以贊其才則宗門之遷固也又寶慶丁亥張宏序稱舊本藏於廬阜失於回祿山僧廣遇重為校梓[illegible]至順[illegible]絕際庵主以舊版湮滅募緣鋟木及半而沒[illegible]次年師弟比丘善立[illegible]成之附臨濟宗旨一卷舟峰庵沙門慶老撰[illegible]補禪僧寶傳一卷

摩竭掩室毗耶杜口以真實際離文字故自曹溪滴水派别五家建立經宗開示方便法源一濬波流益洪同歸薩婆若海然欲識佛性義當觀時節因緣從古明大法人莫非瑰瑋傑特之材不受世間繩束是以披緇祝髮内游衆請必至於發明己事而後已蓋有或因言而

悟入或目擊而道存一剎那間轉凡成
聖時節因緣各自不同苟非具載本末
則後學無所考證此僧寶傳之所由作
也是書之傳有年矣白辟繅藉見出愛
慕舊藏在廬阜後失於田祿錢塘風篁
山之僧廣遇慮其湮沒即舊本校讎鋟
梓以与諸方共之十餘年而書始成其

用心亦勤矣魏亭趙元藻一見遇於湖山之上慧炬相燭袖其書以歸囑予為一轉語予與遇未覿面今披是書知其志趣千里同風且見遇覺範與八十一人者把臂並行若有因書者發得意忘言之即同入此道場則靈山一會儼然未散不為分外寶慶丁亥中春上澣臨川

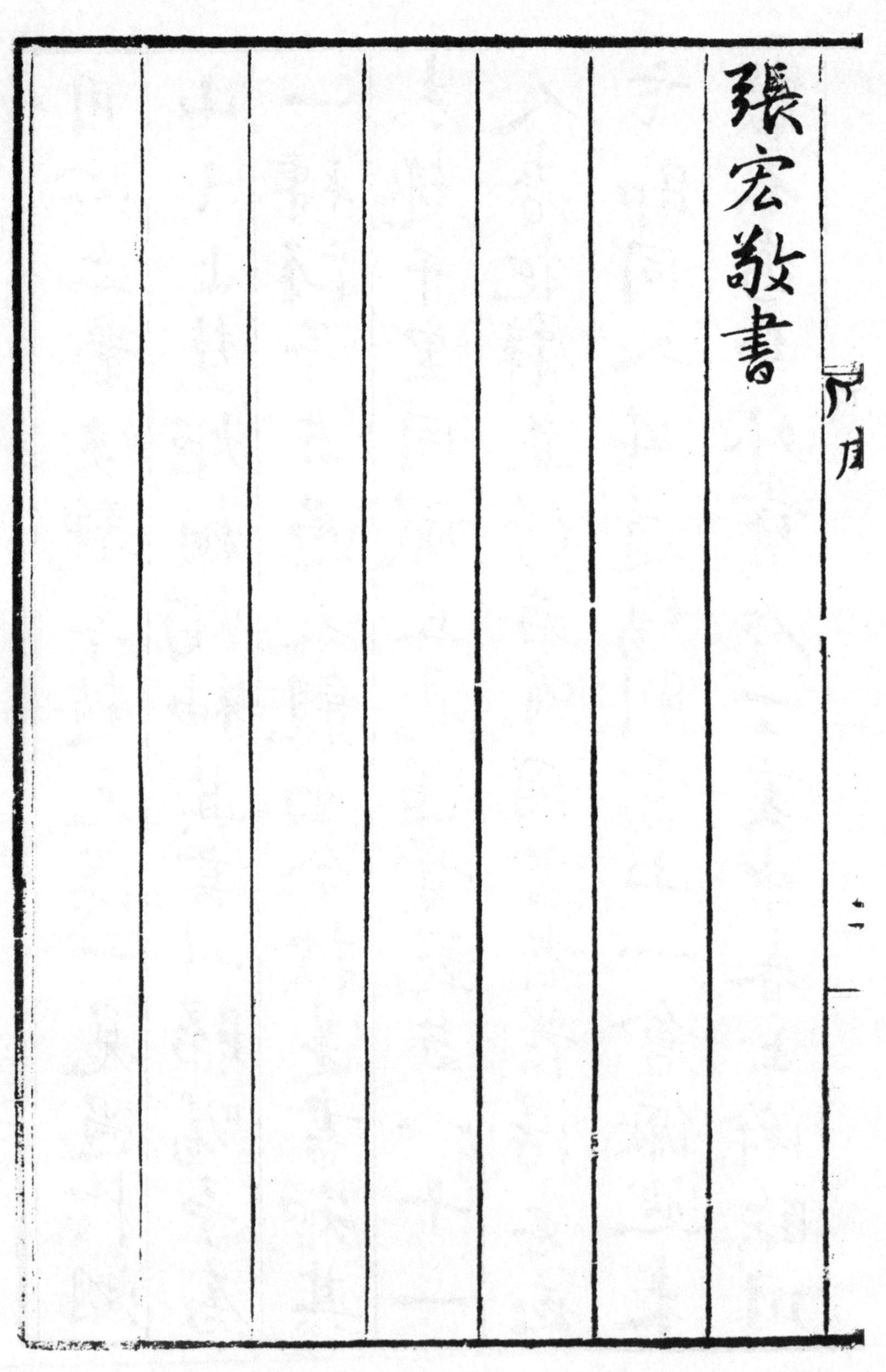
張宏敬書

禪林僧寶傳引

覺範謂余曰自達磨之来六傳至大鑒鑒之後析為二宗其一為石頭雲門曹洞法眼宗之其一為馬祖臨濟潙仰宗之是為五家宗派嘉祐中達觀曇頴禪師嘗為之傳載其機緣語句而畧其始終行事之迹德洪以謂影由形生響逐

聲起既載其言則入道之緣臨終之効有不可唐捐者遂盡掇遺編别記苴以諸方宿衲之傳又自嘉祐至政和取雲門臨濟兩家之裔嶄然絶出者合八十有一人各為傳而繫之以賛分為三十卷書成於湘西之南臺目之曰禪林僧寶傳俾為我作文以弁其首余索其書

而觀之其識達其學詣其言詠而正其事簡而完其辭精微而華暢其旨廣大空寂窅然而深矣其才則宗門之遷固也使八十一人者布在方冊芒寒色正燁如五緯之麗天人皆仰之或由此書也夫覺範初閱汾陽昭語脫然有省而印可於雲菴真淨嘗涉患難瀕九死口

絶怨言而無不足之色其發爲文章者

蓋其緒餘土苴云

宣和六年三月甲子長沙侯延慶引

禪林僧寶傳目録上

禪林僧寶傳第一至十

禪林僧寶傳第一

明白庵居沙門　惠洪　撰

撫州曹山本寂禪師 青原六世

禪師諱躭章，泉州莆田黄氏子。幼而奇逸，爲書生不甘處俗。年十九，弃家入福州靈石山。六年乃剃髮受具。咸通初，至高安謁悟本禪師价公，依止十餘年。价以爲類己，堪任大法，於是名冠叢林。將辭去，价曰：三更當來，授汝曲折。時矮師叔者知之，蒲伏繩床下，价不知也。中夜授章先雲巖所付寶鏡三昧、五位顯訣、三種滲漏。畢，再拜趨出。矮師叔引

董香治 五峰子

頸呼曰洞山禪入我手矣价大驚曰盜法倒屙無及矣後皆如所言寶鏡三昧其詞曰如是之法佛祖密付汝今得之其善保護銀盌盛雪明月藏鷺類之弗齊混則知處意不在言來機亦赴動成窠臼差落顧佇背觸俱非如大火聚但形文彩即屬染污夜半正明天曉不露爲物作則用拔諸苦雖非有爲不是無語如臨寶鏡形影相覩汝不是渠渠正是汝如世嬰兒五相完具不去不來不起不住婆婆和和有句無句終必得物語未正故重離六爻偏正回互疊而爲三變盡成五如莖草味如

馵音注馬縶足

金剛杵正中妙挾敲唱雙舉通宗通塗挾帶挾路錯然則吉不可犯忤天真而妙不屬迷悟因緣時節寂然昭著細入無間大絕方所毫忽之差不應律呂今有頓漸緣立宗趣宗趣分矣即是規矩宗通趣極真常流注外寂中搖係駒伏鼠先聖悲之爲法檀度隨其顛倒以緇爲素顛倒想滅肯心自許要合古轍請觀前古佛道垂成十刼觀樹如虎之缺如馬之馵以有下劣寶几珎御以有驚異黧奴白牯羿以巧力射中百步箭鋒相直巧力何預木人方歌石兒起舞非情識到寧容思慮臣奉於

君子順於父不順非孝不奉非輔潛行密用如愚
若魯但能相續名主中主五位君臣偈其詞曰正
中偏三更初夜月明前莫怪相逢不相識隱隱猶
懷昔日嫌偏中正失曉老婆逢古鏡分明覿面更
無真休更迷頭猶認影正中來無中有路出塵埃
但能不觸當今諱也勝前朝斷舌才偏中至兩刃
交鋒要囬避好手還同火裏蓮宛然自有冲天氣
兼中到不落有無誰敢和人人盡欲出常流折合
終歸炭裏坐三種滲漏其詞曰一見滲漏謂機不
離位墮在毒海二情滲漏謂智常向背見處偏枯

三語滲漏謂體妙失宗機昧終始學者濁智流轉
不出此三種綱要偈三首其一名敲唱俱行偈曰
金針雙鏁備挾路隱全該寶印當空妙重重錦縫
開其二名金鎖玄路偈曰交互明中暗功齊轉覺
難力窮尋進退金鏁網鞔鞔其三名理事不涉偈
曰理事俱不涉回照絕幽微背風無巧拙電火爍
難追黎明章出山造曹溪禮祖塔自螺川還止臨
川有佳山水因定居焉以志慕六祖乃名山為曹
示衆曰僧家在此等衣線下理須會通向上事莫
作等閑若也承當處分明卽轉他諸聖向自己背

後方得自由若也轉不得直饒學得十成却須向他背後叉手說什麼大話若轉得自巳則一切麤重境來皆作得主宰假如涯裏倒地亦作得主宰如有僧問藥山曰三乘教中還有祖意也無荅曰有曰既有達磨又來作麽荅曰只爲有所以來豈非作得主宰轉得歸自巳乎如經曰大通智勝佛十刧坐道場佛法不現前不得成佛道言刧者滯也謂之十成亦曰斷滲漏也只是十道頭絕矣不忘大果故云守住耽着名爲取次承當不分貴賤我常見叢林好論一般兩般還能成立得事麽此

等但是說向去事路布汝不見南泉曰饒汝十成猶較王老師一線道也大難事到此直須子細始得明白自在不論天堂地獄餓鬼畜生但是一切處不移易元是舊時人只是不行舊時路若有忻心還成滯着若脫得揀什麼古德云只恐不得輪迴汝道作麼生只如今人說箇淨潔處愛說向去事此病最難治若是世間麤重事却是輕淨潔病爲重只如佛味祖味盡爲滯着先師曰擬心是犯戒若也得味是破齋且喚什麼作味只是佛味祖味纔有忻心便是犯戒若也如今說破齋破戒即

今三羯磨時早破了也若是麤重貪瞋癡雖難斷却是輕若也無爲無事净潔此乃重無以加也祖師出世亦只爲這箇亦不獨爲汝今時莫作等閑黧奴白牯修行却快不是有禪有道如汝種種馳求覔佛覔祖乃至菩提涅槃幾時休歇成辨乎皆是生滅心所以不如黧奴白牯兀兀無知不知佛不知祖乃至菩提涅槃及以善惡因果但飢來喫草渴來飲水若能恁麼不愁不成辨不見道計較不成是以知有乃能披毛戴角牽犂拽耒得此便宜始較些子不見彌勒阿閦及諸妙喜等世界被

他向上人喚作無慚愧懈怠菩薩亦曰變易生死尚恐是小懈怠在本分事合作麽生大須子細始得人人有一坐具地佛出世侵他不得恁麽體會修行莫趂快利欲知此事饒今成佛成祖去也只這是便墮三塗地獄六道去也只這是雖然没用處要且離他不得須與他作主宰始得若作得主宰卽是不變易若作主宰不得便是變易也不見永嘉云莽莽蕩蕩招殃禍問如何是莽莽蕩蕩招殃禍曰只這箇摠是問曰如何免得曰知有卽得用免作麽但是菩提涅槃煩惱無明等摠是不要

免乃至世間麤重之事，但知有，便得不要免免即同變易去也。乃至成佛成祖、菩提涅槃，此等殃禍爲不小，因什麽如此？只爲變易，若不變易，直須觸處自由始得。香嚴閑禪師會中有僧問：如何是道？閑曰：枯木裏龍吟。又問：如何是道中人？閑曰：髑髏裏眼睛。其僧不領，辭至石霜，問諸禪師曰：如何是枯木裏龍吟？諸曰：猶帶喜在。又問：如何是髑髏裏眼睛？諸曰：猶帶識在。又不領，乃問章曰：如何是枯木裏龍吟？章曰：血脉不斷。又問：如何是髑髏裏眼睛？章曰：乾不盡。又問：有得聞者否？章曰：盡大地未有一人不聞、又問未審是何章句、章曰不知是何章句、聞者皆喪、乃作偈曰、枯木龍吟眞見道、髑髏無識眼初明、喜識盡時消息盡。當人那辨濁中清、有僧以紙爲衣、號爲紙衣道者、自洞山來、章問如何是紙衣下事、僧曰、一裘才挂體、萬事悉皆如、又問如何是紙衣下用、其僧前而拱立曰諾、卽脱去、章笑曰、汝但解恁麽去、不解恁麽來、僧忽開眼曰、一靈眞性不假胞胎時如何、章曰未是妙、僧曰如何是妙、章曰不借借、其僧退坐於堂中而化、章作偈曰、覺性圓明無相身、莫將知見妄踈親、念異便於玄體昧。心差不與道爲鄰。情分萬法。沉前境識鑒多端。喪本眞。若向句中全曉。會了然無事。昔時人。僧問五位君臣旨訣。章曰。正位卽空界。本來無物。偏位卽色界。有萬形像。偏中至者。捨事入理。正中來者。背理就事。兼帶者。冥應衆緣。不隨諸有。非染非净。非正非偏。故曰虛玄大道。無着眞宗。從上先德。推此一位。最妙最玄。要當審詳辨明。君爲正位。臣是偏位。臣向君是偏中正。君視臣是正中偏。君臣道合。是兼帶語。問如何是君。曰妙德尊寰宇。高明朗太虛。問如何是臣。曰靈機宏聖道。眞智利群生問如何是臣向君曰不墮諸異趣凝情望聖容問如何是君視臣曰妙容雖不動光燭不無偏問如何是君臣道合曰混然無内外和融上下平又曰以君臣偏正言者不欲犯中故臣稱君不敢斥言是也此吾法之宗要作偈曰學者先須識自宗莫將真際雜頑空妙明體盡知傷觸力在逢緣不借中出語直教燒不着潛行須與古人同無身有事超歧路無事無身落始終又曰凡情聖見是金鎖玄路直須囬互夫取正命食者須具三種墮一者披毛戴角二者不斷聲色三者不受食有稠布衲

者問曰披毛戴角是什麽墮章曰是類墮問不斷聲色是什麽墮曰是隨墮問不受食是什麽墮曰是尊貴墮夫冥合初心而知有是類墮知有而不礙六塵是隨墮維摩曰外道六師是汝之師彼師所墮汝亦隨墮乃可取食食者正命食也食者亦是就六根門頭見覺聞知只不被他染污將爲墮且不是同也章讀杜順傅大士所作法身偈曰我意不欲與麽道門弟子請別作之既作偈又注釋之其詞曰渠本不是我(非我)我本不是渠(非渠)渠無我即死(仰汝取活)我無渠即余(不別有)渠如我是佛(要且不是佛)我

如渠即驢二俱不立不食空王俸若遇御飯直須吐却何假雁傳書不通信我說橫身唱爲信唱君看背上毛不與你作相似如謹白雪將謂是白雪猶恐是巴歌南州帥南平鍾王雅聞章有道盡禮致之不赴但書偈付使者曰摧殘枯木倚寒林幾度逢春不變心樵客見之猶不採郢人何事苦搜尋天復辛酉夏夜問知事今日是幾何日月對曰六月十五章曰曹山平生行脚到處只管九十日爲一夏明日辰時吾行脚去及時焚香宴坐而化閱世六十有二坐三十有七夏門弟子塟全身於山之西阿塔曰福圓

贊曰：寶鏡三昧，其詞要妙，雲巖以授洞山，疑藥山所作也。先德懼屬流布，多珍秘之，但五位偈、三種滲漏之語，見於禪書。大觀二年冬，顯謨閣待制朱彥世英赴官錢塘，過信州白華巖，得於老僧。明年，持其先公服，予往慰之，出以授予，曰：「子當爲發揚之。」因疏其溝封，以付同學，使法中龍象神而明之，盡微細法執，興洞上之宗，亦世英護法之志也。

禪林僧寶傳第一

禪林僧寶傳第二

韶州雲門大慈雲弘明禪師

禪師名文偃，姑蘇嘉興人也。少依兜率院得度，性豪爽，骨面豐頰，精銳絕倫，目纖長，瞳子如點漆，眉秀近睫，視物凝遠，博通大小乘，弃之游方。初至睦州，聞有老宿飽參古寺，掩門織蒲屨養母，往謁之。方扣門，老宿揕之曰：道道。偃驚不暇荅，乃推出曰：秦時𨍏轢鑽。隨掩其扉，損偃右足。老宿名道蹤，嗣黃蘗斷際禪師，住高安米山寺，以母老東歸，叢林號陳尊宿。偃得旨辭去，謁雪峯存，存方堆桅坐，為

衆說法偃犯衆出熟視曰項上三百斤鐵枷何不
脫却存曰因甚到與麽偃以手自拭其目趨去存
心異之明日陞座曰南山有鼈鼻蛇諸人出入好
看偃以拄杖攛出又自驚慄自是輩流改觀又訪
乾峯峯示衆曰法身有三種病二種光須是一一
透得更有照用同時向上一竅偃乃出衆曰庵内
人爲什麽不見庵外事於是乾峯大笑曰猶是學
人疑處在乾峯曰子是什麽心行曰也要和尚相
委乾峯曰直須恁麽始得穩坐偃應喏喏又訪曹
山章公問如何是沙門行章曰喫常住苗稼者曰

便與麽去時如何，章曰：汝還畜得麽？曰：學人畜得。章曰：汝作麽畜？曰：着衣喫飯，有什麽難？章曰：何不道披毛戴角？偃卽禮謝。又訪踈山仁，仁問得力處道將一句來。曰：請高聲問。仁卽高聲問。偃笑曰：今早喫粥麽？仁曰：喫粥。曰：亂叫喚作麽？仁公駭之。又過九江，有陳尚書飯偃而問曰：儒書卽不問，三乘十二分教自有講師，如何是衲僧行脚事？曰：曾問幾人來？曰：卽今問上座。偃曰：卽今且置，作麽生是教意？曰：黄卷赤軸。偃曰：此是文字語言，作麽生是教意？曰：口欲談而辭喪，心欲緣而慮忘。偃曰：口欲談而辝喪、爲對有言、心欲緣而慮忘、爲對妄想、作麼生是教意、尚書無以訓之、偃曰、聞公常看法華經是否、曰不敢、曰經曰、治生產業皆與實相不相違背、且道非非想天有幾人退位、又無以訓之、偃呵譏之而去、造曹溪禮塔、訪靈樹敏公、爲第一座、先是敏不請第一座、有勸請者、敏曰、吾首座巳出家久之、又請、敏曰、吾首座巳行脚悟道久之、又請、敏曰、吾首座巳度嶺矣、姑待之、少日偃至、敏迎笑曰、奉遲甚久、何來暮耶、即命之、偃不辝而就職、俄廣主劉王將興兵、就敏決可否、敏前知之、手封奩子語侍者曰王來出以似之於是怡然坐而歿王果至聞敏已化大驚問何時有疾而遽亾如是耶侍者乃出奩子如敏所誡呈之王發奩得簡曰人天眼目堂中上座劉王命州牧何承範請偃繼其法席又迎至府開法俄遷止雲門光泰寺天下學者望風而至示衆曰江西即說君臣父子湖南即說他不與麽我此間即不如此良久曰汝還見壁麽又曰從上來且是箇什麽事如今抑不得已且向諸人道盡大地有什麽物與汝爲緣爲對若有針鋒許與汝爲隔爲礙與我拈將來喚什麽作佛

喚什麽作祖喚什麽作山河大地日月星辰將什麽爲四大五蘊我與麽道喚作三家村裏老婆說話忽然遇着本色行脚漢聞與麽道把脚拽向階下有什麽罪過雖然如是據箇什麽道理便與麽莫趂口快向這裏亂道須是箇漢始得忽然被老漢脚跟下尋着没去處打脚折有什麽罪過卽與麽如今還有問宗乘中話者麽待老漢荅一轉了東行西行又曰盡乾坤一時將來着汝眼睫上汝諸人聞恁麽道不敢望汝出來性燥把老僧打一摑且緩緩子細看是有是無是箇什麽道理直饒

汝向這裏明得若遇衲僧門下、好槌脚折又曰三乘十二分教、横說竪說天下老和尚縱横十字說、與我拈針鋒許說底道理來看與麽道早是作死馬醫、雖然如此且有幾箇到此境界不敢望汝言中有響句、裏藏鋒、瞬目千差風恬浪静又曰我事不獲已向汝道直下無事早是相埋没也、更欲踏步向前尋言逐句求覔解會千差萬別廣設問難贏得一場口滑去道轉遠有什麽歇時此箇事、若在言語上三乘十二分教豈是無言因什麽道教外別傳若從學解機智得只如十地聖人說法、如雲如雨猶被佛呵謂見性如隔羅縠以此故知一切有心天地懸殊雖然如是若是得底人道火何曾燒口終日說事何曾掛着牙齒何曾道着一字終日着衣喫飯何曾觸一粒米掛一縷絲然猶是門庭之說須是實得與麼始得若約衲僧門下句裏呈機徒勞竚思直饒一句下承當得猶是瞌睡漢偃以足跛甞把拄杖行見衆方普請舉拄杖曰看看北欝單越人見汝般柴不易在中庭裏相撲供養汝更爲汝念般若經曰一切智智清淨無二無二分無別無斷故衆環擁之久不散乃曰汝諸

人無端走來這裏覓什麽老僧只管喫飯屙屎別解作什麽汝諸方行脚叅禪問道我且問汝諸方叅得底事作麽生試舉看於是不得已自誦三平偈曰即此見聞非見聞回視僧曰喚什麽作見聞又曰無餘聲色可呈君謂僧曰有什麽口頭聲色又曰箇中若了全無事謂僧曰有什麽事又曰體用無妨分不分乃曰語是體體是語舉拄杖曰拄杖是體燈籠是用是分不分不見道一切智智清淨又至僧堂中僧爭起迎偃立而語曰石頭道回互不回互僧便問作麽生是不回互偃以手指曰

這箇是板頭又問作麽生是囲乎曰汝喚什麽作板頭永嘉云如我身空法亦空千品萬類悉皆同汝立不見立行不見行四大五蘊不可得何處見有山河大地來是汝每日把鉢盂噇飯喚什麽作飯何處更有粒米來僧問生法師曰敲空作響擊木無聲如何偃以拄杖空中敲曰阿耶阿耶又擊板頭曰作聲麽僧曰作聲曰這俗漢又擊板頭曰喚什麽作聲偃以乾祐元年七月十五日赴廣主詔至府留止供養九月甲子乃還山謂衆曰我離山得六十七日且問汝六十七日事作麽生衆莫

能對偃曰何不道和尚京中喫麵多聞擊齋皷曰皷聲咬破我七條乃指僧曰抱取猫兒來良久曰且道皷因甚置得衆無對者乃曰因皮置得我尋常道一切聲是佛聲一切色是佛色盡大地是箇法身枉作箇佛法知見如今拄杖但喚作拄杖見屋但喚作屋又曰諸法不異者不可續鳧截鶴夷嶽盈壑然後爲無異者哉但長者長法身短者短法身是法住法位世間相常住舉拄杖曰拄杖子不是常住忽起立以拄杖擊繩床曰適來許多葛藤貶向什麽處去也靈利底見不靈利底着我熱

謾偃契悟廣大其游戲三昧乃如此而作爲偈句尤不能測如其網宗偈曰康氏圓形滯不明魔深虛喪擊寒氷鳳羽展時超碧漢晉鋒八博擬何憑又曰是機是對對機迷闢機塵遂遠塵棲夕日日中誰有掛因底底事隔塵迷又曰喪時光藤林荒徒人意滯肌尩又曰咄咄咄力口希禪子訝中眉垂又曰上不見天下不見地塞却咽喉何處出氣笑我者多哂我者少每顧見僧卽曰鑒咦而録之者曰顧鑒咦德山密禪師刪去顧字但曰鑒咦叢林目以爲抽顧頌北塔祚禪師作偈曰雲門顧鑑

笑嘻嘻。擬議遭渠頥鑒咦。任是張良多智巧。到頭於是也難施。偃以南漢乾和七年四月十日、坐化而示、即大漢乾祐二年也、以全體葬之本朝太祖乾德元年、雄武軍節度推官阮紹莊夢偃以拂子招曰、寄語秀華宮使特進李托、我在塔久可開塔乎托時奉使韶州監修營諸寺院、因得紹莊之語奏聞奉聖旨同韶州牧梁延鄂至雲門山啓塔見偃顏貌如昔、髭髮猶生、具表以聞、有旨李托、迎至京師。供養月餘。送還山、仍改爲大覺禪寺、謚大慈雲匡真弘明大師、贊曰：予讀雲門語句，驚其辯慧淵旋，波險如河漢之無極也。想見其人奇偉傑茂，如慈恩、大達輩。及見其像，頹然傴坐胡牀，廣顙平頂，類宣律師。奇智盛德，果不可以相貌得耶？公之全機大用，如月臨衆水，波波頓見，而月不分；如春行萬國，處處同至，而春無迹。蓋其妙處不可得而名狀，所可知而言者，春容月影耳。嗚呼，豈所謂命世亞聖大人者乎？

禪林僧寶傳第二

禪林僧寶傳第三

汝州風穴沼禪師　　汝州首山念禪師

汾州太子昭禪師

汝州風穴沼禪師

師諱延沼，以僞唐乾寧三年十二月生於餘杭劉氏。少魁礨，有英氣，於書無所不覽，然無經世意。父兄強之仕，一至京師，即東歸，從開元寺智恭律師剃髮受具。游講肆，玩法華玄義，修止觀定慧，宿師爭下之。弃去，遊名山，謁越州鏡清怤禪師，機語不契。北遊襄沔間，寓止華嚴。時僧守廓者，自南院顒公所來華嚴陞座曰若是臨濟德山高亭大愚鳥窠舡子下兒孫不用如何若何便請單刀直入廓出衆便喝華嚴亦喝廓又喝華嚴亦喝廓禮拜起指以顧衆曰這老漢一場敗缺喝一喝歸衆風穴心奇之因結爲友遂默悟三玄旨要嘆曰臨濟用處如是耶廓使更見南院問曰入門須辯主端的請師分南院左拊其膝風穴便喝南院右拊其膝風穴亦喝南院曰左邊一拍且止右邊一拍作麽生風穴曰瞎南院反取拄杖風穴笑曰盲枷瞎棒倒奪打和尚去南院倚拄杖曰今日被黃面淅子

鈍置風冗曰大似持鉢不得詐言不飢南院曰子到此間乎曰是何言歟南院曰好問汝曰亦不可放過便禮拜南院喜賜之坐問所與遊者何人對曰襄州與廓侍者同夏南院曰親見作家風冗於是俯就弟子之列從容承稟曰聞智證南院曰汝秉願力來荷大法非偶然也問曰汝聞臨濟將終時語不曰聞之曰臨濟曰誰知吾正法眼藏向這瞎驢邊滅却渠平生如師子見卽殺人及其將歿何故屈膝妥尾如此對曰密付將終全主卽滅又問三聖如何亦無語乎對曰親承入室之真子不

同門外之遊人南院頷之又問汝道四種料簡語料簡何法對曰凡語不滯凡情卽墮聖解學者大病先聖哀之爲施方便如楔出楔曰如何是奪人不奪境曰新出紅鑪金彈子簉破闍梨鐵面門又問如何是奪境不奪人曰蒭草乍分頭腦裂亂雲初綻影猶存又問如何是人境俱奪曰躡足進前須急急促鞭當鞅莫遲遲又問如何是人境俱不奪曰常憶江南三月裏鷓鴣啼處百花香又問曰臨濟有三句當日有問如何是第一句臨濟曰三要印開朱點窄未容擬議主賓存風穴隨聲便喝

又曰如何是第二句臨濟曰妙解豈容無着問漚和争赴截流機風穴曰未問已前錯又問曰如何是第三句臨濟曰但看棚頭弄傀儡抽牽全藉裏頭人風穴曰明破卽不堪於是南院以爲可以支臨濟幸不辜負興化先師所以付託之意風穴依止六年辭去後唐長興二年至汝水見草屋數椽依山如逃亾人家問田父此何所田父曰古風穴寺世以律居僧物故又歲飢衆弃之而去餘佛像皷鐘耳風穴曰我居之可乎田父曰可風穴入留止日乞村落夜燃松脂單丁者七年檀信爲新之

成業林偽晉天福二年州牧聞其風盡禮致之上元日開法嗣南院偽漢乾祐二年牧移守郢州風穴又避寇往依之牧館于郡齋寇平汝州有宋太師者施第爲寶坊號新寺迎風穴居焉法席冠天下學者自遠而至陞座曰先師曰欲得親切莫將問來問會麽問在荅處荅在問處雖然如是有時問不在荅處荅不在問處汝若擬議老僧在汝脚跟底大凡叅學眼目直須臨機大用現前勿自拘於小節設使言前薦得猶爲滞殻迷封句下精通未免觸途狂見應是向來依他作解明昧兩岐與

汝一切掃却直教箇箇如師子兒吒呀地對衆證據哮吼一聲壁立千仞誰敢正眼覷着覷着即瞎却渠眼又曰若立一塵家國興盛野老顰顇不立一塵家國喪亡野老安貼於此明得闍梨無分全是老僧於此不明老僧即是闍梨闍梨與老僧亦能悟却天下人亦能瞎却天下人欲識闍梨麽拊其左脥曰這裏是欲識老僧麽拊其右脥曰這裏是于時莫有善其機者僞周廣順元年賜寺名廣慧二十有二年以宋開寶六年癸酉八月旦日登座説偈曰道在乗時須濟物遠方來慕自騰騰他

年有叟情相似日日香煙夜夜燈至十五日跏趺而化前一日手書別檀越閱世七十有八坐五十有九夏有得法上首住汝州首山念禪師

汝州首山念禪師

禪師諱省念生狄氏萊州人也幼弃家得度於南禪寺爲人簡重有精識專修頭陁行誦法華經叢林畏敬之目以爲念法華至風穴隨衆作止無所叅扣然終疑教外有別傳之法不言也風穴每念大仰有讖臨濟一宗至風而止懼當之熟視座下堪任法道無如念者一日陞座曰世尊以青蓮目

顧迦葉正當是時且道箇什麽若言不說而說又成埋沒先聖語未卒念便下去侍者進曰念法華無所言而去何也風穴曰渠會也明日念與真上座俱詣方丈風穴問真曰如何是世尊不說說對曰勃姑樹頭鳴風穴曰汝作許多癡福何用乃顧念曰如何對曰動容揚古路不墮悄然機風穴謂真曰何不看渠語又一日陞座顧視大衆念便下去風穴即歸方丈自是聲名重諸方首山在汝城之外荒遠處而念居之將終身焉登其門者皆叢林精練衲子念必勘驗之留者纔二十餘輩然天

下稱法席之冠。必指首山。甞問僧不從人薦得底事。試道看。僧便喝。曰好好相借問。惡發作麼。僧又喝。念曰今日放過卽不可。僧擬議。念喝之。又問僧近離何處。曰襄州。曰夏在何處。曰洞山。念曰還我洞山鼻孔來。僧曰不會。念曰却是老僧罪過。又問僧近離何處。對曰廣慧。曰穿雲不渡水。渡水不穿雲。離此二途。速道。曰昨夜宿長橋。念曰與麼則合喫首山棒也。曰尚未叅堂。曰兩重公案。僧曰恰是。念曰耶耶。又問僧近離何處。對曰襄州。曰有事相借問得麼。對曰便請。念曰鷂子過新羅。僧入室。念便喝其僧禮拜便打之僧曰如何是不生不滅法曰新羅人喫冷淘夜有僧入室念曰誰僧不對曰識得汝也僧笑念曰更莫是別人麼因作偈曰輕輕踏地恐人知語笑分明更莫疑知者只今猛提取莫待天明失却雞嘗謂衆曰佛法無多子只是汝輩自信不及若能自信千聖出頭來無奈汝何何故如此爲向汝面前無開口處秖爲汝自信不及向外馳求所以到這裏假如便是釋迦佛也與汝三十棒然雖如是初機後學憑箇什麼道理且問汝輩還得與麼也未良久曰若得與麼方名無

事。又曰：諸上座不得胡喝亂喝。尋常向汝道，賓卽始終賓，主卽始終主。賓無二賓，主無二主。若有二賓二主，卽是兩箇瞎漢。又曰：我若立，汝須坐；我若坐，汝須立。坐卽共汝坐，立卽共汝立。雖然如是，到者裏着眼始得。若也定動，中間卽千里萬里。何故如此？如隔窻見馬騎相似。既然如此，直須子細，不得掠虛。好他時後日賺着汝。有事近前，無事珎重。因舉臨濟曰：今日更不用如何若何，便須單刀直入。還有出來對衆證據者麽？時有僧出禮拜，起便喝。臨濟亦喝。僧又喝，臨濟亦喝。僧禮拜，臨濟曰：須是這僧卽得若是別人三十棒一棒校不得爲這僧會賓主句他一喝不作一喝用且道前一喝是後一喝是那箇是賓那箇是主所以老僧尋常向汝道這裏一喝不作一喝用有時以喝作問行有時作探竿影草有時作踞地師子有時作金剛王寶劒若作問行來時須急着眼始得若作探竿影草時你諸人合作麼生若作踞地師子時野干須屎尿出始得若作金剛王寶劒用時天王也須腦裂只與麼撗喝竪喝惣喚作好道理商量卻旣知如此也須親近上流博問先知自已親證始得莫

與麽掠虛過却平生、他時後日、因果歷然。僧問學人乍入叢林、乞師指示。曰闍梨在老僧會多少時。對曰已經冬夏。曰莫錯舉似人。乃曰若論此事、寔不掛一元字脚。便下座。嘗作綱宗偈曰咄哉拙郎君、（汾陽注曰素縶條然）巧妙無人識、（運機非面目）打破鳳林關、（蕩盡玲瓏性）着靴水上立。（塵泥自異）咄哉巧女兒、（汾陽曰妙智理圓融）攛梭不解織、（無間功不立）看他鬭雞人、（旁觀審騰距爭功不自傷）水牛也不識。（全力能負不露頭角）念道被天下、移寶安山廣教院。衆不過四十輩、老於寶應。淳化三年十二月初四日、留僧過歲、作偈曰吾今年邁六十七、老病相依且過日、今年記取明年事、明年記着今年日、至明年十二月初四日陞座辭衆曰、諸子謾波波、過却幾恒河、觀音指彌勒、文殊不柰何、良久曰、白銀世界金色身、情與無情共一真、明暗盡時都不照、日輪午後示全身、日午後泊然而化、闍維得五色舍利、塔于首山、嫡嗣昭禪師、

汾州太子昭禪師

禪師諱善昭、生俞氏、太原人也、器識沉邃、少緣飾、有大智、於一切文字、不由師訓、自然通曉、年十四、父母相繼而亾、孤苦厭世相、剃髮受具、杖策游方、

徹洞石門[illegible]

所至少留不喜觀覽或譏其不韻昭嘆之曰是何言之陋哉從上先德行脚正以聖心未通驅馳決擇耳不緣山水也昭歷諸方見老宿者七十有一人皆妙得其家風尤喜論曹洞石門徹禪師者蓋其派之魁奇者昭作五位偈示之曰五位叅尋切要知纖毫纔動卽差違金剛透匣誰能曉唯有那吒第一機舉目便令三界靜振鈴還使九天歸正中妙挾通回互擬議鋒鋩失却威徹拊手稱善然昭終疑臨濟兒孫别有奇處最後至首山問百丈卷簟意旨如何曰龍袖拂開全躰現昭曰師意如

契聰即明教

何曰象王行處絶狐蹤於是大悟言下拜起而曰萬古碧潭空界月再三撈摝始應知有問者曰見何道理便爾自肯曰正是我放身命處服勤甚久辭去游湘衡間長沙太守張公茂宗以四名刹請昭擇之而居昭笑一夕遯去北抵襄沔寓止白馬太守劉公昌言聞之造謁以見晚爲嘆時洞山谷隱皆虛席衆議歸昭太守請擇之昭以手揶揄曰我長行粥飯僧傳佛心宗非細職也前後八請堅卧不荅淳化四年首山殁西河道俗千餘人協心削牘遣沙門契聰迎請住持汾州太平寺太子院

昭閉關高枕。聰排闥而入。讓之曰。佛法大事。靜退小節。風穴懼應讖。憂宗旨墜滅。幸而有先師。先師已弃世。汝有力荷擔如來大法者。今何時而欲安眠哉。昭矍起。握聰手曰。非公不聞此語。趣辦嚴。吾行矣。既至。宴坐一榻。足不越閫者三十年。天下道俗慕仰。不敢名。同曰汾州。并汾地苦寒。昭罷夜參。有異比丘振錫而至。謂昭曰。會中有大士六人。柰何不説法。言訖。陞空而去。昭密記以偈曰。胡僧金錫光。請法到汾陽。六人成大器。勸請爲敷揚。時楚圓守芝號上首。叢林知名。龍德府尹李侯。與昭有舊虛承天寺致之使三反不赴使者受罰復至曰必欲得師俱往不然有死而已昭笑曰老病業已不出院借往當先後之何必俱耶使者曰師諾則先後唯所擇昭令設饌且俶裝曰吾先行矣停箸而化閱世七十有八坐六十五夏

贊曰風穴倦游見草屋單丁止住者七年首山精嚴不出山者二十年汾州儼臨人天不越閫者三十年是皆哲人事業之見於微細者也然猶卓絕如此況其大者乎吾何足以知之然觀其死生之際如賈胡傳吏留即留去即去嗚呼是其所以起

臨濟也

禪林僧寶傳第三

禪林僧寶傳第四

福州玄沙備禪師　漳州羅漢琛禪師

金陵清凉益禪師

福州玄沙備禪師

禪師名師備，福州閩縣謝氏子。少漁於南臺江上，及壯，忽弃舟從芙蓉山靈訓禪師斷髮，詣南昌開元道玄律師所受具足戒。芒鞵布衲，食纔接氣，宴坐終日，衆異之。兄視雪峯，而師承之，雪峯呼爲頭陀。每見之，曰：再來人也，何不徧叅去？對曰：達磨不來東土，二祖不往西天。雪峯然之。備結屋玄沙，衆相尋而至，遂成叢林說法與契經冥合，諸方有未明要義，皆從決之，備曰：佛道閑曠，無有塗程，無門爲解脫之門，無見作道人之見，不在三際，豈有昇沉，建立乖真，不屬造作，動即涉塵勞之境，靜則沉昏醉之鄉，動靜雙泯，即落空亾，動靜雙收，即漫汗佛性，必須對其塵境，如枯木寒灰，但臨時應用，不失其宜，如鏡照像，不亂光輝，如鳥飛空，不雜空色，所以十方無影像，三界絕行蹤，不墮往來機，不住中間相，鐘中無皷響，皷中無鐘聲，鐘皷不交參，句句無前後，如壯士展臂，不借他力，如師子游行，豈求伴侶九霄絶翳何用穿通一段光明未曾昏昧到這裏體寂寂常皎皎赤赫赩無邊表圓覺空中不動搖呑爍乾坤迥然照出世者元無出入蓋名相無體道本如如法爾天真不因修證只要虛閑不昧作用不涉塵泥若纖毫不盡卽落魔界且句前句後是學人難處所以云一句當機八萬法門生死路絶直似秋潭月影靜夜鐘聲隨扣擊以無虧觸波瀾而不散猶是生死岸頭事道人行處如火銷氷箭旣離弦無反回勢所以牢籠不肯住呼喚不迴頭古聖不安排至今無處所步步登玄不

屬邪正，識不能識，智不能知，動便失宗，覺卽迷旨，二乘膽戰，十地䰟驚，語路處絕，心行處滅，直得釋迦掩室於摩竭，凈名杜口於毗耶，須菩提唱無說而顯道，釋梵絕視聽而雨花，與麼現行，無疑此外更疑何事，勿棲泊處，離去來今，限約不得，尋思路絕，不因莊嚴，本來清凈，動用語笑，隨處明了，更無少欠，時人不悟，妄自涉塵，處處染着，頭頭繫絆，縱悟則塵境紛紛，名相不實，更擬凝心斂念，攝事歸空，隨有念起，旋旋破除，細想纔生，卽便遏捺，如此見解，卽是落空亾底外道，䰟不散底死人，冥冥寞寘無覺無知塞耳偷鈴徒自欺誑我這裏則不然也更不隈門旁戶分明句句現前不屬商量不涉文字權名出家兒畢竟無蹤跡真如凡聖地獄天堂皆是療狂子之方都無實事虛空尚無改變大道豈有昇沉悟則縱横不離本際到這裏凡聖也無立處若向句中作意則沒溺汝學人若向外馳求又屬魔王眷屬如如不動沒可安排恰似燄鑪不藏蚊蚋本來平坦何用剗除動轉施爲是真解脫纖毫不受措意便差借使千聖出頭來也安排他一字不得又曰仁者如今事不獲已教我抑下

多少威光苦口相勸百千方便道如此如彼共相知聞盡成顛倒知見將此咽喉脣吻秖成得箇野狐精業謾汝我還肯麽只如今有過無過唯我自知汝又爭得會若是恁麽人出頭來甘伏呵責夫爲人師匠大不容易須是善知識始得我如今恁麽道方便助汝猶尚不能覯得可中渾舉宗乘是汝向什麽處措手還會麽四十九年是方便秖如靈山會上有百千衆唯有迦葉一人親聞餘皆不聞汝道聞底事作麽生不可道如來無說說迦葉不聞聞便當得否不可是汝修因成果福智莊嚴

底事知麽且道吾有正法眼藏付囑大迦葉我道猶如話月曹谿竪拂還同指月所以道大唐國内宗乘未有一人舉唱設有一人舉唱盡大地人失却性命無孔鐵鎚相似一時亾鋒結舌去汝諸人賴我不惜身命共汝顛倒知見隨汝狂意方有申問處我若不共汝與麽知聞去汝向什麽處得見我會麽大難大難備疾大法難舉罕遇上根學者依語生解隨照失宗乃示綱宗三句曰第一句且自承當現成具足盡十方世界更無他故秖是仁者更教誰見誰聞都來是汝心王所爲全成不動

智只欠自承當、喚作開方便門使汝信有一分眞常流注、亘古亘今、未有不是未有不非者、然此句只成平等法、何以故、但是以言遣言、以理逐理、平常性相、接物利生耳、且於宗旨猶是明前不明後號爲一味平實、分證法身之量、未有出格之句、然在句下、未有自由分、若知出格量、不被心魔所使入到手中、便轉換落落地、言通大道、不墮平懷之見、是謂第一句、綱宗也、第二句、廻因就果、不着平常、一如之理、方便喚作轉位投機、生殺自在、縱奪隨宜、出生入死、廣利一切、迥脫色欲愛見之境、方便喚作頓超三界之佛性此名二理雙明二義齊照不被二邊之所動妙用現前是謂第二句綱宗也第三句知有大智性相之本通其過量之見明陰洞陽廓周沙界一真體性大用現前應化無方全用全不用全生全不生方便喚作慈定之門是謂第三句綱宗也因見亡僧謂衆曰亡僧面前正是觸目菩提萬里神光頂後相學者多溟涬其語梁開平二年戊辰十二月二十七日示疾而化閱世七十有四坐四十四夏備狀短小然精神可掬與閩帥王審知爲内外護審知盡禮延至安國禪

院衆、盈七百、石頭之宗至是遂中興之有得法上首羅漢琛禪師、

漳州羅漢琛禪師

禪師、名桂琛、生李氏、常山人也、幼卓越絶酒胾、見萬壽寺無相律師、卽前作禮、無相拊其首曰、若從我乎、乃欣然依隨之、父母不逆也、年二十餘、卽剃髮爲大僧、無相使習毗尼、一日爲衆陞堂宣戒本布薩已、乃曰、持犯但律身而已、非真解脱也、依文作解、豈發聖乎、一衆愕然、琛顧笑、爲無相作禮辭去、無相不強、初謁雪峯存公、不大發明、又事玄沙、

遂臻其奥、與慧球者齊名、號二大士、琛能秘重大法、痛自韜晦、然叢林指目、以爲雪峯法道之所寄也漳州牧王公、請住城西石山十餘年、遷止羅漢破垣敗簀人、不堪其憂、非忘身爲法者不至、僧問如何是羅漢一句、曰我若向汝道却成兩句、又問以字不成八字不是是甚字、琛曰汝不識此字耶曰不識、琛曰看取其下注脚、琛嘗垂頭頹然、坐折木床、見僧來、卽舉拂子、曰會麽、對曰謝和尚指示學人琛曰、見我豎起拂子、便道指示學人、汝每日見山見水、可不指示汝耶、又見僧來舉拂子、其僧禮拜稱賛琛曰見我竪起拂子便禮拜賛嘆那裏掃地竪起掃箒爲甚不賛嘆有僧來報保福遷化也琛曰保福遷化地藏入塔琛時住地藏乃石山也于時學者莫測其旨琛憫之爲作明道偈其詞曰至道淵曠勿以言宣言宣非指孰云有是觸處皆渠豈喻眞虛眞虛設辨如鏡中現有無雖彰在處無傷無傷無在何拘何礙不假功成將何法爾法爾不爾俱爲脣齒若以斯陳埋沒宗旨宗非意陳無以見聞見聞不脫如水中月於此不明翻成剃法一法有形翳汝眼睛眼睛不明世界崢嶸我

宗奇特當陽顯赫佛及衆生皆承恩力不在低頭思量難得摻破面門蓋覆乾坤快須薦取脫却根塵其如不曉謾說而今後唐天成三年戊子秋琛復至閩城舊止徧游近城諸刹乃還示微疾沐浴安坐而化閱世六十有二坐四十二夏闍維收舍利建塔有得法上首清凉益禪師

金陵清凉益禪師

禪師諱文益餘杭魯氏子七齡秀發依新定全偉律師落髮詣越州開元希覺律師受具足戒及覺公盛化四明益往習毗尼工文章覺大奇之俄辯

去祊謁長慶稜道者無所契悟與菩脩洪進自漳州抵湖外將發而雨谿壯不可濟顧城隅有古寺解包休于門下雨不止入堂有老僧坐地鑪見益而曰此行何之曰行脚去又問如何是行脚事對曰不知曰不知最親益疑之三人者附火舉肇公語至天地與我同根處老僧又曰山河大地與自己是同是別益曰同琛竪兩指熟視曰兩箇即起去益大驚周行廊廡讀字額曰石山地藏顧語脩輩曰此老琛禪師也意欲留止語未卒琛又至雨已止業已成行琛送之問曰上座尋常說三界唯

心乃指庭下石曰此石在心内在心外益曰在心内琛笑曰行脚人着甚來由安塊石在心頭耶益無以對之乃俱求決擇尋皆出世益住臨川崇壽僧子方者問曰公久親長慶乃嗣地藏何意哉益曰以不解長慶説萬象之中獨露身故子方舉拂子示之益曰撥萬象不撥萬象子方曰不撥萬象益曰獨露身[口*尔]子方曰撥萬象益曰萬象之中[口*尔]子方於是悟旨嘆曰我幾枉度此生益謂門弟子曰趙州曰莫費力也大好言語何不仍舊去世間法尚有門佛法豈無門自是不仍舊故諸佛諸祖

秪於仍舊中得如初夜鐘不見有絲毫異得與麼恰好聞時無一聲子鬧何以故爲及時節無心曰欻且不是欻止於一切秪爲不仍舊忽然非次聞時諸人盡驚愕道鐘子怪鳴也且如今日道孟夏漸熱則不可方隅一日能校多少向五月一日道便成賺須知校絲髮不得於方便中向上座道不是時蓋爲賺所以不仍舊寶公曰蹔時自肯不追尋歷劫何曾異今日還會麼今日只是塵劫但着衣喫飯行住坐卧晨參暮請一切仍舊便爲無事人也又曰見道爲本明道爲功便能得大智慧力

若未得如此三界可愛底事直教去盡纔有纖毫還應未可秖如汝輩睡時不瞋便喜此是三界昏亂習熟境界不惺惺便昏亂蓋緣汝輩雜亂所致古人謂之夾幻金即是真其如鑛何若覷得徹骨徹髓是汝輩力脫未能如是觀察他什麽樓臺殿閣諸聖未必長把却汝手汝未必依而行之古今如此也又曰出家兒但隨時及節便得寒即寒熱即熱欲識佛性義當觀時節因緣古今方便不少石頭初看肇論至會萬物爲己者其唯聖人乎則曰聖人無己靡所不己乃作參同契首言竺土大

儞心無過此語也中間亦只尋常說話夫欲會萬物爲自己去蓋盡大地無一法可見已而又囑曰光陰莫虛度所以告汝輩但隨時及節便得若也移時失候卽虛度光陰於非色中作色解於非色作色解卽是移時失候且道色作非色解還當得否若與麼會便是沒交涉正是癡狂兩頭走有什麼用處但守分過時好嘗指竹問僧曰還見麼曰見益曰竹來眼裏眼到竹邊曰惣不與麼益笑曰死急作麼有偈曰三界唯心萬法唯識唯識唯心眼聲耳色色不到耳聲何觸眼眼色耳聲萬法成

辨萬法匪緣豈觀如幻大地山河誰堅誰變周顯德五年戊午七月十七日示疾李國主駕至慰問甚勤閏月剃髮沐浴辭衆訖跏趺而化顏貌久而如生閱世七十有四坐五十有四夏公卿李建勳已下素服奉全身于江寧丹陽鄉建塔謚大法眼禪師

贊曰玄沙論三句初無金銀銅輪之語不然殆與教乘何異哉琛公精深廣大唯以直下便見擬成剩法爲要非三句所能管攝也益以仍舊自處以絕滲漏句爲物煩事邊幅而求明乃其的孫豈所

謂深山大澤龍蛇所由生者耶

禪林僧寶傳第四

禪林僧寶傳第五

潭州石霜諸禪師　邵武龍湖聞禪師

筠州九峯虔禪師　吉州禾山殷禪師

潭州石霜諸禪師

禪師名慶諸，廬陵新淦陳氏子也。生而神俊，標致閑暇。年十三，獨游南昌，愛西山，往游，覽忘返。沙門紹鑾與語，奇之，謂人曰：此兒自奮如此，他日未易量也。容納之。諸事之十年，如一日，乃剃髮，詣嵩嶽受具。時洛下毗尼之學盛，諸睨視講習良久而去。有勸之者，諸不荅。聞湘中有南宗法道，往造大溈時祐禪師席下萬指諸頤籍名役作勤勞杵臼間甚久祐見之簸處曰檀信物不可拋撒曰不敢祐俯拾得一粒曰此非拋撒者耶諸擬對之祐曰勿輕此一粒百千粒從此粒生曰即如是此粒從何生乎祐爲大笑明日陞座曰大衆米裏有蟲然諸疑終不決至道吾智禪師所依止問曰和尚百年後有人問極則事如何向伊道智喚沙彌沙彌至智曰添淨瓶水着却問諸曰汝適何所問諸理前語智即起去諸於是悟其旨時方爲二夏僧去隱于瀏陽之陶家坊人無知者有僧自洞山來諸問

价公比有何言句曰洞山曰初秋夏末直須向萬里無寸草處去然對之者多不契諸曰何不道出門便是草洞山旋聞其語驚曰瀏陽乃有古佛耶自是僧多往依之乃住成法席號霜華山山去道吾密邇智公將化以諸爲正傳弃其衆從諸諸迎居正寢智行必掖坐必侍智歿時衆已輻湊如雲謂衆曰一代時教整理時人手脚凡有其由皆落在今時直至法身非身名爲極致而我輩沙門全無肯路若分卽差不分卽坐着淨水但由心意妄說見聞僧問如何是西來意曰空中一片石僧禮

拜曰會麼曰不會諸曰賴汝不會汝若會打破汝頭諸坐室中僧窓外問咫尺之間爲什麼不見師顔諸曰我道徧界不曾藏僧至雪峯舉似存禪師而曰石霜意旨如何存公曰什麼處不是石霜後傳此語至諸諸笑曰老漢有什麼死急諸不出霜華二十年學者刻意師慕至堂中有不臥屹然枯株者天下謂之枯木衆唐僖宗聞其名遣使齎賜紫伽梨諸不受光啓四年戊申二月二十日巳亥安坐而化閲世八十有二坐五十有九夏塟全身於寺之西北隅謚普會塔曰無相有得法上首兩

人龍湖聞禪師九峯乾禪師

邵武龍湖聞禪師

禪師名普聞唐僖宗太子生而吉祥眉目風骨清真如畫不茹葷僖宗鍾愛之然以其無經世意百計陶寫之終不囬聞霜華之風夢寐想見中和元年天下大亂僖宗幸蜀親王宗室皆逃亾不相保守聞斷髮逸游人無知者造石霜諸與語嘆異曰汝乘願力而來乃生帝王家脫身從我火中芙蓉也聞夜入室懇曰祖師別傳事肯以相付乎諸曰勿謗祖師曰天下宗旨盛大豈妄爲之耶諸曰是

實事曰師意如何諸曰待案山點頭即向汝説破聞俯而惟曰大奇汗下再拜即日辭去至邵武城外見山欝然深秀問父老彼有居者否曰有一苦行隱其中聞撥草望烟起處獨進苦行見至欣然讓其廬曰上人當興此長揖而去不知所之聞飯木實飲谷而住十餘年一日有老人來拜謁聞曰丈丈家何許至此何求老人曰我家此山有求於師然我非人龍也以疲墮行雨不職上天有罰當死賴道力可脱聞曰汝得罪上帝我何能致力雖然汝當易形來俄失老人所在視座榻旁有小蛇

尺許延緣入袖中屈蟠暮夜風雷挾坐榻電砰雨射山岳爲搖振而聞危坐不傾逮旦晴霽垂袖蛇墮地而去頃有老人至泣淚曰自非大士之力爲血腥穢此山矣念何以報厚德即穴巖下爲泉曰他日衆多無水何以成叢林此泉所以延師也泉今爲湖在半山號龍湖邦人聞其事富者施財貧者施力翕然而成樓觀游僧至如歸湖之側有神極靈禍福此邦民俗畏敬之四時以牲饗祭聞杖策至廟與之約曰能食素持不殺戒乃可爲鄰不然道不同不相爲謀何山不可居乎是夕邦之父

老夢神告語曰聞禪師爲我受戒我不復血食祭我當如比丘飯足矣自是神顯異迹護持此山聞將化令擊鐘集衆跏趺而坐說偈我逃世難來出家宗師指示箇歇處住山聚衆三十年對人不欲輕分付今日分明說似君我斂目時齊聽取於是斂目安坐寂然良久撼之已化矣塔于本山謚圓覺禪師史不書名但書僖宗二子建王宸益王陞然亦失其母氏位及薨年月傳不書聞受業受具所讀偈云我逃世難來出家疑石霜亦其落髮師歟

筠州九峯虔禪師

禪師名道虔劉氏福州候官人也容姿開豁明濟氣壓叢林至霜華諸禪師見之謂人曰此道人從上宗門爪牙也諸殁時虔作侍者衆請堂中第一座嗣諸住持方議次虔犯衆曰未可須明先師意旨乃可耳衆曰先師何意虔曰只如道古廟香鑪一條白練如何會第一座曰是明一色邊事虔曰果不會先師意於是第一座者起炷香誓曰我若會先師意香煙滅則我脫去不然煙滅不能脫言卒而脫去虔拊其背曰坐脫立亾不無首座會先

師意卽未也廬于普會塔之旁三年而去經行于末山之下住崇福寺僧問無間中人行什麼行曰畜生行曰畜生復行什麼行曰無間行曰此猶是長生路上人曰汝須知有不共命者曰不共什麼命曰長生氣不常復曰大衆還得命麼欲知命流泉是命湛寂是身千波競起是文殊境界一亘晴空是普賢牀榻其次借一句子是指月於中事是話月從上宗門中事如節度使符信且如諸先德未建許多名目指陳已前諸人約什麼體格商量這裏不假三寸試話會看不假耳根試採聽看不

假兩眼試辨白看所以道聲前拋不出句後不藏形盡乾坤都來是汝當人箇自體向什麽處安眼耳鼻舌莫向意根下圖度作解盡未來際亦未有休歇分所以古人道擬將心意學玄宗大似西行却向東先是馬大師歿於豫章開元寺門弟子懷海智藏輩塟舍利於海昏石門海亦廬塔十餘年乃泝溤川上車輪峯逢司馬頭陀勸海留止因不復還石門虔自九峯往游焉遂成法席爲泐潭第一世繼海遺蹤也吳順義初告衆安坐而化塔于寺之西號圓寂謚大覺禪師得法上首殷禪師

吉州禾山殷禪師

禪師名無殷生吴氏福州人也七齡雪峯存禪師見之愛其純粹化其親令出家年二十乃剃落受具辭游方至九峯虔公問汝遠來何所見當由何路出生死對曰重昏廓闢盲者自盲虔笑以手揮之曰佛法不如是殷不懌請曰豈無方便曰汝問我殷理前語問之曰奴見婢慇懃殷於是依止十餘年虔移居石門亦從之及虔殁去游廬陵至永新見東南山奇勝乃尋水而往有故寺基葢文德中異僧達奚道場遂定居學者雲集唐後主聞其

名詔至金陵問佛法大意久之有旨延居楊州祥光寺懇辭歸西山詔住翠巖又住上藍寺賜號澄源禪師建隆元年庚申二月示有微疾三月二日令侍者開方丈集大衆曰後來學者未識禾山即今識取於是泊然而化閲世七十坐夏五十謚法性禪師塔曰妙相

贊曰石霜言徧界不曾藏而其子聞公臨化曰今日分明説似君我歛目時齊聽取九峯言盡乹坤是汝當人自體何處安眼耳鼻舌而其子殷公臨化曰後來學者未識禾山即今識取于觀其父子

兄弟語言行履如形著影出聲呼谷應而近世禪
者尚佇思可悲憐也

禪林僧寶傳第五

禪林僧寶傳第六

南康雲居宏覺膺禪師　洛浦安禪師

雲居宏覺膺禪師

禪師名道膺，幽州玉田人也，生于王氏，兒稚中，骨氣深穩，言少理多，十歲出家於范陽延壽寺，又十五年，乃成大僧，其師使習毗尼，非其好，弃之游方。至翠微，會有僧自豫章來，夜語及洞上法席，於是一鉢南來，造新豐，謁悟本价禪師，价問：汝名什麽？對曰：道膺。价曰：何不向上更道？對曰：向上即不名道膺。价喜，以謂類其初見雲巖時祇對，容以爲入室膺深入留雲峯之後結庵而居月一來謁价价呵其未忘情於道爲維乃焚其庵去海昏登歐阜歐阜廬山西北崦冠世絶境也就樹縛屋而居號雲居衲子亦追求而集散處山間樹下久成苫架説法其下曰佛法有什麽多事行得卽是但知心是佛莫愁佛不解語欲得如是事還須如是人若是如是人愁箇什麽若云如是事卽難自古先德淳素任真元來無巧設有人問如何是道或時荅麁𣯶木頭作麽皆重元來他根本脚下實有力卽是不思議人握土成金若無如是事饒汝説得簇

花簇錦相似直道我放光動地世間更無過也盡說了合殺頭人惣不信受元來自家脚下虛無力汝等譬如獵狗但尋得有蹤跡底若遇羚羊掛角時非但不見蹤迹氣息也不識僧便問羚羊掛角時如何答曰六六三十六曰會麽僧曰不會曰不見道無蹤迹又問世尊有密語迦葉不覆藏如何是世尊密語膺呼問者名曰會麽曰不會曰汝若不會世尊有密語汝若會迦葉不覆藏乃曰僧家發言吐氣須有來由莫當等閑這裏是什麽所在争受容易凡問箇事也須識好惡若不識尊卑良

賤不知觸犯信口亂道也無利益竝（音旁）家行脚到處覓相似語所以尋常向兄弟道莫怪不相似恐怕同學多去第一莫將來將來不相似言語也須看他前頭八十老人出場屋不是小兒戲不是因循底事一言參差即千里萬里難爲收攝蓋爲學處容易不着力敲骨打髓須有來由言語如鉗如夾如鈎如鏁須教相續不斷始得頭頭上具物物上明豈不是得妙底事一種學大須子細研窮直須諦當的的無差到這裏有什麽蹎跳處有什麽擬議處向去底人須常慘悚戰翼始得若是知有

底人自解護惜終不取次十度發言、九度休去爲什麽如此恐怕無利益體得底人、心若臘月扇、口邊直得醭出、不是強爲任運如此欲得與麽事須是與麽人、既是與麽人、不愁恁麽事、恁麽事即難得又曰汝等直饒學得佛邊事、早是錯用心了也、不見古人講得天花落、石點頭、尚不干自巳事、自餘是什麽閑、如今擬將有限身心、向無限中用、有什麽交涉、如將方木逗圓孔中、多少聱訛若無與麽事、饒汝說得簇花簇錦、也無用處、未離情識在若一切事、須向這裏及盡始得、無過方得出身、若有一毫髮去不盡、卽被塵累、豈況更多、差之毫釐、過犯山岳、不見古人道、學處不玄、盡是流俗、閨閤中物、捨不得、俱爲滲漏、直須向這裏及取去、及去及來、併盡一切事、始得無過、如人頭頭上了、物物上通、秪喚作了事人、終不喚作尊貴、將知尊貴一路自別、便是世間極重極貴物、不得將來向尊貴邊、須知不可思議、不當好心、所以古人道、猶如雙鏡光光相對、光明相照、更無虧盈、豈不是一般、猶喚作影像邊事、如日出時光照、世間明朗、是一半、那一半、喚作什麽、如今人未認得光影門頭戶底麤淺底事將作屋裏事又爭得又曰得者不輕微明者不賤用識者不咨嗟解者無厭惡從天降下卽貧窮從地湧出卽富貴門裏出身則易身裏出門則難動則埋身千尺不動則當處生苗一言迥脫獨拔當時語言不要多多則無用處僧問如何是從天降下卽貧窮曰不貴得又問如何是從地湧出卽富貴曰無中或有又曰了無所有得無所圖言無所是行無所依心無所託及盡始得無過在衆如無衆無衆如在衆在身如無身處世如無世豈不是無嬈其德超於萬類脫一切覊鏁千人

萬人得、尚道不當自已如今若得共起初一般古人曰體得那邊事、却來這邊行李、那邊有什麽事、這邊又作麽生行李、所以道有也莫將來、無也莫將去、現在底是誰家事、又曰欲體此事、直似一息不來底人、方與那箇人相應、若體得這箇人意、方有少許說話分、方有少許行李分、暫時不在、如同死人、豈況如今論年論月不在、如人長在、愁什麽家事不辨、欲知久遠事、秖在如今、如今若得久遠亦得、如人千鄉萬里歸家、行到卽是、是卽一切惣是不是、卽一切惣不是、直得頂上光燄生、亦不是

能爲一切、一切不爲道、終日貪前頭事失却背後
事、若見背後事失却前頭事、如人不前後、有什麽
事、僧問有人衣錦繡入來、見和尚後爲甚寸絲不
掛、曰直得琉璃殿上行、撲倒也須粉碎、乃曰、若有
一毫許去及不盡、即被塵累、豈況更多、不見尋常
道、升天底事須對衆掉却、十成底事須對衆去却、
擲地作金聲、不須回頭顧着、自餘有什麽用處、不
見二祖當時、詩書博覽、三藏聖教、如觀掌中、因什
麽更求達磨安心、將知此門中事、不是等閑、所以
道智人不向言中取得人豈向說中求、不是異於

常徒息一切萬累道暫時不在塗路便有來由非但惡眷屬善眷屬也覓不得甚處去通身去歸家去省覲去始脫得諸有門去去得牢籠脫險難異常徒又曰如掌中觀物決定決定方可隨緣若一如此千萬亦然千萬之中難爲一二一二不可得不見道顯照底人卽易得顯已底人卽難得不道全無卽是希有若未得如此不受強爲強爲卽生惱生惱卽退道退道則罪來加身卽見不得說什麽大話汝既出家如囚免獄少欲知足莫貪世榮忍飢忍渴志存無爲得在佛法中十生九死也莫

相拋、出生入死、莫違佛法、斬釘截鐵、莫負如來事宜無多、各自了取、有事近前、無事莫立、膺住持三十年、道徧天下、衆至千五百人、南昌鍾王師尊之願以爲世世師、唐天福元年秋、示微疾、十二月二十八日、爲大衆開最後方便、敘出世始卒之意、衆皆愴然、越明年正月三日、問侍者、今日是幾、對云初三、師云三十年後、但云秪這是、乃端然告寂

澧州洛浦安禪師

禪師名元安、生淡氏、鳳翔南游人也、幼依懷恩寺祐律師剃髮受具、旣長通經論、初造翠微、無所契

悟北至臨濟臨濟稱其俊爽可教安自負辯去至夾山庵于冢巔夾山訝之以書抵安誡使者曰此僧得書不發明日當來發之不來也安得書果置之不荅使者具以告夾山夾山曰是暮必至矣俄報安至夾山望見呵曰雞棲鳳巢非其同類出去安乃問曰自遠趨風請師一接夾山曰目前無闍梨此間無老僧安曰錯夾山曰住住且莫草草忩忩雲月是同谿山各異截斷天下人舌頭則不無闍梨爭教無舌人解語乎安茫然不知荅夾山以杖擊之夾山歿衆以安次補住持久移居洛浦謂

衆曰末後一句始到牢關把斷要津不通凡聖欲知上流之士不將佛祖言教貼在額上如龜負圖自取喪身之禍指南一路智者知疏學道先須識得自己宗旨方可臨機不失其宜秖如鋒鋩未兆已前都無是箇非箇瞥尒暫起見聞便有張三李四胡來漢去四姓雜居不親而親是非互起致使玄關固閉識鎖難開疑網羅籠智刃劣剪若不當陽曉示迷子何以知歸欲得大用現前但可頓息諸見諸見若盡昏霧不生智照洞然更無他物以今學人觸目有滯蓋爲因他數量作解被他數量

該括方寸不能移易所以聽不出聲見不超色假饒併當門頭淨潔自己未能通明還同不了若也簞明自己法眼未明此人秖具一隻眼所以是非欣猒貫系不得脫垢自由謂之深可愍傷各自努力唐光化元年戊午秋八月誡門弟子曰出家之法長物不留況其他哉切須在念時不待人至十二月一日又曰吾旦夕行矣有問問諸人若對得分付鉢袋子曰若道這箇是即是頭上安頭若道不是即斬頭覓活堂中第一座對曰青山不舉足日下不挑燈安曰去汝扶吾宗不起有彥從上座

曰去此二途請和尚不問安曰未在更道彥從曰彥從道不盡安曰我不管汝道不盡曰彥從無侍者祇對和尚安乃歸方丈中夜喚彥從至曰汝今日祇對老僧甚有道理據汝合體得先師意旨先師道目前無法意在目前不是目前法非耳目所到且道那句是賓那句是主彥從茲然不知安曰苦苦二更時衆請安代荅安曰慈舟不泛滄波上劒峽徒勞放木鵞泊然而化閱世六十有五坐四十六夏

贊曰洞山价夾山會皆藥山的骨孫其鍜錬鉗鎚

可謂妙密然价之宗至膺纔有同安察後雲居簡
而已會之宗遂止於洛浦安公莊子曰北溟有魚
其名曰鯤化而爲鵬九萬里風斯在下然聽其自
化也使之化則非能鵬也膺安似之其絶也理之
固然

禪林僧寶傳第六

禪林僧寶傳第七

台州天台韶國師　九峯玄禪師

南康雲居齊禪師　瑞鹿先禪師

天台韶國師

天台國師名德韶，處州龍泉人，生陳氏。母葉夢白光觸體，覺而娠，生而傑異。年十五，有梵僧見之，拊其背曰：汝當出家，塵中無置汝所也。乃往依龍歸寺剃髮，十八詣信州開元寺，受滿分戒。後唐同光中，謁舒州投子庵主，不契。造龍牙遁禪師，問：雄雄之尊，因什麽親近不得？遁曰：如火與火。曰：忽遇水來又作麼生遁曰汝不會我語又問天不蓋地不載此理如何遁曰合如是韶憫然固要爲說遁曰道者汝向後自會去時踈山有矮師叔者精峭號䏻齧鏃機韶問百帀千重是何人境界矮曰左搓芒繩縛鬼子曰不落古今請師說矮曰不說曰爲什麽不說矮曰箇中不辨有無韶曰師今善說矮駭之久而辭去所至少留見知識五十四人括磨搜剔窮極隱秘不知端倪心志俱疲至曹山但隨衆而已無所咨叅有僧問法眼禪師曰十二時中如何得頓息萬緣去法眼曰空與汝爲緣耶色與

汝爲緣耶言空爲緣則空本無緣言色爲緣則色心不二日用果何物爲汝緣乎韶聞悚然異之又有問者曰如何是曹源一滴水法眼曰是曹源一滴水於是韶大悟於座下平生疑滯渙若氷釋感涕沾衣法眼曰汝當大宏吾宗行矣無自滯於是游天台觀智顗禪師遺蹤如故居睠然有終焉之心初寓止白沙時吴越忠懿王以國子刺台州雅聞韶名遣使迎之申弟子之禮日夕問道韶曰他日爲霸主無忘佛恩漢乾祐元年戊申王嗣國位遣使迎至尊事之以爲國師焉韶説法簡而要撥

去枝葉曰古聖方便猶如河沙六祖曰非風幡動仁者心動是爲無上心印至妙法門我輩稱祖師門下士何以解之若言風幡不動汝心妄動若言不撥風幡就風幡處通取若言風幡動處是什麽若言附物明心不須認物若言色卽是空若言非風幡動應須妙會與祖師意旨了没交涉旣非種種解會合如何知悉若真見去何法門不明雖百千諸佛方便一時洞了或問如何是古佛心荅曰此問不弱又問亾僧遷化向何處去曰終不向汝道曰爲什麽不道曰恐汝不會問那吒太子析肉

還母析骨還父然後化生於蓮花之上爲父母說法未審如何是太子身曰大家見上座問故每曰太凡言句應須絕滲漏乃可僧隨問如何是絕滲漏句曰汝口似鼻孔又曰眼中無色識色中無眼識眼識二俱空何能令見色是眼則不能自見其已體若不能自見云何見餘物古聖方便皆爲說破若於此明得寂靜法不寂靜法也收盡明得遠離法不遠離法亦收盡未來現在亦無遺餘名一法界何有遮障各自信取僧義寂者謂韶曰智者之教年祀寖遠必多散失唯新羅國有善本願藉

禪師慈力致之使再開東土人天眼目於是韶以聞忠懿王遣使航海傳寫以還而韶適與智者同姓疑其後身也開寶四年辛未華頂西峯忽摧聲震山谷六月有星隕于峯頂林木皆白二十八日集衆告別而化閱世八十有二坐六十有五夏

贊曰聞僧問法眼如何是曹源一滴水而法眼但曰是曹源一滴水韶乃開悟夫問詞荅語無所增損所謂悟者何自而發之及觀韶所對問者如問古佛心對曰此問不弱如問如何是太子身對曰大家見上座問則問荅之間不令意根椿立蓋嘗

曰大凡言句須絶滲漏而學者方爭趨微妙之域欲見祖師之心譬如趨越而首燕也歟

筠州九峯玄禪師

禪師名通玄生程氏其先郢州長壽人也幼依郢之仁王寺沙門惠超超陰察之外純深中頴悟超奇之爲落髮受具卽游洛中聽毗尼部弃去至武陵謁德山鑒禪師鑒時已臘高門風益峻門下未有遘之者而鑒獨以玄爲奇然玄不大徹透辭去至高安謁价禪師价與語喜撫之曰掌有神珠白晝示人人且按劒况玄夜乎子可貴也玄曰但不

識珠者耳儻識之亦無晝夜价稱之以爲俊士价殁盧于塔旁三年而學者來依從日盛玄曰太平時世飢餐困卧復有何事吾本無事汝與麽來相尋是無事生事無事生事道人所忌何不各自歇去中和初拜辭其塔北游久之南還寓止豫章南平鍾王執弟子禮北面而師事之玄厭城居思超放山林王爲買末山建精舍號隆濟以延之學者風靡而至或問自心他心得相見否玄曰自己尚不見他人何可觀又問罪福之性如何了達得無同異玄曰絺綌不禦寒又嘗問僧近自何處來曰

閩嶺玄曰遠涉不易曰不難動步便到玄曰有不
動步者麽僧云有玄曰爭得到此間其僧不能對
玄以杖逐之玄謂門弟子曰佛意祖意如手展握
先師安立五位發明雲巖宗旨譬如神醫治病其
藥只是尋常用者語忌十成不欲斷絕機忌觸犯
不欲染汙但學者機思不妙唯尋九轉靈丹云能
起死是大不然法華經有化城一品佛祖密說熟
讀分明大通智勝佛壽五百四十萬億那由他劫
其坐道場破魔軍已垂得阿耨多羅三藐三菩提
而諸佛法不現在前如是一小劫乃至十小劫結

加趺坐身心不動而諸佛法猶不在前言垂成者言一小刼言十小刼者是染汙是斷絶又曰尒時忉利諸天先爲彼佛於菩提樹下敷師子座高一由旬佛於此座當得阿耨多羅三藐三菩提適坐此座時諸梵天王雨衆天花面百由旬香風時來吹去萎花更雨新者如是不絶滿十小刼供養於佛常擊天鼓其餘諸天作天伎樂常雨此華四王諸天爲供養佛常擊天鼓其餘諸天作天伎樂滿小十刼至於滅度亦復如是諸比丘大通智勝佛過十小刼諸佛之法乃現在前成阿耨多羅三藐

三菩提言過十小劫者，偏正囬互之旨也。祖師曰：藉教悟宗者，夫豈不然哉。僞唐乾寧三年二月十七日晨興，誡其徒曰：無虛度光陰，無虛消信施。既已出家，唯道是履，名大丈夫。於是寂然在定，至三月二十日乃化，閱世六十有三，坐四十有二夏。

贊曰：巖頭曰：但識綱宗，本無實法，玄言語忌十成，不欲斷絶，機忌觸犯，不欲染汙者，綱宗也。至引法華以證成明佛祖之密說，洋然無疑，藉教以悟宗，夫豈虛語哉。余至九峯，拜其塔，碑已斷壞不可識，有木碑書其略如此耳。今其宗枝皆不及玄所示

綱宗何也

南康雲居齊禪師

禪師名道齊，生金氏，南昌人也。幼依百丈明照禪師得度，種性猛利，經行燕坐，以未明己事爲憂。持一鉢，徧歷叢林，學心不息。時法燈禪師住南昌上藍，齊往依之。法燈使知藏司。法燈偶見齊，呼曰：每見舉祖師西來意話，藏主如何商略？齊曰：不東不西。法燈曰：若與麽會，了無交涉。曰：未審尊意如何？法燈良久曰：西來有甚意？便去。齊於是頓悟其旨。初住高安大愚，有搜玄拈古代別之語，盛行諸方，

號東禪。嘗謂門弟子曰達磨言此方經、唯楞伽可
以印心、吾讀此經偈曰諸法無法體、而說唯是心、
不見於自心、而起於分別可謂大慈悲父、如實極
談我輩自不領受背負恩德、如恒河沙、或問曰然
則見自心遂斷分別乎、齊曰非然也譬如調馬、馬
自見其影而不驚何以故以自知其影從自身出
故、吾以是知不斷分別亦捨心相也、秖今目前、如
實而觀、不見纖毫、祖師、曰若見現在、過去未來亦
應見、若不見過去未來、現在亦不應見、此語分明
人自迷昧、或又問龍濟曰、一切鐘鼓本無聲、如何

信之無聲齊曰祖師曰如鼓聲無有作者無有住處畢竟空故但誑凡夫耳若鼓聲是實有鐘聲俱擊應不相參所以玄沙曰鐘中無鼓響鼓中無鐘聲鐘鼓不交參句句無前後若不當體寂滅如何得句句無前後耶後移住幽谷山雙林禪院又遷住雲居凡二十年至道三年丁酉九月示疾八日申時令擊鐘集衆維那白衆已集齊笑叙出家本末揖謝輔弼叢席者曰今日老僧以風火相逼特與諸人相見且向什麽處見向四大五陰處見耶六入十二處見耶是種種處不可見則只今相問

者是誰若真見得可謂後學有賴良久曰吾化後當以院事累契瓌乃化閲世六十有九坐四十有八夏

贊曰余讀大愚東禪碑碑載齊悟契之緣法燈曰西來有甚意以校傳燈曰他家自有兒孫在之語誤也昔有僧問趙州如何是祖師西來意荅曰庭前栢樹子又隨而誡之曰汝若肯我與麽道我則辜負汝汝若不肯我與麽道我則不辜負汝而昧者勦之使古人之意不完爲害甚矣故併録之

瑞鹿先禪師

禪師名本先，生鄭氏，溫州永嘉人也。兒稚不甘處俗，去依集慶院沙門。其年二十五爲沙彌，詣天台國清寺受滿分戒，即造韶國師服勤十年，住瑞鹿寺，足不歷城邑，手不度財帛，不設卧具，不衣蠶絲，卯齋終日宴坐，申旦誨誘門弟子，踰三十年，其志彌厲。謂衆曰：吾初見天台，言下便薦然，于日之内四威儀之中，似物礙膺，如讐同處。一日忽然猛省，譬如洗面摸着鼻孔。作偈三首，曰：非風幡動仁心動，自古相傳直至今。今後水雲人欲曉，祖師真是好知音。又曰：君是見色便見心，人來問着方難荅若求道理說多般辜負平生三事衲又曰曠大刼來秖如是如是同天亦同地同地同天作麽形作麽形兮無不是乃又曰華嚴稱佛身充滿於法界是真箇也無且如佛身既已充滿法界菩薩界緣覺聲聞界人天修羅界餓鬼畜生地獄界應無處蹲如是理論大煞聱訛尋常說諸法所生唯心所現且道卽今五根所對六境與汝是同耶是別耶同則何不作一塊別則如何說唯是一心大須着精彩佛法不是等閑大中祥符元年二月謂門弟子如晝曰爲我造箇卵塔塔成我行矣八月望日

畢工遠近道俗造山唯恐其後是日如平居至午時安坐方丈手結寶印謂如晝曰古人曰騎虎頭撩虎尾中央事作麽生如晝曰也秖是如晝先曰汝問我如晝乃問騎虎頭撩虎尾中央事作麽生先曰我也弄不出於是奄然開一目徵視而寂閲世六十有七坐四十有二夏長吏以其事聞有詔本州常加檢視如晝乃奉其平生所著竹林集十卷詩辭千餘首詣闕上進詔藏秘閣如晝特賜紫衣

贊曰讀先傳校傳燈語句詳畧少異耳夫自心非

外有妄盡而自返則於生死之際超然自得如此然予每怪前聖平日機辯皆不可犯至臨終之日皆弭光泯氣洞山曰吾閑名已謝臨濟曰誰知吾正法眼藏向這瞎驢邊滅今先又曰我也弄不出嗚呼其有旨要乎

禪林僧寶傳第七

禪林僧寶傳第八

圓通緣德禪師　南塔光涌禪師

洞山守初禪師　南安巖嚴尊者

圓通緣德禪師

禪師名緣德，生杭州臨安黃氏，年十七，師事東山老宿勤公，剃髮受具，神觀靖深，中空外夷，以精進爲佛事。年二十四，徧游諸方，爛熳叢席。至襄州清谿，謁進禪師，棲遲不去。久之，江南李氏有國，日德混跡南昌之上藍寺，楚國宋公齊丘至，游經堂，僧衆趨迎，德閱經自若。宋公旁立覸之，德不甚顧，荅宋公問上座看甚經德舉示之宋公異焉力請住舍利幽谷雙嶺諸剎德無所事去留所至頹然默坐而已而學徒自成規矩平生着一衲裙以繩貫其裙處夜申其裙以當被後主聞其名致至金陵問佛法大意留禁中又創寺以居之昭惠后以其子宣城公薨施錢建寺於廬山之陰石耳峯之下開基日得金像觀世音於地中賜名圓通焉本朝遣使問罪江南後主納土矣而胡則者據守九江不降大將軍曹翰部曲渡江入寺禪者驚走德談坐如平日翰至不起不揖翰怒呵曰長老不聞殺

人不眠眼將軍乎德熟視曰汝安知有不懼生死和尚耶翰大奇增敬而已曰禪者何爲而散德曰擊皷自集翰遣禪校擊之禪無至者翰曰不至何也德曰公有殺心故爾德自起擊之禪者乃集翰再拜問决勝之策德曰非禪者所知也太平興國二年十月七日升堂曰脫離世緣乃在今日以衲衣并所着木屐留付山中使門人累青石爲塔曰他日塔作紅色吾再至也乃化閱世八十坐六十有三夏謚曰道濟禪師

南塔光湧禪師

禪師名光湧豫章豐城章氏子母乳之夕神光照庭廄馬皆驚因以光湧名之七歲誦詩禮曉大義十三學經論輙能講解開元寺有尊宿史忘其名有異能解見湧嘆曰法中俊人也以維摩經旨決授之時仰山寂禪師住南昌之石亭寺湧父事之得度十九詣襄州壽山寺戴律師受滿分戒北游謁臨濟臨濟曰汝師明眼乃不事之遠遊何爲湧因南歸執勤累歲先是石亭見來參者必問曰來作麽曰禮覲和尚又問還見和尚麽曰見又問和尚何似驢參者無能對脫對亦不契忽問湧湧對

曰光湧見和尚亦不似佛石亭曰君不似佛似箇什麽湧曰若更有所似與驢何別石亭大驚曰凡聖兩忘情盡體露吾以此語驗人已二十年無决了者噫子真利根當自保任吾不能盡子異日當自知耳指以謂人曰此子肉佛可以化人也石亭歿湧焚第三指以報法又焚第二指以報親僞唐天祐元年南昌帥南平王鍾傳盡禮迎至府使至不起於是州牧縣尹至不起道俗頓集亦不起乃共訴之曰師不起貽郡縣之咎於是不得已從之遂嗣石亭法席學者歸之如雲十四年秋還仰山

僞唐昪元二年夏無疾而化閲世八十有九坐七十夏

洞山守初禪師

禪師名守初出於傅氏鳳翔良原人也兒時聞鐘梵聲輙不食危坐終日母吕試之不餵亦不索年十六跪白求出家吕許之依渭州崆峒沙門志諗剃髮詣涇州舍利律師淨圓受具足戒始游律肆執卷坐甈弃去歷咸秦自襄漢南至長沙坐夏夏休詣雲門偃禪師偃問近離何處對曰查渡又問夏在何處對曰湖南報慈又問幾時離對曰八月

二十五。偃曰放汝三頓棒。初罔然。良久又申問曰。適來秖對。不見有過。乃蒙賜棒。實所不曉。偃呵曰。飯袋子。江西湖南便尒商略。初默悟其旨。曰。他日正當於無人煙處。不畜粒米。飯十方僧。即日辭去。北抵襄漢。僞漢乾祐元年。衆請住洞山禪。其律居。謂學者曰。語中有語。名爲死句。語中無語。名爲活句。諸方只具啐啄同時眼。不具啐啄同時用。到此實難得人。但愛不動一塵。不撥一境。見事便道。若此輩。東西南北。不知其數。要得脫略窠臼。活人眼目。不道都無。但可言少。皆坐不達根原。落在陰界。

妄以爲安不知陷在灰水弄箇無尾胡孫臘月三十日鼓已打破胡孫走却手脚忙亂悔無所及若是衲僧凍殺餓殺終不着渠鶻臭布衫本朝太平興國六年尚書石公襄帥趙公交章奏紉有道行化于此邦補助聖化有旨賜徽號紫伽梨旌異之住山四十年道徧天下淳化元年秋七月無疾跏趺而化閱世八十有一坐六十有五夏

南安巖嚴尊者

禪師諱自嚴生鄭氏泉州同安人也年十一弃家依建興卧像寺沙門契緣爲童子十七爲大僧游

方至廬陵謁西峯耆宿雲豁豁者清凉智明禪師高弟雲門嫡孫也太宗皇帝嘗詔至闕館於北御園舍中習定久之懇之還山公依止五年密契心法辭去渡懍仁江有蛟每爲行人害公爲説偈誡之而蛟輒去過黄楊峽渴欲飲會溪涸公以杖擿之而水得父老來聚觀合爪以爲神公遯去武平南黄石巖多蛇虎公止住而蛇虎可使令四遠聞之大驚爭敬事之民以雨暘男女禱者隨其欲應念而獲家畫其像飲食必祭鄰寺僧妒公不知法當告官便自焚之吏追捕坐庭中問狀不荅索紙

作偈曰雲外野僧㕘雲外野僧燒二法無差乎菩提路不遥而字畫險勁如孼窠大篆吏大怒以爲狂且慢已去僧伽梨曝日中旣得釋因以布帽其首而衣以白服公恨所説法聽者疑信半因不語者六年嚴寺當輸布而民歲代輸之公不忍折簡置布束中祈免吏張曄歐陽程者相顧怒甚追至問狀不荅以爲妖火所着帽明鮮又索紙作偈曰一切慈忍力皆吾心所生王官苦拘束佛法不流行自是時亦語去游南康槃古山先是西竺波利尊者經始讖曰却後當有白衣菩薩來興此山公

繂音律大索也

住三年而成叢林乃還南安江南眡槎爲行舟礙公舟過焉摩挲之曰去去莫與人爲害槎一夕蕩除之有僧自惠州來曰河源有巨舟着沙萬牛挽不可動願得以載磚建塔于南海爲衆生福田公曰此陰府之物然付汝偈取之偈曰天零灞水生陰府舡王移莫立沙中久納福廕菩提僧卽舟倡偈而舟爲動萬衆懽呼至五羊有巨商從借以載僧許之方解繂俄風作失舟所在有沙彌無多聞性而事公謹愿公憐之作偈使誦久當聰明偈曰大智發於心於心何處尋成就一切義無古亦無

令。於是世間章句。吾伊上口。公示人多以偈。然題贈以之中四字於其後。莫有識其旨者。異蹟甚著。所屬狀以聞。詔佳之。宰相王欽若。大參趙安仁。已下皆獻詩。公未嘗視。置承塵上而已。淳化乙卯正月初六日。集衆曰。吾此日生。今正是時。遂右脇卧而化。閱世八十有二。坐六十有五夏。謚曰定光圓應禪師

贊曰。圓通誚曹將軍而不屈。問軍旅事而不荅。此其識能知宗也。南塔初不受南平王之請。及聞移禍及人。因屑就之。此其行高一世也。學者囿於法

愛故初公語分生死所以發其機至於定應則全提大用於其化時曰吾此日生於化時而曰生最後之訓也臨禍福死生之際能如彼四老人則正宗已墜之綱尚可理也

禪林僧寶傳第八

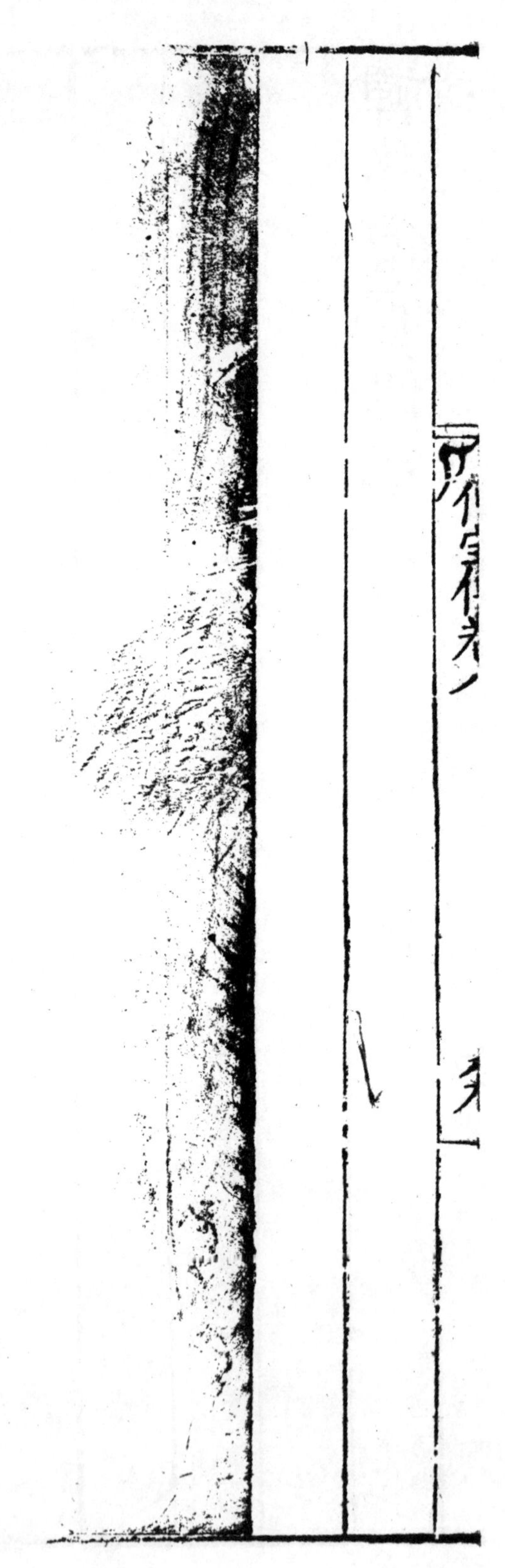

禪林僧寶傳第九

龍牙居遁禪師　　　永明智覺禪師

雲居簡禪師

龍牙居遁禪師

禪師名居遁生於郭氏撫州南城人也年十四依吉州滿田寺剃落又六年謁嵩嶽受具遁風骨臞甚視瞻凝遠性夷粹語論英發初謁翠微不契至臨濟亦不契乃造洞山悟本价禪師問如何是祖師西來意价曰待洞水逆流卽告汝遁豁然大悟研味其旨悲欣交集服勤八年日增智證价稱

其能馬氏方據有長沙興崇梵坊聞遁名請說法于龍牙法濟禪寺僧問如何是道遁曰無異人心又曰夫言修道者此是勸諭之詞接引之語從上已來無法與人只是相承種種方便爲說出意旨令識自心究竟無法可得無道可修故云菩提道自然今言法者是軌持之名道是衆生體性未有世界早有此性世界壞時此性不滅喚作隨流之性常無變易作麽生可持以與人又可作意而修得哉僧又問如何是祖師西來意遁曰待石烏龜解語卽向汝道進曰石龜語也曰向汝道什麽其

僧亦悟又僧問大庾嶺提不起時如何遁曰六祖爲什麽將得去又問維摩掌擎世界未審維摩在什麽處立遁曰汝道維摩掌擎世界其對機峻峭無滲漏類如此僞梁龍德五年癸未八月示疾九月十三日夜半有大星殞于方丈前詰旦加趺而化閱世八十有九坐六十有九夏

賛曰予觀龍牙偈曰學道先須有悟由還如曾鬬快龍舟雖然舊閣閑田地一度贏來方始休君若隨緣得似風吹沙走石不勞功但於事上通無事見色聞聲不用聾皆清深精密如其爲人疑問翠

微臨濟祖意度禪板蒲團機語在已見洞山之後雪竇以瞎龍死水罪之龍牙聞之必大笑

永明智覺禪師

智覺禪師者諱延壽餘杭王氏子自其兒稚知敬佛乘及冠日一食誦法華經五行俱下誦六十日而畢有羊群跪而聽年二十八爲華亭鎮將嘗舟而歸錢塘見漁舡萬尾戢戢惻然意折以錢易之放于江裂縫掖投翠嵓永明禪師岑公學出世法會岑遷止龍冊寺吳越文穆王聞其風悅慕聽其弃家爲剃髮自受具衣不繒纊食無重味持頭陁

行常習定天台天柱峯之下有鳥類尺鷃巢衣襵中時韶國師眼目世間北面而師事之韶曰汝與元帥有緣它日大作佛事惜吾不及見耳初說法於雪竇山建隆元年忠懿王移之于靈隱新寺爲第一世明年又移之于永明寺爲第二世衆至二千人時號慈氏下生指法以佛祖之語爲銓準曰迦葉波初聞偈曰諸法從緣生諸法從緣滅我師大沙門嘗作如是說此佛祖骨髓也龍勝曰無物從緣生無物從緣滅起唯諸緣起滅唯諸緣滅乃知色生時但是空生色滅時但是空滅譬如風性

本不動以緣起故動儻風本性動則寧有靜時哉密室中若有風風何不動若無風遇緣卽起非特風爲然一切法皆然維摩謂文殊師利曰不來相而來不見相而見文殊乃曰如是居士若來已更不來若去已更不去所以者何來者無所從來去者無所至所可見者更不可見此緣起無生之旨也僧問長沙偈曰學道之人未識真只爲從來認識神無始時來生死本癡人喚作本來人豈離識性別有真心耶智覺曰如來世尊於首楞嚴會上爲阿難揀別詳矣而汝猶故不信阿難以推窮尋

逐者爲心遭佛呵之推窮尋逐者識也若以識法隨相行則煩惱名識不名心也意者憶也憶想前境起於妄並是妄識不干心事心非有無有無不染心非垢淨垢淨不汙乃至迷悟凡聖行住坐卧並是妄識非心也心本不生今亦不滅若知自心如此於諸佛亦然故維摩曰直心是道場無虛假故智覺以一代時教流傳此土不見大全而天台賢首慈恩性相三宗又互相矛盾乃爲重閣館三宗知法比丘更相設難至波險處以心宗旨要折中之因集方等秘經六十部西天此土聖賢之語

三百家以佐三宗之義爲一百卷號宗鏡録天下學者傳誦焉僧問如和尚所論宗鏡唯立一心之旨能攝無量法門此心含一切法耶生一切法耶若生者是自生歟從他而生歟共生無因而生歟荅曰此心不從不横非它非自何以知之若言含一切法卽是横若言生一切法卽是縱若言自生則心豈復生心乎若言它生卽不得自矧曰有他乎若言共生則自它尚無有以何爲共哉若言無因而生者當思有因尚不許言生況曰無因哉僧曰審非四性所生則世尊云何説意根生意識心

如世畫師無不從心造，然則豈非自生乎？又說心不孤起，必藉緣而起，有緣思生，無緣思不生，則豈非他生乎？又說所言六觸因緣生六受，得一切法，然則豈非共生乎？又說十二因緣非佛天人修羅作，性自爾故，然則豈非無因而生乎？智覺笑曰：諸佛隨緣差別，俯應群機，生善破惡，令入第一義諦，是四種悉檀方便之語，如以空拳示小兒耳，豈有實法哉？僧曰：然則一切法是心否？曰：若是，卽成二。僧曰：審爾，則一切不立俱非耶？曰：非亦成二。汝豈不聞首楞嚴曰：我真文殊，無是文殊。若有是者，則二文殊然我今日非無文殊於中實無是非二相僧曰既無二相宗一可乎曰是非既乖大旨一二還背圓宗僧曰如何用心方稱此旨曰境智俱亾云何説契僧曰如是則言思道斷心智路絶矣曰此亦強言隨他意轉雖欲隱形而未忘跡僧曰如何得形迹俱忘曰本無朕跡云何説忘僧曰我知之矣要當如人飲水冷暖自知當大悟時節神而明之曰我此門中亦無迷悟明與不明之理撒手似君無一物徒勞辛苦説千般此事非上根大器莫能荷擔先德曰盡十方世界覓一人爲伴無有

也又曰止是一人承紹祖位終無第二人若未親到謾疲神思借曰玄之又玄妙之又妙但是方便門中旁贊助入之語於自巳分上親照之時反視之皆爲魔說虛妄浮心多諸巧見不能成就圓覺但以形言迹文彩生時皆是執方便門迷真實道要須如百尺竿頭放身乃可耳僧曰願乞最後一言曰化人問幻士谷響荅泉聲欲達吾宗旨涯牛水上行又甞謂門弟子曰夫佛祖正宗則真唯識纔有信處皆可爲人若論修證之門則諸方皆云功未齊於諸聖且教中所許初心菩薩皆可比知

亦許約教而會先以聞解信入後以無思契同若入信門便登祖位且約現今世間之事衆世界中第一比知第二現知第三約教而知第一比知者且如即今有漏之身夜皆有夢夢中所見好惡境界憂喜宛然覺來牀上安眠何曾是實並是夢中意識思想所爲則可比知覺時之事皆如夢中無實夫過去未來現在三世境界元是第八阿賴耶識親相分唯是本識所變若現在之境是明了意識分別若過去未來之境是獨散意識思惟夢覺之境雖殊俱不出於意識則唯心之旨比況昭然

第二現知者卽是對事分明不待立況且如現見青白等物時物物本自虛不言我青我白皆是眼識分與同時意識計度分別爲青爲白以意辨爲色以言說爲青皆是意言自妄安置以六塵鈍故躰不自立名不自呼一色旣然萬法咸爾皆無自性悉是意言故曰萬法本閑而人自鬧是以若有心起時萬境皆有若空心起處萬境皆空則空不自空因心故空有不自有因心故有旣非空非有則唯識唯心若無於心萬法安寄又如過去之境何曾是有隨念起處忽然現前若想不生境亦不現

此皆是衆生日用可以現知不待功成豈假修得凡有心者並可證知故先德曰如大根人知唯識者恒觀自心意言爲境此初觀時雖未成聖分知意言則是菩薩等三約教而知者大經云三界唯心萬法唯識此是所現本理能詮正宗也智覺乘大願力爲震旦法施主聲被異國高麗遣僧航海問道其國王投書叙門弟子之禮奉金縷織成伽梨水精數珠金澡缾等并僧三十六人親承印記相繼歸本國各化一方以開寶八年乙亥十二月示疾二十六日辰時焚香告衆跏趺而化明年正

月六日塔于大慈山閱世七十有二坐四十二夏

贊曰予初讀自行録録其行事日百八件計其貌狀必枯悴尫劣及見其畫像凛然豐碩眉目秀拔氣和如春味其平生如千江之月研其說法如禹之治水孔之聞韶羿之射王良之御孫子之用兵左丘明太史公之文章嗚呼真乘悲願而至者也

雲居簡禪師

禪師名道簡其先范陽人史失其氏天姿粹美閑靜寡言童子剃落受滿分戒徧游叢席造雲居謁膺禪師膺與語連三日大奇之而誡令刻苦事衆

於是簡躬探井臼、司樵爨、徧掌寺務，不妨商略古今，衆莫有知者，以臈高爲堂中第一座。先是，高安洞山有神靈甚，膺公住三峯時受服役，旣來雲居，神亦從至，舍於枯樹之下，而樹茂，號安樂樹神，屬膺將順寂，主事僧白曰：「和尚卽不諱，誰可繼者？」曰：「堂中簡。」主事僧意不在簡，謂令揀選可當說法者，僉曰：「第二座可。」然且攝禮，先請簡，簡豈敢當也。旣申請，簡無所辭讓，卽自持道具入方丈，攝衆演法。自如主事僧大沮，簡知之。一夕遁去，安樂樹神者號泣，詰旦，衆追至麥莊，悔過迎歸，聞空中連呼曰和尚來也僧問如何是和尚家風曰隨處得自在問維摩豈不是金粟如來曰是曰爲什麽却在釋迦會下聽法曰他不争人我問如何是朱頂王菩薩曰問這赤頭漢作麽問横身盖覆時如何曰還盖得麽問虵子爲什麽吞却虵師曰在理何傷問諸佛道不得處和尚還道得麽曰汝道什麽處諸聖道不得問路逢猛虎時如何曰千人萬人不逢偏汝便逢問獨宿孤峯時如何曰閑着七間僧堂不宿阿誰教汝孤峯獨宿問古人云君欲保任此事直須向高高山頂立深深海裏行意旨如何曰

高峯深海逈絶孤危似汝閨閣中軟暖麽又問叢林多好論尊貴邊事如何曰要汝知大唐天子不書斷會麽簡契悟精深履踐明驗而對機應物度越格量天下宗師之壽八十餘無疾而化廬州帥張崇爲建塔于本山

贊曰大陽明安嘗疏藥山之語曰高高山上標不出深深海底藏不没其兒孫遵承之以爲妙得其旨及聞雲居之言則如真虎踞地而吼百獸震恐乃悟明安所示盖裴旻之虎也予爲作偈曰高高山上立深深海底行道人行立處塵世有誰爭無

間功不立渠儂尊貴生訓君顛倒欲枯木一枝榮

禪林僧寶傳第九

仁嗣洞山

禪林僧寶傳第十

重雲暉禪師　瑞龍璋禪師

林陽端禪師　雙峯欽禪師

九峯詮禪師　龜洋忠禪師

重雲暉禪師

禪師名智暉咸秦人生高氏童稚時至精舍輙留止如家圭峯温禪師見而異之爲剃髮年二十受滿足戒師事高安白水本仁禪師十年而還洛京愛中灘佳山水創屋以居號温室院日以施水給藥爲事人莫能淺深之梁開平五年忽欲還圭峯

山行儵然深往坐巖石間如常寢處顧見磨衲數珠銅鉼欆笠藏石壁間觸之卽壞歎目良久曰此吾前身道具也因就其處建寺以醻夙心方薙草有祥雲出衆峯間遂名曰重雲虎豹引去有龍湫險惡不可犯暉督役夷塞之以爲路龍亦移他處但見雲雷隨之後唐明宗聞而佳之賜額曰長興住持餘四十年節度使王彥超微時嘗從暉游欲爲沙門暉熟視曰汝世緣深當爲我家垣墻彥超後果鎮永興申弟子之禮周顯德三年夏詣永興與彥超別囑以護法彥超泣曰公遂忍弃弟子乎

暉笑曰借千年亦一別耳七月二十四日書偈一首曰我有一間舍父母爲修葢住來八十年近來覺損壞早擬移別處事涉有憎愛待他摧毀時彼此無妨礙乃跏趺而化閱世八十有四坐六十有四夏初暉居中灘有病比丘爲衆惡弃之比丘哀曰我以夙業白癩師能爲我洗摩暉爲之無難色俄有神光異香方訝之忽失所在歸視瘡痂亦皆異香也

瑞龍璋禪師

禪師名幼璋唐相國夏侯孜之猶子也大中初伯

父司空出鎮廣陵璋方七歲游慧照寺聞誦妙法蓮華經於是跪伯父前求出家伯父難之璋因不飲食不得已許之依慧遠禪師剃髮又十年受具足戒年二十五游方至高安見白水又謁薯山二大老皆器許焉咸通十三年見騰騰和尚者於江陵騰騰囑曰汝往天台尋靜而居遇安即止已而又見憨憨和尚者憨拊之曰汝却後四十年有巾子山下菩薩王于江南予時我法乃昌遂去璋至天台山於靜安鄉建福唐院巳符騰騰之言又住隱龍院中和四年浙東飢疫璋於溫台明三郡收

瘞遺骸數千時謂悲增大士乾寧中雪峯嘗見之以椶櫚拂子授璋而去天祐三年錢尚父遣使童建齋衣服香藥入山致請至府署志德大師館于功臣院日夕問道辭還山尚父不可乃建瑞龍寺於城中以延之禪者雲趨而集又契憨憨之語嘗謂門弟子曰老僧頃年游歷江外嶺南荆湖但有知識叢林無不參問來蓋爲今日與諸人聚會各要知箇去處然諸方終無異說只教諸人歇却狂心休從他覔但隨方任真亦無真可任隨時受用亦無時可用設垂慈苦口且不可呼晝作夜更饒

善巧終不能指東爲西脫或能尒自是神通作怪非干我事若是學語之流不自省已知非直欲向空裏採花波中取月還着得心力麽汝今日各自退思忽然肯去始知瑞龍老漢事不獲已迂廻太甚還肯麽天成二年丁亥四月璋從尚父乞墳尚父笑曰師便爾乎遣陸仁璋者擇地於西關建塔畢璋往辭尚父囑以護法衃民還安坐而化閱世八十有七坐七十夏詔諡天台隱龍爲隱迹云

林陽端禪師

禪師名志端福州俞氏子受業於南澗寺年二十

四、謁安國弘瑫禪師、有僧問萬象之中如何獨露身、瑫舉一指、其僧惘然而退、端忽契悟、至夜啓瑫曰、今日見和尚一指、乃知和尚用處、瑫曰、汝見何道理、端亦舉一指、瑫笑、令去尋住林陽、問、如何是祖師西來意、曰、木馬走似煙、石人趂不及、問、如何是佛法大意、曰、竹筯一文一雙、有僧夜至方丈、端以衲蒙首、僧忽搴衲、問誰、僧曰、某乙、端曰、泉州沙糖、舶上檳榔、僧不解、端瞠曰、會麽、曰不會、曰、汝若會、卽廓清五蘊、呑盡十方、又謂門弟子曰、佛法無許多般、但凡聖一真、猶存見隔、見存、卽凡情惣卽佛教中謂之稱性緣起則俯仰進止屈申謙敬無一法可轉變有生住異滅相況我祖師門下合作何理論開寶元年八月作偈曰來年二月二與汝暫相弃爇灰散長江勿占檀那地道俗皆寫記之越明年正月二十八日郡人竟入山二月一日太守亦至從官騶吏偵伺信宿如市二日飯罷端升座叙行脚本末辭衆有長老應圓者出衆問曰雲愁霧慘大衆嗚咽未當告别先賜一言端垂一足進曰法鏡不臨於此土寶月又照於何方端曰非汝境界曰恁麽則漚生漚滅還歸水師去師來是

本常端作噓聲復與數僧訓荅罷歸方丈至亥時問衆曰世尊滅度時節是何日對曰二月十五日子時端曰吾今日子前於是泊然而化閱世七十八坐六十夏

雙峯欽禪師

禪師名竟欽益州人生鄭氏少爲大僧於峨眉谿山黑水寺出蜀南抵韶石雲門得心法即就雙峯之下創精舍以居號興福開堂之日匡真禪師躬臨證明僧問賓頭盧應供四天下還徧也無欽曰如月入水又問如何是用而不雜欽曰明月堂前

垂玉露水精殿裹撒真珠於是匡真以謂類已加敬焉太平興國二年三月謂門弟子曰吾不久去汝矣可砌箇卵塔五月二十三日工畢欽曰後日子時行矣及期適雲門爽禪師温門舜峯諸老夜話侍者報三更欽索香聞之合掌而化閱世六十有八坐四十有八夏

九峯詮禪師

禪師名道詮生劉氏吉州安福人也童子便弃家師事思禪師思爲剃落受具足戒聞長沙慧輪禪師道價思一見之時馬氏竊據荊楚與建康接壤

詮年二十餘結友冒險造焉會馬氏滅劉言有其地以王逵代劉言領其事逵見詮輩疑以爲江表諜者捕縛欲投江中詮怡然無怖逵異之以問輪曰此道人視死如見鼻端何種人乃能爾輪曰彼蓋爲法忘軀之人聞老僧虛名故來決擇耳逵釋之加敬詮傲然而去依延壽十年輪殁詮還廬山乾德初庵於東南牛首峯之下開寶五年洪帥林仁肇請住九峯賜大沙門僧問承聞和尚親見延壽來是否詮曰山前麥熟也未問九峯山中還有佛法也無詮曰有曰如何是九峯山中佛法詮曰

草庵義嗣青山

石頭大底大小底小問如何是學人自己詮曰牀窄先卧粥稀後坐問古人云不是風動不是幡動如何詮曰明日路口有市太平興國九年南康牧張南金遷以居歸宗雍凞二年十一月二十八日中夜跏趺辭衆而化閱世五十有六坐三十夏

龜洋忠禪師

禪師名慧忠泉州人生陳氏幼依龜洋山得度游方至華州謁草庵法義道人留十餘年南還舊山痛自韜晦會昌初詔天下廢釋氏教及宣宗即位詔重興之而忠笑曰僊去者未必受籙成佛者未

必須僧遂過中不食不宇而禪迹不出山者三十年以三偈自見曰雪後始知松栢操雲収方見濟淮分不因世主令還俗那辨鷄群與鶴群多年塵土自騰騰雖着伽棃未是僧今日歸來鬍本志不妨留髮候然燈形容雖變道常存混俗心源亦不昏試讀善財巡禮偈當時豈例是沙門謂門弟子曰衆生不能解脫者情累爾悟道易明道難問如何得明道去忠曰但脫情見其道自明矣夫明之爲言信也如禁虵人信其咒力藥力以虵縮弄擕懷袖中無難未知咒藥等力者怖駭弃去但諦見

自心情見便破今千疑萬慮不得用者是未見自心者也忽索香焚罷安坐而化全身塟于無了禪師塔之東後數年塔忽自坼裂連階丈餘寺僧將發視之是夜宴寂中見無了禪師曰不必更發也今爲沈陳二真身無了生沈氏見馬祖云

賛曰近世以身徇法如此數老者鮮矣予觀其言皆約而明校其履踐誠而不雜故能於死生之際明驗昭著然祕不聞儼臨萬衆四事供養者也

禪林僧寶傳第十

禪林僧寶傳目録卷中

第十九　餘杭政禪師　西余端禪師

第二十　言法華　華嚴隆禪師

禪林僧寶傳目錄中

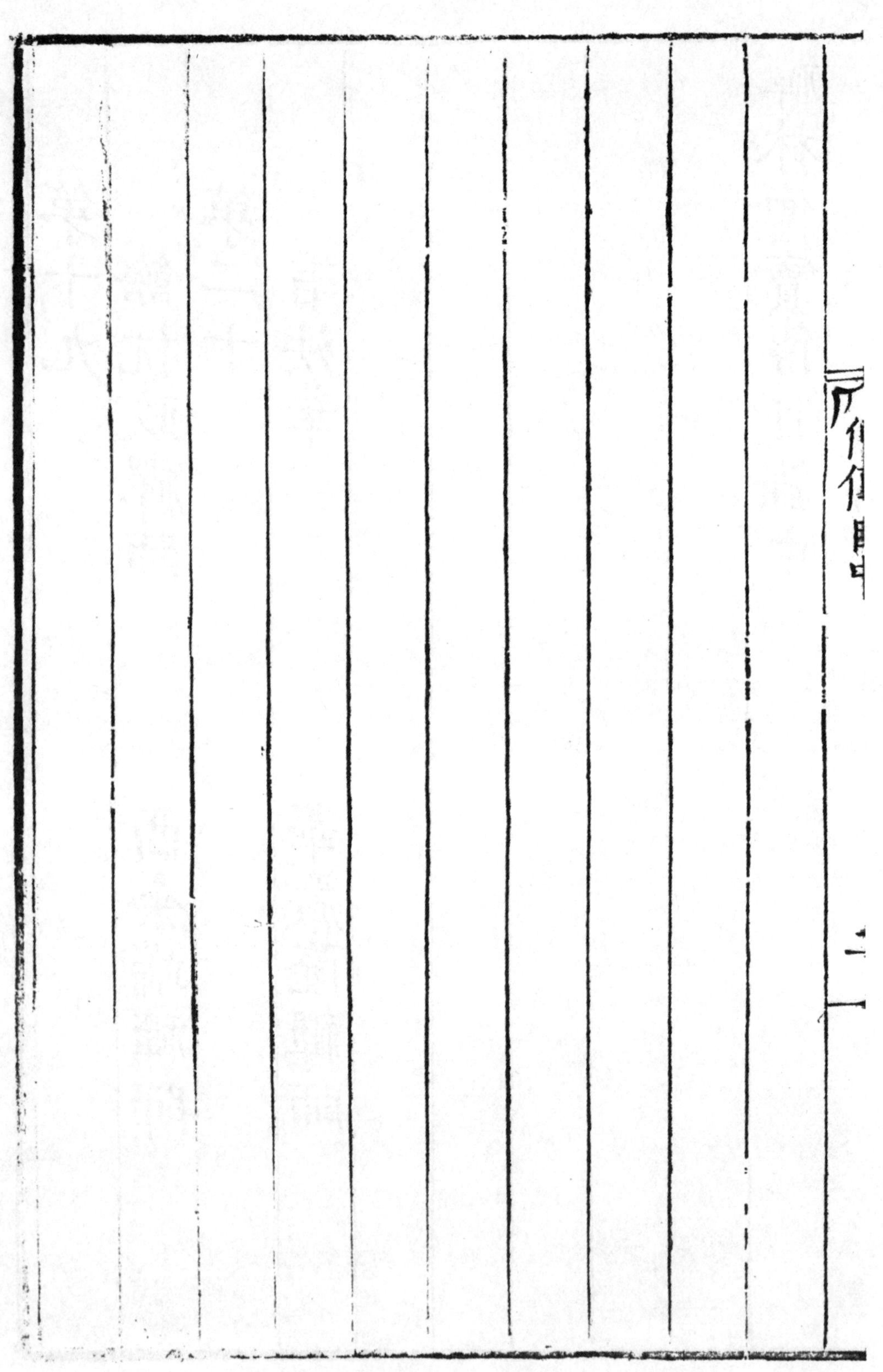

禪林僧寶傳第十一

明白庵居沙門 惠洪 撰

洞山聰禪師　雪竇顯禪師

天衣懷禪師

洞山聰禪師

禪師名曉聰，生杜氏，韶州曲江人。少依雲門寺得度，頭骨嶢然。一帔閱寒暑，周游荊楚，飫厭保社。與衆作息，無有識之者。在雲居時，傳僧伽在維揚。於是禪者立問曰：「既是泗州僧伽，因什麽揚州出現？」聰婆娑從旁來，衆戲使對之。聰曰：「君子愛財，取之有道衆目笑之蓮花峯祥庵主聞此語驚曰雲門兒孫猶在耶夜敷坐具望雲居拜之叢林遂知名至洞山依詮禪師大中祥符二年詮移住棲賢以聰繼席果嗣文殊應天眞禪師眞見圓明密雲門四世孫也聰見僧來有所問輙嗔目視之曰我擊虎術汝不會去一日自荷柴登山僧逆之問曰山上住爲什麼山下擔柴答曰山上也要柴燒雲居舜老夫時年少聰使乞食鄂渚有居士問古鏡未磨時如何曰黑如漆曰磨後如何曰照天照地居士笑曰道人不自洞山來耶舜默慙馳歸擧似聰

聰代前語曰此去漢陽不遠代後語曰黃鶴樓前鸚鵡洲舜因悟其旨聰示衆曰一大藏教是箇之字祖師西來是右字（或作手）作麼生是正義良久曰天晴蓋却屋趂閑打却禾輸納王租了鼓腹自高歌手植萬松於東嶺而誦金剛般若經山中人名其嶺曰金剛方植松而寶禪師至時親自五祖來聰問上嶺一句作麼生道寶曰氣急殺人聰拄钁呵曰從何得此隨語生解阿師見問上嶺便言氣急佛法却成流布寶請代語聰曰何不道氣喘殺人逍遥問嶺在此金剛在什麼處聰指曰此一株

松是老僧親栽。初比部郎中許公式出守南昌，過蓮花峯，聞祥公曰：聰道者在江西，試尋訪之。此僧人天眼目也。許公既至，聞聰住山家風，作詩寄之曰：語言渾不滯，高躡祖師蹤。夜坐連雲石，春栽帶雨松。鏡分金殿燭，山答月樓鐘。有問西來意，虚堂對遠峯。天聖八年六月八日示疾，持不食七日，集道俗曰：法席當令自寶住持。因與門人叙透法身說偈曰：參禪學道莫忪忪，問透法身北斗藏。余今老倒尫羸甚，見人無力得商量。唯有钁頭知我道，種松時復上金剛。言卒而化。又七日闍維，得五色舍利塔于西阿。

贊曰：聰答所問兩句耳，而蓮花祥公便知是雲門兒孫。古人驗人，何其明也。如此，予留洞山最久，藏中有聰語要一卷，載雲水僧楚圓請益𢹂億大年百問語，皆赴來機，而意在句語之外。圓即慈明也。初受汾陽祝，令更見聰，故慈明參扣餘論，尚獲見之。嗚呼！聰爲蓮花峯汾陽所知，則其人品要當從玄沙稜道者輩中求也。

雪竇顯禪師

禪師名重顯，字隱之，遂州人，太平興國五年四月八日生于李氏。幼精敏。讀書知要。下筆敏速。然雅志丘壑。父母不能奪。竟依益州普安院沙門仁銑爲師。落髮受具。出蜀浮沈荆渚間歷年。甞典客大陽。與客論趙州宗旨。客曰。法眼禪師昔解后覺鐵觜者於金陵。覺。趙州侍者也。號稱明眼。問曰。趙州栢樹子因緣記得否。覺曰。先師無此語。莫謗先師好。法眼拊手曰。眞自師子窟中來。覺公言無此語。而法眼肯之。其旨安在。顯曰。宗門抑揚。那有規轍乎。時有苦行名韓大伯者。貌寒寠。侍其旁。輙匿笑而去。客退。顯數之曰。我偶客語。爾乃敢慢笑。笑何

誤百丈恒嗣恒
嗣清源益

事對曰笑知客智眼未正擇法不明顯曰豈有說乎對以偈曰一兎橫身當古路蒼鷹才見便生擒後來獵犬無靈性空向枯椿舊處尋顯陰異之結以爲友顯盛年工翰墨作爲法句追慕禪月休公嘗游廬山棲賢時諟禪師居焉簡嚴少接納顯藹苴不合作師子峯詩譏之（師子峯在棲賢之後）曰踞地盤空勢未休爪牙安肯混常流天教生在千峯上不得雲擎也出頭顯與齊岳者爲侶同謁五祖戒禪師顯休於山前莊遣岳先往機語不契顯亦竟不見北游至復州北塔祚禪師者香林遠公嫡子雲門

之孫也祚遠皆蜀人知見高學者莫能覰其機顯俊邁祚愛之遂留止五年盡得其道顯與學士曾公會厚善相值淮上問顯何之曰將遊錢塘絕西興登天台鴈蕩曾公曰靈隱天下勝處珊禪師吾故人以書薦顯顯至靈隱三年陸沈衆中俄曾公奉使浙西訪顯於靈隱無識之者時堂中僧千餘使吏撿床曆物色求之乃至曾公問向所附書顯袖納之曰公意勤然行脚人非督郵也（一本曰然行脚人於世無求敢希薦達哉）曾公大笑珊公以是奇之吳江翠峯虛席舉顯出世開法日顧視大衆曰若論本分相見

不必高陞此座乃以手指曰諸人隨山僧手看無量佛土一時現前各各子細觀瞻其或涯際未知不免拖泥帶水於是登坐又環顧大衆曰人天普集合發明何事豈可乎分賓主馳騁問答便當宗乘去廣大門風威德自在輝騰今古把定乾坤千聖只言自知五乘莫能建立所以聲前悟旨猶迷顧鑒之端言下知歸尚昧識情之表諸人要識眞實相爲麼但以上無攀仰下絕已躬自然常光現前箇箇壁立千仞還辨明得也無未辨辨取未明明取既辨明得便能截生死流踞佛祖位妙圓超

悟正在茲時堪報不報之恩以助無爲之化後住明州雪竇宗風大振天下龍蟠鳳逸衲子爭集座下號雲門中興顯嘗經行植杖衆衲環之忽問曰有問雲門樹凋葉落時如何曰體露金風雲門答遮僧耶爲解說耶有宗上座曰待老漢有悟處即說顯熟視驚曰非韓大伯乎曰老漢瞥地也於是令撾鼓衆集顯曰大衆今日雪竇宗上座乃是昔年大陽韓大伯具大知見晦迹韜光欲得發揚宗風幸願特升此座宗遂升座僧問寶劒未出匣時如何曰神光射斗牛又問出匣後如何曰千兵易

得一、將難求、僧退、宗乃曰、寶劍未出匣。神光射斗牛。千兵雖易得。一將實難求。便下座、一衆大驚、暮年悲學者尋流失源、作爲道日損偈曰、三分光陰二早過。靈臺一點不揩磨。貪生逐日區區去。喚不回頭爭奈何。餘敷揚宗旨、妙語徧叢林皇祐四年六月十日、沐浴罷整衣側卧而化閱世七十三、坐五十夏、建塔山中、得法上首天衣義懷禪師、

天衣懷禪師

禪師名義懷、生陳氏、溫州樂清人也、世以漁爲業、母夢星殞于屋除、而光照戶、已而娠、及生尤多吉

祥兒稚坐父船尾漁得魚付懷懷不忍串之私投江中父怒笞詬甘甜之不以介意長遊京師依景德寺天聖中試經得度懷清癯行步遲緩衆中望見如鶴在雞群時有言法華者不測人也行市井拊懷背曰臨際德山去懷初未喻問耆宿耆宿曰汝其當宏禪宗乎行矣勿滯于此懷初謁荆州金鑾善禪師不契後謁葉縣省禪師又不契東遊至翠峯翠峯衆盛懷當營炊自汲澗折擔悟旨顯公印可以爲奇辭去久無耗有僧自淮上來曰懷出世鐵佛矣顯使誦提倡之語曰譬如鴈過長空影

即佛日才

沉寒水鴈無遺蹤之意水無留影之心顯激賞以爲類已先使慰撫之懷乃敢通門人之禮然諸方服其精識自鐵佛至天衣五遷法席皆荒凉處懷至必幻出樓觀四事成就晚以疾居池州杉山庵門弟子智才住杭州佛日山迎歸養侍劑藥才如姑蘇未還懷促其歸至門而懷已別衆才問卵塔已畢如何是畢竟事懷竪拳示之遂倒卧推枕而化閱世七十二坐四十六夏葬佛日崇寧中勅謚振宗大師

贊曰予觀雪竇天衣父子提倡之語其指示心法

廣大分曉，如雲廓天布，而後之學者失其旨的，爭以識情數量義學品目緇穢之，譬如燧人氏鑽火，將以烹飪饗上帝，而秦始皇用以烹儒焚書，豈不誤哉。然予聞菩薩宏法，爲内外護，皆本願力，故曾集賢之知雪竇，言法華之識天衣，疑非苟然者耶。

禪林僧寶傳第十一

禪林僧寶傳第十二

薦福古禪師

禪師名承古西州人傳失其氏少爲書生博學有聲及壯以鄉選至禮部議論不合有司怒裂其冠從山水中來客潭州了山見敬玄禪師斷髮從之遊已而又謁南嶽雅禪師雅洞山之子知見甚高容以入室後遊廬山經歐峯愛宏覺塔院閑寂求居之清規凜然過者肅恭時叢林號古塔主初說法於芝山嗣雲門景祐初范文正公仲淹守饒四年十月迎以住薦福示衆曰衆生久流轉者爲不

明自己欲出苦源但明取自己自己者有空刧時自己有今時日用自己空刧自己是根蔕今時日用自己是枝葉又曰一夏將末空刧已前事還得相應也未若未得相應爭柰永刧輪廻何有什麽心情學佛法廣求知解被知解風吹入生死海若是知解諸人過去生中揔曾學來多知多解説得慧辯過人機鋒迅疾只是心不息與空刧已前事不相應因茲惡道輪廻動經塵刧不復人身如今生出頭來得箇人身在袈裟之下依前廣求知解不能息心未免六趣輪廻何不歇心去如癡如迷

去不語五七年去已後佛也不奈汝何古德云一句語之中須得具三玄故知此三玄法門是佛知見諸佛以此法門度脫法界衆生皆今成佛今人却言三玄是臨濟門風誤矣汾州偈曰三玄三要事難分古注曰此句摠頌三玄也下三句別列三玄也得意忘言道易親古注曰此玄或作意中玄也一句明明該萬象古注曰此體中玄重陽九日菊花新古注曰此句中玄也僧問三玄三要之名願爲各各標出古曰三玄者一體中玄二句中玄三玄中玄此三玄門是佛祖正見學道人但隨入得

一玄已具正見入得諸佛閫域僧問依何聖教參
詳悟得體中玄古曰如肇法師云會萬物爲自已
者其唯聖人乎又曰三界唯心萬法唯識又曰諸
法所生唯心所現一切世間因果世界微塵因心
成體六祖云汝等諸人自心是佛更莫狐疑外無
一法而能建立皆是自心心生萬種法又云於一
毫端現寶王刹坐微塵裏轉大法輪如此等方是
正見纔缺纖毫卽成邪見便有剩法不了唯心僧
又問如何等語句及時節因緣是體中玄古曰佛
以手指地曰此處宜建梵刹天帝釋將一莖草插

其處曰建梵剎竟佛乃微笑水潦被馬祖一踏踏倒起曰萬象森羅百千妙義只向一毫上便識得根源僧問趙州如何是學人自已州對曰山河大地此等所謂合頭語直明體中玄正是潑惡水自無出身之路所以雲門誡曰大凡下語如當門劒一句之下須有出身之路若不如是死在句下又南院云諸方只具啐啄同時眼不具啐啄同時用僧進曰有何言句明出身之路古曰如杏山問石室曾到五臺不對曰曾到曰見文殊不對曰見又問文殊向汝道什麼對曰道和尚父母拋在荒草

裏僧問甘泉維摩以手擲三千大千世界於他方意旨如何答曰填溝塞壑僧曰一句道盡時如何答曰百雜碎雲門問僧甚處來曰南嶽來又問讓和尚爲甚入洞庭湖裏僧無對雲門代云謝和尚降尊就卑此等語雖赴來機亦自有出身之路要且未得脱灑潔淨更須知有句中玄僧曰既悟體中玄凡有言句事理俱備何須句中玄古曰體中玄臨機須看時節分賓主又認法身法性能卷舒萬象縱奪聖凡被此解見所纏不得脱灑所以須明句中玄若明得謂之透脱一路向上關捩又謂

之本分事祇對更不答話僧曰何等語句是句中玄古曰如比丘問佛說甚法佛云說定法又問明日說甚法佛云不定法曰今日爲甚定明日爲甚不定佛曰今日定明日不定僧問思和尚如何是佛法大意答曰廬陵米作麽價又僧問趙州承聞和尚親見南泉來是否答曰鎮州出大蘿蔔頭又問雲門如何是超佛越祖之談答曰餬餅如何是向上關棙曰東山西嶺青又問洞山如何是佛答曰麻三斤若於此等言句中悟入一句一切攝通所以體中玄見解一時淨盡從此已後攝無佛法

知見便能與人去釘楔脫籠頭更不依倚一物然但脫得知見見解猶在於生死不得自在何以故爲未悟道故於他分上所有言句謂之不答話今世以此爲極則天下大行祖風歇滅爲有言句在若要不涉言句須明玄中玄僧曰何等語句時節因緣是玄中玄古曰如外道問佛不問有言不問無言世尊良久外道曰世尊大慈開我迷雲令我得入又僧問馬大師離四句絕百非請師直指西來意答曰我今日無心情但問取智藏僧問藏藏曰我今日頭痛問取海兄又問海海曰我到遮裏

却不會，又臨際問黃蘗如何是佛法的的大意，三問三被打，此等因緣，方便門中，以爲玄極，唯悟者方知，若望上祖初宗，卽未可也。僧曰，三玄須得一時圓備，若見未圓備，有何過，古曰，但得體中玄，未了句中玄，此人長有佛法知見，所出言語，一一要合三乘，對答句中，須依時節，具理事分賓主，方謂之圓，不然謂之偏枯，此人以不忘知見，故道眼未明，如眼中有金屑，須更悟句中玄，乃可也，若但悟句中玄，卽透得法身，然返爲此知見奴使，並無實行，有憎愛人我，以心外有境，未明體中玄也，雲門臨濟下兒孫多如此凡學道人縱悟得一種玄門又須明取玄中玄方能不坐在脫灑路上始得平穩脚踏實地僧曰既云於祖佛言句棒喝中學何故有盡善不盡善者古曰一切言句棒喝以悟爲則但學者下劣不悟道但得知見知見是學成非悟也所以認言句作無事作點語作縱語作奪語作照作用作同時不同時語此皆邪師過謬非衆生咎學者本意只欲悟道見性爲其師不達道祇将知見教渠故曰我眼本正因師故邪僧曰師論三玄法門名既有三法門亦有三而語句各各不

同、如何又言一句之中須具三玄三要、古曰空空法界本自無爲、隨緣應現無所不爲所以虛空世界萬象森羅、四時陰陽否泰、八節草木榮枯、人天七趣、聖賢諸佛五教三乘、外道典籍世出世間皆從此出、故云無不從此法界流究竟還歸此法界經云一切諸佛及諸佛阿耨多羅三藐三菩提法皆從此經出楞嚴曰於一毫端現寶王刹坐微塵裏轉大法輪維摩曰或爲日月天梵王世界主或時作地水或時作火風李長者云於法界海之智水示作魚龍處涅盤之大宅現陰陽而化物眞覺云一月普現一切水一切水月一月攝三祖云一卽一切一切卽一故曰萬法本無攬眞成立眞性無量理不可分故知無邊法界之理全體徧在一法一塵之中華嚴曰法性徧在一切處一切衆生及國土三世悉在無有餘亦無形相而可得到此境者一法一塵一色一聲皆具周徧含容四義理性無邊事相無邊參而不雜混而不一何疑一語之中不具三玄三要耶僧又進曰古人何故須要一語之中具三玄三要其意安在哉古曰蓋緣三世諸佛所有言句教法出自體中玄三世祖師所

有言句并教法出自句中玄十方三世佛之與祖所有心法出自玄中玄故祖道門中没量大人容易領解且如親見雲門尊宿具大聲價如德山密洞山初智門寬巴陵鑒只悟得言教要且未悟道見性何以知之如僧問巴陵提婆宗答曰銀椀裏盛雪問吹毛劍答曰珊瑚枝枝撑着月問佛教祖意是同别答曰雞寒上樹鴨寒下水云我此三轉語足報雲門恩了也更不爲作忌齋大衆雲門道此事若在言句一大藏教豈無言句豈可以三轉語便報師恩乎古臨終爲偈辭衆曰天地本同根

鳥飛空有跡雪伴老僧行須彌撼金錫乙酉冬至四靈光一點赤珍重會中人般若波羅蜜

贊曰古說法有三失其一判三玄三要爲玄沙所立三句其二罪巴陵三語不識活句其三分兩種自己不知聖人立言之難何謂三玄三要爲玄沙所立三句耶曰所言一句中具三玄一玄中具三要有玄有要者臨濟所立之宗也在百丈黃蘗但名大機大用在巖頭雪峯但名陷虎卻物譬如火聚觸之爲燒背之非火古謂非是臨濟門風則必有據而言有據何不明書以絕學者之疑不然則

是臆說。肆爲臆說，則非天下之達道也。見立三玄則分以爲體中、爲句中、爲玄中；至言三要，則獨不分辨乎。方譏呵學者溺於知見不能悟道，及釋一句之中具三要，則反引金剛首楞嚴維摩等義證成，曰：性理無邊，事相無邊，參而不雜，混而不一。何疑一語之中不具三玄三要？夫敘理敘事，豈非知見乎？且教乘既具此意，則安用復立宗門？古以氣蓋人，則毀教乘爲知見，自宗不通，則又引知見以爲證。此一失也。何謂罪巴陵三語不識活句耶？曰：巴陵眞得雲門之旨。夫語中有語，名爲活句；語中無語名爲活句使問提婆宗答曰外道是問吹毛劍答曰利刃是問祖教同異答曰不同則鑒作灰語墮言句中今觀所答三語謂之語則無理謂之非語則皆赴來機活句也古非毀之過矣二失也何謂分二種自已不知聖人立言之難耶曰世尊偈曰陁那微細識習氣如瀑流眞非眞恐迷我常不開演以第八識言其爲眞也耶則慮迷無自性言其非眞也耶則慮迷爲斷滅故曰我常不開演立言之難也爲阿難指示即妄即眞之旨但曰二種錯亂修習一者用攀縁心爲自性者二者識精

圓明能生諸緣緣所遺者然猶不欲間隔其辭慮
於一法中生二解故古剏建兩種自巳疑誤後學
三失也

禪林僧寶傳第十二

禪林僧寶傳第十三

福昌善禪師

大陽延禪師

福昌善禪師

禪師名惟善，不知何許人，住荆南福昌寺，嗣明教寬禪師，爲人敬嚴祕重，法道初住持時，屋廬十餘間，殘僧數輩，善晨香夕燈，陞座説法，如臨千衆，禪林受用，所宜有者，咸修備之。客至肅然加敬。十餘年而衲子方集，至百許人。善見來者，必勘驗之。有僧纔入方丈，畫一圓相，呈善。善喝曰：遮野狐精。其僧便作擲勢，以脚撥之。三善曰：蒿箭子。其僧禮拜善便打又問僧近離甚麼處對曰大别曰在大别多少時對曰三年曰水牯使什麼人作對曰不曾觸他一粒米曰二時喫箇什麼僧無語善便打又問僧近離甚麼處對曰安州曰什麼物與麼來也對曰請師辯著曰驢前馬後漢僧喝之曰驢前馬後漢又惡發作麼僧又喝善便打僧無語善喝云遮瞎驢打殺一萬箇有甚罪過參堂去有僧自號映達摩纔入方丈提起坐具曰展卽徧周法界不展卽賓主不分展卽是不展卽是善曰汝平地喫交了也映曰明眼尊宿果然有在善便打映曰奪

拄杖打倒和尚莫言不道善曰棺木裏瞠眼漢且坐喫茶茶罷映前白曰適來容易觸悞和尚善曰兩重公案罪不重科便喝去之又問僧近離什麼處對曰承天曰不涉途程道將一句來僧喝之善便打僧以坐具作摵勢善笑曰惡車後掉藥囊又問裕士年多少曰四十四善曰添一減一是多少其人無對善便打乃自代云適來猶記得問超山主名什麼對曰與和尚同名善曰回互不回互對曰不回互善便打又問僧什麼處來對曰遠離兩浙近離蜀州曰夏在什麼處曰德山曰武陵溪畔

道將一句來僧無語乃自代曰水到渠成又問僧什麽處來對曰復州曰什麽物與麽來對曰請和尚試辨看曰禮拜著僧曰喏喏曰自領出去三門外與汝二十棒善機鋒峻不可嬰諸方畏服法席追還雲門之風南禪師嘗曰我與翠巖悦在福昌時適病寒服藥出汗悦從禪侶徧借被咸無焉有紙衾者皆以衰老亦可數悦太息曰善公本色作家也

贊曰明教在雲門一日聞白槌曰請師寬充典座明教翻筋斗出衆曰雲門禪屬我矣及住持嘗自

外歸首座問曰游山不易明教舉拄杖曰全得渠力首座奪之即隨倒卧首座掖起度與拄杖明教便打曰向道全得渠力予嘗想見其人今觀善公施爲眞克家子也

大陽延禪師

禪師名警玄祥符中避國諱易爲警延江夏張氏子也其先蓋金陵人仲父爲沙門號智通住持金陵崇孝寺延往依以爲師年十九爲大僧聽圓覺了義經問講者何名圓覺講者曰圓以圓融有漏爲義覺以覺盡無餘爲義延笑曰空諸有無何名

圓覺講者嘆曰是兒齒少而識卓如此我所有何足以益之政如以穢食置寶器其可哉遍知之使令遊方初謁鼎州梁山觀禪師問如何是無相道塲觀指壁間觀音像曰此是吳處士畫延擬進語觀急索曰遮箇是有相如何是無相底於是延悟旨於言下拜起而侍觀曰何不道取一句子延曰道即不辭恐上紙墨觀笑曰他日此語上碑去在延獻偈曰我昔初機學道迷萬水千山覓見知明今辯古終難會直說無心轉更疑蒙師點出秦時鏡照見父母未生時如今覺了何所得夜放烏雞

帶雪飛觀稱以爲洞上之宗可倚延亦自負儕輩莫敢攀奉一時聲價藉甚觀殁辭塔出山至大陽謁堅禪師堅欣然讓法席使主之退處偏室延乃受之咸平庚子歲也謂衆曰廓然去肯重去無所得心去平常心去離彼我心去然後方可所以古德道牽牛向溪東放不免納官家傜稅牽牛向溪西放不免納官家傜稅不如隨分納此此渠揔不妨免致勞擾作麽生是隨分納此此底道理但截斷兩頭有無諸法凡聖情盡體露眞常事理不二卽如如佛若能如此者法法無依平等大道萬有

不繫隨處轉轆轆地更有何事僧問亾僧遷化向什麼處去延曰亾僧幾時遷化僧曰爭柰相送何延曰紅爐燄上條絲縷靉靆雲中不點頭見僧種瓜問曰甜瓜何時可熟對曰即今熟爛也曰揀甜底摘來對曰什麼人喫曰不入園者對曰未審不入園者還喫也無曰汝還識他麼對曰雖然不識不得不與延笑曰去其僧後病延入延壽堂看之問曰是身如泡幻泡幻中成辦若無箇泡幻大事無因辦若要大事辦識取箇泡幻作麼生對曰遮箇猶是遮邊事延曰那邊事作麼生對曰匝地紅

遠即浮山遠

輪秀海底不栽花延笑曰乃爾惺惺耶僧喝曰遮老漢將謂我忩却（即興陽剖禪師）延神觀奇偉有威重從兒稱中即日一食自以先德付受之重足不越限脇不至席者五十年年八十坐六十一夏嘆無可以繼其法者以洞上旨訣寄葉縣省公之子法遠使爲求法器傳續之延嘗注釋曹山三種語須明得轉位始得一曰作水牯牛是隨類墮注曰是沙門轉身語是異類中事若不曉此意即有所滯直是要伊一念無私即有出身之路二曰不受食是尊貴墮注曰須知那邊了却來遮邊行李若不虛

此位卽坐在尊貴、三曰不斷聲色是隨處墮、注曰以不明聲色故隨處墮須向聲色裏有出身之路作麽生是聲色外一句答曰聲不自聲、色不自色、故云不斷指掌當指何掌也、予嘗作隨類墮偈曰、紛然作息同、銀椀裏盛雪、若欲異牯牛、與牯牛何別、作尊貴墮偈曰、生在帝王家、那復有尊貴、自應著珍御、顧見何驚異、作隨處墮偈曰有聞皆先聞、有見元無物、若斷聲色求、木偶當成佛、今併系於此、延以天聖五年七月十六日、陞座辭衆、又三日以偈、寄王曙侍郎、其略曰吾年八十五修因至於

此問我歸何處頂相終難覩停筆而化

賛曰延嗣梁山觀觀嗣同安志志嗣先同安丕丕嗣雲居膺膺於洞山之門爲高弟也余觀大陽盛時有承剖兩衲子號稱奇傑卒至於不振惜哉微遠録公則洞上正脈幾於不續矣嗚呼延之知人可以無媿也

禪林僧寶傳第十三

諲音因敬也

禪林僧寶傳第十四

神鼎諲禪師　谷山崇禪師

圓照本禪師

神鼎諲禪師

禪師洪諲者襄水人也傳失其氏（或云生於扈氏）隱於衡嶽之三生藏有湘陰男子邦稱右族來游福嚴即諲室見諲氣貌閑靖一鉢挂壁莫能親踈之傾愛之忘去謂曰師寧甘長客于人亦欲住山乎我家神鼎之下鄰寺吾世植福之地久無住持者可俱往諲笑曰諾乃以巳馬馱諲還諲至設魚鼓粥飯

如諸方一年而成叢席十年而有衆三十輩僧契嵩少時游焉譚坐堂上受其展指庭下兩小甕咤曰汝來乃其時寺今年始有醬食矣明日將粥一力挾筐取物投僧鉢中嵩覘上下有卽咀嚼者有置之自若者嵩袖之下堂出以觀皆碎餅餌問諸耆老曰此寺自來不煑粥脫有檀越請應供譚次第撥僧赴之衬令攜乾殘者歸納庫下碎焙之均而分俵以當麪也堂頭言汝來適丁其時良然嵩大驚有木牀一夜則譚坐其上三十輩者環之聽其誨語譚曰洞山頌曰貪瞋癡太無知果賴今朝

捉得伊行卽打坐卽槌分付心王子細推無量刧
來不解脫問汝三人知不知古人與麽道神鼎卽
不然貪瞋癡實無知十二時中任從伊行卽往坐
卽隨分付心王無可爲無量刧來元解脫何須更
問知不知又嘗曰無量刧來賃屋住至今不識主
人公借問諸人還識主人公也未良久云若有人
問神鼎向伊道作麽作麽又云不得作主人公話
會參智度寺沙門本延謁譚夜語還謂郡將曰譚
公所謂本色老宿惜陸沉山中郡以禮請開法譚
辭免不得已曰山僧年十八游方亦無正意參禪

只欲往東京聽一兩本經論以答平生何期行到汝州忽值風發吹上首山見箇老和尚劈頭槌一槌當時浹背汗流禮却三拜如今思量悔不當初束縛送去首山後却歸鄉井古寺閑房任運過時豈不快哉雖然如是官不容針私通車馬今日有一炷香也要對衆燒却供養此老只是汝州土宜乃升座問答罷又曰齋會已具僧俗已集問答已畢佛法成辦只將此善上祝今上皇帝聖壽無疆便下座道俗懽呼以爲未始見也於是譚聲名普聞僧問烏窠侍者欲往諸方學習佛法去烏窠但

吹布毛便悟去如何。諲曰此事卽知此人久積淨
業曠劫修行方能了解。乃拈布毛舉似。復吹之曰
會麼。不得孤負老僧。良久曰我在首山與汾陽師
兄曾如此說。汾陽作偈曰。侍者初心慕勝緣。辭師
擬去學參禪。鳥窠知是根機熟。吹毛當下得心安。
看它吐露。終是作家。又曾同作拄杖子偈。昭曰一
條拄杖刺蝎。勁直螺紋爆節。尋常肩上橫擔。大地
乾坤挑斡。戳開懵鈍頑癡。打破劍利尖黠。如今卓
在面前。諸方作麼拈掇。我卽不與麼道。僧曰頗聞
和尚偈。偈曰得處不在高峯。亦非淺谿深蟄。如今

幸得扶持老病是爲依托僧問有問首山如何是佛法大意答曰我不將小意對闍梨諲曰若有問神鼎但向道此一問豈是小意會麼首山大似擔水河頭賣神鼎只解就窩裏打良久曰相見不揚眉君東我亦西有時示衆曰雨下階頭濕晴乾又沒泥姨姨孃姊妹嫂嫂阿哥妻若與麼會得猶是長連牀上粥飯僧作麼生道得一句作箇出格道人有麼良久云適來有一人爲蛇畫足踏跳上梵天𡑞著帝釋鼻孔帝釋惡發雨似盆傾諸人還覺袈裟濕麼有僧自汾州來傳是舉道者諲倚拄杖曰一

朶峯巒上、獨樹不成林時、如何僧曰水分江樹淺、遠澗碧泉深、又問作麽生是回互之機僧曰、盲人無眼又問曰我在衆時不會汾陽一偈上座久在法席、必然明了、僧曰請和尚擧看諲曰鵝王飛鳥去馬頭嶺上住天高蓋不得、大家揔上路、作麽僧舉起坐具曰萬年松在祝融峯、諲曰不要上座答話試説看僧曰忽憶少年曾覽照、十分光彩臉邊紅、即拂衣去諲曰弄巧成拙僧請益首山答佛話諲作偈曰新婦騎驢阿家牽誰後復誰先張三與李四、拱手賀堯年、從上諸聖揔皆然起坐終、諸沒兩般有問又須向伊道新婦騎驢阿家牽乃又曰雖然如此猶未盡首山大意進曰如何盡首山大意讇曰天長地久日月齊明又作偈曰長安甚樂到人稀千聖同源到者方知不是歸方可較些子直道迥超凡聖外有人不肯在由是曹溪第二機青霄有路郴州道俗卽山迎請住王莽山不赴僧問佛不違衆生之願爲甚有請不赴讇曰莫錯怪老僧好有偈曰一月普現一切水一切水月一月攝若人解了如斯意大地衆生無不徹讇德臘俱高叢林尊仰之如古趙州同曰神鼎閑書壁作偈曰壽報七十六千足

摐音窗撞也

與萬足若問西來意彼此莫相觸莫相觸何付囑報你張三李四叔山又青水又緑歿時年八十餘諲少年時與耆宿數人游湘中一僧舉論宗乘頗博敏會野飯山店供辦而僧論説不已諲曰上人言三界唯心萬法唯識唯識唯心眼聲耳色何人之語僧曰法眼大師偈也諲曰其義如何對曰唯心故根境不相到唯識故聲色摐然諲曰舌味是根境否對曰是諲以箸挾菜置口中含胡而言曰何謂相入耶坐者相顧大驚莫能加答諲曰路塗之樂終未到家見解入微不名見道參須實參悟

僧傳卷二十四　七

須實悟闍羅大王不怕多語

贊曰不欲爭虛氣於形迹之間唯務收實効於言意之表者惷叟論也予觀神鼎殆庶幾無媿此言得道時未壯隱于南嶽二十年乃領住持事又二十年方開堂説法然皆緣起於他寔非己意譬如夜月行空任運而去至於甘枯澹以遂夙志依林樾以終天年可以追媲其師也

谷山崇禪師

禪師名行崇不知何許人也初住福州報恩寺後住潭州谷山寺嗣保福展禪師雪峯之的孫也崇

謂門弟子曰吾雖不在未嘗不爲諸兄弟若委悉報恩嘗爲人處許汝出意想知解五陰身田若委不得猶待報恩開兩片皮方是爲人保汝未出得意想知解所以古人喚作鬼家活計蝦蟆衣下客欲得速疾相應卽如今立地便證驗取識取有什麼罪過不然根思遲回且以日及夜究尋將去忽然一日覷見更莫以少爲足更能研窮究竟乃至婬坊酒肆若觸若淨若好若惡以汝所見事覷教盡是此境界入如入律若更見一法如絲髮許不見此箇事我說爲無明翳障直須不見有法是別

底法方得圓備到遮裏更能翻擲自由開合不成痕縫如水入水如火入火如風入風如空入空若能如是直下提一口劒刺斷天下人疑網一如不作相似所以古人道繁興大用舉必全真若有箇漢到與麼境界誰敢向前說是說非何以故此人是箇漢超諸限量透出因果一切處管束此人不得兄弟若能如是即可若未得如此且直須好與莫取次發言吐氣沈墜却汝無量劫莫到與麼時便道報恩不道

贊曰洞山清稟禪師作澄心堂録録崇語句細味

之骨氣不減巖頭恨不能多見崇寧之初衡虎至谷山塔塚莫辨事迹零落不可考究坐而太息作偈曰行盡湘西十里松到門却立數諸峯崇公事跡無尋處庭下春泥見虎蹤

慧林圓照本禪師

圓照禪師諱宗本出於管氏常州無錫人也性質直少緣飾貌豐碩言無枝葉年十九師事蘇州承天永安道昇禪師昇方道價重叢林歸之者如雲本弊衣垢面探井臼典炊爨以供給之夜則入室參道昇曰頭陁荷衆良苦亦疲勞乎對曰若捨一

法不名滿足菩提寔欲此生身證其敢言勞昇陰奇之又十年剃髮受具服勤三年乃辭昇游方徧參初至池州景德謁義懷禪師言下契悟衆未有知者嘗爲侍者而喜寢鼻息齁齁聞者厭之言於懷懷笑曰此子吾家精進幢也汝輩它日當依賴之無多談衆乃驚及懷公徙住越之天衣常之薦福本皆從之治平初懷公退居吳江之聖壽院部使者李公復圭過懷公夜語曰瑞光法席虛願得有道衲子主之懷指本曰無踰此道人者耳既至瑞光集衆擊皷皷輙墮圜轉震響衆驚却有僧出

呼曰此和尚法雷震地之祥也俄失僧所在自是法席日盛衆至五百人杭州太守陳公襄以承天興教二刹堅請欲往而蘊人留之益甚又以淨慈懇請之曰借師三年爲此邦植福不敢久占本嘖嘖曰誰不欲作福蘊人識其意聽赴之學者又倍於瑞光既而蘊人以萬壽龍華二刹請擇居之迎者千餘人曰始借我師三年今九載矣義當見還欲奪以歸杭州守使縣尉持卒徒護之乃不敢奪元豐五年以道場付其門人善本而居於瑞峯庵蘊人聞之謀奪之懼力不勝欲發而未敢也時今

待制曾公孝序適在蘄，蓋嘗問道於本，而得其至要，因謁之庵中，具舟江津，既辭去，本送之，登舟語笑中，載而歸，以慰蘄人之思。於是歸本於穹窿山福臻院，時年六十三矣。未幾，神宗皇帝闢相國寺六十有四院爲八禪二律，以中貴人梁從政董其事，驛召本，主惠林，既至，遣使問勞，三日，詔演法於寺之門，萬衆拜瞻，法會殊勝，以爲彌勒從天而降人間也。翌日，召對延和殿，有司使習儀而後引，既對，山呼罷，登殿，賜坐，即就坐，盤足跏趺，侍衛驚相顧，本自若也。賜茶至，舉盞長吸，又蕩撼之，上問

受業何寺。對曰承天永安。上喜其眞兪，以方與禪
宗宜善開導之旨。既退，上目送之，謂左右曰：眞福
慧僧也。及上元日，車駕幸相國寺，止禪衆無出迎。
師奉承睿獎，闡揚佛事，都邑四方人以大信。神宗
登遐，召本入福寧殿說法。左右以本嘗爲先帝所
禮敬，見之嗚咽不自勝。哲宗加號禪師，皇叔荆王
親齋勑授之。元祐元年，以老求歸，朝廷從其請，勑
任便雲游，所至不得抑令住持。因欣然升座辭衆
曰：本是無家客，那堪任便遊。順風加櫓棹，船子下
揚州。既出都城，王公貴人送者車騎相屬。本誨之

曰歲月不可把玩老病不與人期唯勤修勿怠是眞相爲聞者莫不流涕其眞慈善導感人如此非特然也其住瑞光民有屠牛者牛逸赴本跪若自訴遂買而畜之其住淨慈歲大旱湖井皆竭寺之西隅有甘泉自湧得金鰻魚因浚爲井投魚其間寺衆千餘人汲以不竭民張氏有女子死夢其母曰我以罪爲蛇旣覺得蛇於棺下持以詣本乃爲說法復置故處俄有黑蟬翔棺上而蛇失所在母祝曰若我女當入籠中當持汝再詣淨慈如其祝本復爲說法是夕夢女曰二報已解脫矣其顯化

異數又如此本平居恂恂未嘗以辯博爲事至其說法則雖盛名隆勢無所少假高麗僧統義天以王子奉國命使于我朝聞本名請以弟子禮見問其所得以華嚴經對師曰華嚴經三身佛報身說耶化身說耶法身說耶義天曰法身說本曰法身徧周沙界當時聽衆何處蹲立義天茫然自失欽服益加太子少保李公端愿世以佛學自名本問曰十方同聚會箇箇學無爲旣曰無爲作麽生學李公不能答雪竇道法至本大盛老居靈巖閉門頽然而四方從者相望於道不釋也元符二年十

二月甲子將入滅沐浴而卧門弟子環擁請曰和尚道徧天下（或一本云名滿天下）今日不可無偈幸強起安坐本熟視曰癡子我尋常尚懶作偈今日特地圖箇什麽尋常要卧便卧不可今日特地坐也索筆大書五字曰後事付守榮擲筆憨卧若熟睡然撼之已去矣門弟子塔師全身於靈巖山閱世八十坐五十二夏

贊曰富鄭公居洛中見顒華嚴誦本之語作偈寄之曰（或一本云富鄭公弼得心要於顒華嚴有偈寄本曰）因見顒師悟入深寅緣傳得老師心東南謾說江山遠目對靈光與

妙音王顯謨漢之初見本登座以目四顧乃證本心予聞馬鳴曰如來在世衆生色心殊勝圓音一演隨類得解今去佛之世二千餘年而能使王公貴人聞風而悟瞻顏而證則常隨而親炙之者可知矣故江西八十餘人而本則倍之近代授法之盛無能加者非願宏法道行契佛心何以臻此哉

一本云自瞻顏而證之下但云則其大願真慈之力無愧紹隆之職者

禪林僧寶傳第十四

傳卷十四

禪林僧寶傳第十五

衡嶽泉禪師　法華舉禪師

衡嶽泉禪師

禪師名谷泉，泉南人也。少聰敏，性耐垢汙，大言不遜，流俗憎之。去爲沙門，撥置戒律，任心而行，眼蓋衲子，所至叢林，輙删去，泉不以介意。造汾陽，謁昭禪師，昭奇之，密受記莂。南歸，放浪湘中，聞慈明住道吾，往省覲。慈明問曰：白雲橫谷口，道人何處來？泉左右顧曰：夜來何處火，燒出古人墳。慈明呵曰：未在，更道看。泉乃作虎聲，慈明以坐具摵之，泉接住推置繩床上慈明亦作虎聲泉大笑山有湫毒龍所蟄墮葉觸波必雷雨連日過者不敢喘泉慈明暮歸時秋暑捉其衣曰可同浴慈明掣肘徑去於是泉解衣躍入霹靂隨至腥風吹雨林木振揺慈明蹲草中意泉死矣須臾晴霽忽引頸出波間曰因後登衡嶽之頂靈峯寺或云雲峯寺住懶瓚巖又移住芭蕉將移居保真大書壁曰予此芭蕉庵幽占堆雲處般般異境未暇數先看矮松三四樹寒來燒枯杉餞餐大紫芋而今弃之去不知誰來住住保眞庵蓋衡湘至險絕處夜地坐祝融峯下有

大蟒盤繞之泉解衣帶縛其腰中夜不見明日杖策徧山尋之衣帶纏枯松上蓋松妖也又自後洞負一石像至南臺像無慮數百斤衆僧驚駭莫知其來後洞僧亦莫知其去遂相傳爲飛來羅漢嘗過衡山縣見屠者斫肉立其旁作可憐態指其肉又指其口屠問曰汝啞耶卽肯首屠憐之割巨臠置鉢中泉喜出望外發謝而去一市大笑而泉自若以杖荷大酒瓢往來山中人問瓢中何物曰大道漿也自作偈曰我又誰管你天誰管你地著箇破紙襖一味工打睡一任金烏東上玉兔西墜榮

辱何預我興亾不相關一條拄杖一胡蘆闊走南山與北山醉臥山路間大雪起作偈曰今朝甚好雪紛紛如秋月文殊不出頭普賢呈醜拙畜一奴名調古日令拾薪汲澗或呼對坐巖石間贈之以偈曰我有山童名調古不誦經不禮祖解般榾柮禦冬寒隨分衣裳破不補會栽蔬能種芋千山萬山去無懼阿呵呵有甚討處慈明遷住福嚴泉又往省之少留而還作偈寄之曰相别而今又半年不知誰共對談禪一般秀色湘山裏汝自匡徒我自眠慈明笑而已乃令南公更謁泉泉與語驚曰

五州管内乃有此匾頭道人耶南公夏於法輪泉因寫偈招之曰一自與師論大道別來罕有同人到如今拋却老狂僧却去岣嶁峯頭坐大雪漫漫猿聲寂寂獨吟詠自歌曲奇哉大道知音難得孤雲何日却歸山共坐庵前盤陁石南公譏其坦率戲酬以偈曰飲光論刼坐禪布袋經年落魄疥狗不願生天却笑雲中白鶴雲峯悅公訪之泉以偈贈之曰高才悅禪者心如孩兒貌山野特特扶節遠謁予三年見之如初也不參禪不問道尋常只倡漁家傲禪人見渠冷如灰渠見禪人淡如皂有

結伴詣常寧拜阿育王所藏舍利塔者以偈贈之曰諸禪結伴游玉塔靈蹤勝境將心劄歸來舉似看如何何似狂僧無縫塔無縫塔最難邈豈同白玉受人踏五湖四海盡雲犇踏破幾多鞋共韈無縫塔甚區匝君遇同人方始答忽然展手借樣看便與欄腮鼓一搭嘉祐中男子冷清妖言誅泉坐清曾經由庵中决杖配郴州牢城盛暑負土經通衢施檐說偈曰今朝六月六谷泉被氣𣏌不是上天堂便是入地獄言訖微笑泊然如蟬蛻闍維舍利不可勝數郴人塔之至今祠焉

法華舉禪師

禪師名全舉汾陽昭公之嗣也初住龍舒之法華寺後移居白雲之海會寺爲人精嚴諒直飽參汾陽特稱之自出并汾徧諸名山初謁荊南福昌善禪師善問曰回互不回互對曰摠不與麼曰爲什麼巳喫福昌棒對曰一家有事百家忙曰脫空漫語對曰調琴澄太古琢句體全真又謁公安遠禪師遠問作麼生是伽藍對曰深山藏獨虎淺草露群蛇曰作麼生是伽藍中人對曰青松蓋不帀黃葉豈能遮曰道什麼對曰少年曾决龍蛇陣老倒

承嗣大陽延

還聽稚子歌曰一句兩句雲開月露作麽生對曰照破祖師關又謁延壽賢禪師賢問海竭人亾作麽生對曰毒蛇不咬人曰爲何如此對曰風引谿雲斷泉衝石徑斜又謁夾山眞首座眞曰還見麽對曰萬事全無曰還不見麽對曰千般皆在手舉曰首座未見澄散聖時如何曰湖南江西又問見後如何曰江西湖南舉曰却共首座一般耶曰打草蛇驚對曰終不捏怪又謁福嚴承禪師承問作麽生是圓融之相對曰木人嶺上休相覷石女谿邊更不迷舉却問如何是福嚴圓融之相曰老病

尋常事龍鍾没好時又問融卽不問如何是圓曰
法界廣無邊承曰不圓不融時如何對曰虛空無
背面鳥道絶東西又問狸奴白牯却知有三世諸
佛爲什麽不知有如何是三世諸佛不知有曰只
爲太惺惺進曰如何是狸奴白牯却知有曰爭怪
得伊又謁石霜慈明禪師慈明問作麽生是向上
一竅對曰二竅俱明曰還見七十二峯麽對曰有
甚掩處曰道什麽對曰今日觸悞和尚慈明便打
舉曰作什麽曰將謂是妝畨猛將元來是行間小
卒對曰雅淡呈秋色馨香噴月華又謁大愚芝禪

師之問古人見桃花意作麼生對曰曲不藏直曰那箇且從這箇作麼生對曰市中拾得寶比鄰那得知曰上座還知麼對曰路逢劍客須呈劍不是詩人不獻詩曰作家詩客對曰一條紅線兩人牽曰玄沙道諦當又作麼生對曰海枯終見底人死不知心曰恰是對曰樓閣凌雲勢峯巒疊翠層又謁玉澗林禪師林曰北斗藏身事已彰法身從此露堂堂雲門賺殺他家子直至而今亂度量曰我作此偈天下人不肯上座肯麼對曰爭敢曰作麼生對曰清晨升寶座應不讓南能又謁棲賢諟禪

師問如何是佛曰張三李四進曰意旨如何曰胡餅有甚沫又謁五祖戒禪師戒問作麽生是絕羈絆底人對曰反手把籠頭曰却是作家對曰背鞭打不着曰爲什麽上來下去對曰甚處見上來下去戒便打舉曰一言無別路千里不逢人又謁翠峯素禪師素曰風穴道嘶風木馬緣無絆背角泥牛痛下鞭如何對曰翻身師子生獰甚誰敢當頭露爪丞曰放汝一線道對曰七顛八倒曰收對曰了又謁雪竇顯禪師顯問牛喫草草喫牛對曰回頭欲就尾已隔萬重關曰應知無背面要須常現

前對曰驗在目前曰自領出去又謁西湖西峯庵主主曰絕頂西峯路峻機誰敢攀超然凡聖外瞥隔兩重關舉便問如何是兩重關曰月從東出日向西没對曰庵主未見明招時如何曰滿盞油難盡進曰見後如何曰多心易得乾舉機辨如電砰雷射不可把玩諸方畏服號舉道者自住持多夜參曰諸上座吾門之事多少奇特擁之不聚推之不散可謂活鱍鱍地只欠承當在雖然如此有一人不肯在且道不肯底人具什麼眼目若於遮裏甄別得出山僧讓禪床與上座若也甄別不出擲

拄杖云看取又曰僧家以寂住爲本豈可觀州獵縣看山門境致過時蓋爲生死事大所以古人到一處所見箇村院主也須問過如今兄弟往往蹉過不肯遮相博問昔龍牙問德山鑒公仗劒取師頭時如何鑒便引頸龍牙曰頭落也鑒便休去莫是德山無機鋒麼爲當别有道理良久曰德山引頸龍牙獻劒舉歿時七十餘塔于海會

贊曰無爲子曰生者人之所貴死者人之所畏恥者人之所避而泉不貴其貴不畏其畏不避其避此其所以如是吾不知其真吾不知其僞將質之

於天地㐧是時叢林以肅嚴相尚沙門以修絜相高一有指目重爲媿耻故泉有以矯之耳其號泉大道若非苟然擧公名著叢林如薛仁貴著白袍西平王著錦帽真勇於道者也

禪林僧寶傳第十五

省驢漢即廣慧省也

禪林僧寶傳第十六

廣慧璉禪師　翠巖芝禪師

廣慧璉禪師

禪師名元璉者、閩人也、得法於首山念禪師、住汝州廣慧寺、璉褊顱廣顙、瞻視凝遠、望見令人意消、嘗謂衆曰、我在先師會中、見舉竹篦子問省驢漢曰、喚作篦子卽觸、不喚作篦子卽背、作麼生、省近前掣得擲地上云、是什麼、先師云瞎、省從此悟入、我道省驢漢悟卽大殺悟、要且未盡先師意旨、遮箇說話、須是到此田地方相委悉、情見未忘者、豈

免疑謗又見智門綱宗歌曰胡蜂不戀舊時窠猛
將那肯家中死曰祚兄消許多氣力作麼我尋常
說禪如手中扇子舉起便有風不舉一點也無旣
稱宗師却以實法與人好將一把火照看與麼開
口面皮厚多少巖頭云若以實法與人土也消不
得知麼究取好莫面面相覷在此作麼內翰祕書
監知郡楊億大年問曰承云一切罪業皆因財寶
所生勸人踈於財利況南閻衆生以財爲命邦國
以財聚人教中有財法二施何得勸人踈財乎璉
曰幡竿尖上鐵籠頭大年曰海壇馬子似驢大璉

曰楚雖不是冊山鳳大年曰佛滅二千年比丘少慙媿大年嘗書寄内翰李公維叙師承本末其詞曰病夫夙以頑惷獲受獎顧預聞南宗之旨久陪上國之游動靜咨詢周旋策發俾其刳心之有詣牆面之無慙者誠出席間床下矣矧又故安公大師每垂誘導自雙林影滅隻履西歸中心浩然罔知所旨仍歳沉痼神慮迷恍殆及小間再辨方位又得雲門諒公大士見顧蒿蓬諒之旨趣正與安公同轍並自廬山歸宗雲居而來皆是法眼之流裔去年假守茲郡適會廣慧禪伯實嗣南院念念

嗣風穴風穴嗣先南院南院嗣興化興化嗣臨濟臨濟嗣黄蘗黄蘗嗣先百丈海海嗣馬祖馬祖嗣讓和尚即曹谿之長嫡也齋中務簡退食多暇或坐邀而至或命駕從之請叩無方蒙滯俱釋半歲之後曠然弗疑如忘忽記如睡忽覺平昔礙膺之物嚗然自落積劫未明之事廓爾現前固亦決擇之洞分應接之無壅矣重念先德率多參尋如雪峯九度上洞山三度上投子遂嗣德山臨濟得法於大愚終承黄蘗雲巖蒙道吾訓誘乃爲藥山之子丹霞承馬祖印可而作石頭之裔在古多有於

理無嫌病夫今繼紹之緣實屬於廣慧而提激之自良出於鼇峯也忻幸忻幸大年所叙詳悉如此豈欲自著於禪林乎予恨其手編傳燈録至首山之嗣獨載汾陽而不録廣慧機語何也

贊曰廣慧機緣語句雖不多見然嘗一臠知鼎味大率如刀斫水不見痕縫眞可謂作家宗師也平生說法如雲雨暮年止得一楊大年曾國儒生何其少哉

翠巖芝禪師

禪師名守芝太原王氏子也少弃家依（或作於）潞州

承天寺試法華經得度爲大僧講金剛般若經名滿三河學者追崇之時昭禪師出世汾水芝疑之往觀焉投誠入室特受印可南游住高安大愚升座揭香合子曰明頭來明頭合暗頭來暗頭合若道得天下横行道不得且合却僧問一切有爲法如夢幻泡影真實事請師舉芝曰兩段不同向下文長又問滿身是眼口在什麼處芝曰三跳進曰不會芝曰章底詞秋罷歌韻向春生大衆僧俗中皆有奇人且如本朝楊大年偈曰八角磨盤空裏走金毛師子變作狗擬欲藏身北斗中應須合掌

南辰後、要會麼、一偈播諸方、塞斷衲僧口、又曰魯祖見僧來便面壁、南泉曰、我尋常向師僧道、未具胞胎已前會取、尚不得一箇半箇、大愚卽不然、未具胞胎前會得、打折你腰、密諫李公守南昌、請住西山翠巖、開堂祝聖曰、睿筭增延、法輪常轉、且道法輪如何轉、會麼、須彌頂上笑翻身、却來堂中疊足坐、阿呵呵、是什麼、飯籮裏坐却受餓、和泥合水且與麼過、上士聞之熈熈、下士聞之肯可、思量却成口過、要會麼、一六三四二、上言曲七一、桃李火中開、黃昏後日出、芝讖呵學者寡聞、得少爲足、曰汾陽有十智同眞法門、鍛佛祖鉗鎚今時禪者姿質不妙莫有成器者、僧問如何是十智同眞、芝曰先師言、夫說法者、須具十智同眞若不具十智同眞、邪正不辨、緇素不分不能與人爲眼目、決斷是非、如鳥飛空而折翼、如箭射的而斷弦、弦斷故射的不中、翼折故空不可飛、弦壯翼牢、空的俱徹作麽生是十智同眞、如今一切點出、一同一質、二同大事、三摠同參、四同眞智、或云志五同徧普、六同具足、七同得失、八同生殺、九同音吼、十同得入、先師又曰、與什麽人同得入、與誰同音吼、作麽生是同生殺什麼物同得失阿那箇同具足是什麼同徧普何人同眞志或云智孰能揔同參那箇同大事何物同一質有點得出底麼點得出者不悋慈悲點不出者未有參學眼在切須辨取要識是非面目見在芝曰先師曰要識是非面目見在也大省力後生晚學剌頭向言句裏貪着義味如驢舐尿處棒打不回蓋爲不廣求知識徧歷門風多是得一言半句便點頭嚥唾道巳了辦上座大有未穩當處在先師有十五家宗風歌號曰廣智其詞曰大道不說有高低眞空那肯涉離微大海吞流同增

減妙峯高聳摠擎持萬派千谿皆渤澥七金五嶽盡須彌玉毫金色傳燈後二三四七普聞知信衣息廣開機諸方老宿任施爲識心是本從頭説迷心逐物却生疑芝之曰此叙宗旨也或直指或巧施解道前綱出後機旨趣分明明似鏡盲無慧目不能窺明眼士見精微不言勝負墜愚癡物物會同流智水門風逐便示宗枝卽心佛非心佛歷世明明無別物卽此眞心是我心我心猶是機權出芝之曰此叙馬祖宗派也或五位或三路設施隨根巧回互不觸當今是本宗展手通玄無佛祖芝之曰此

敘洞上宗派也或君臣或父子量器方圓無彼此士庶公侯一道平愚智賢豪明漸次芝曰此敘石霜宗派也有時敲有時唱隨根問答談諦當應接何曾失禮儀淺解之流却生謗或雙明或單說只要當鋒利禪悅開權不爲鬬聰明舒光只要辨賢哲有圓相有默論千里持來目視瞬萬般巧妙一圓空爍迦羅眼通的信芝曰此敘潙仰宗派也或全提或全用萬象森羅實不共青山不礙白雲飛隱隱當臺透金鳳芝曰此敘石頭藥山宗派也象骨鏡地藏月玄沙崇壽照無闕因公致問指歸源

旨趣來人明皎潔芝曰此敘雪峯地藏宗派也或稱提或拈掇本色衲僧長擊發句裏明人事最精好手還同楔出楔或擡薦或垂手切要心空易開口不識先人出大悲管燭之徒照衒走芝曰此敘雲門宗派也德山棒臨際喝獨出乾坤解橫抹從頭誰管亂區分多口阿師不能說臨機縱臨機奪迅速機鋒如電掣乾坤只在掌中持竹木精靈腦劈裂或賓主或料揀大展禪宗辨正眼三玄三要用當機四句百非一齊鏟勸同袍莫強會少俊依前成窒礙不知宗脈莫漫汗求刼長沈生死海難

逢難遇又難聞猛烈身心快通泰芝曰此叙德山臨濟宗派也慈明有善侍者號稱明眼悅聞芝之風自石霜至大愚入室芝趯出履一隻善退身而立芝俯取履善輙踏倒芝起面壁以手點津連畫其壁三善瞠立其後芝旋轉以履打至法堂善曰與麽爲人瞎却一城人眼在又有僧稱講金剛經問曰如是信解不生法相如何時有狗卧繩牀前芝趯之狗起去問僧解麽僧曰不解芝曰若解即成法相作偈曰砂裏無油事可哀翠巖嚼飯餵嬰孩一朝好惡知端的始覺從前滿面灰嘉祐之初

示寂塔于西山

贊曰大愚翠巖皆予故園少時往來兩山之間有老衲大父友也言芝無恙時事曰衆未嘗登三十輩屋老常以木拄將傾處過者疑將壓焉芝提笠日走城郭村落寺如傳舍粥飯亦有不繼時追繹其高韻作偈曰廬山殿閣如生成食堂處處禪床折我此三門如冷灰盡日長廊卷風葉

禪林僧寶傳第十六

禪林僧寶傳第十七

浮山遠禪師　投子青禪師

天寧楷禪師

浮山遠禪師

禪師名法遠，鄭圃田人也，出于王氏。年十九，游并州，見三交嵩禪師，求出世法。嵩曰：汝當剃落，墮三寶數，乃可受法。遠曰：法有僧俗乎？嵩曰：與其爲俗，曷若爲僧，僧則能續佛壽命故也。於是斷髮受具足戒，謁汾州昭公，又謁汝海省公，皆受記莂。天禧中游襄漢、隋郢，至大陽，機語與明安延公相契，延嘆曰吾老矣洞上一宗遂竟無人耶以平生所著直裰皮履示之遠曰當爲持此衣履求人付之如何延許之曰他日果得人出吾偈爲證偈曰楊廣山前草憑君待價焞異苗翻茂處深密固靈根其尾云得法者潛衆十年方可闡揚遠拜受辭去依滁州瑯琊覺禪師應舒州太平興國寺請說法爲省公之嗣次住姑蘇天平山又住浮山既老退休於會聖巖因閱班固九流遂擬之作九帶敘佛祖教義博採先德機語參同印證其一曰佛正法眼帶其二曰佛法藏帶其三曰理貫帶其四曰事貫

帶其五曰理事縱横帶其六曰屈曲帶其七曰妙挾兼帶其八曰金鍼雙鏁帶其九曰平懷常實帶學者既已傳誦遠曰若據圓極法門本具十數今此九帶已爲諸人説了更有一帶還見得麽若也見得親切分明却請出來説看説得分明許汝通前九帶圓明道眼若見不親切説不相應唯依吾語而爲巳解則名謗法大衆到此如何衆無語遠叱去之舉僧問夾山如何是夾山境答曰猿抱子歸青嶂後鳥銜花落碧巖前法眼曰我二十年來將作境語會遠曰不作境會作麽生會僧曰師意

如何曰犀因翫月文生角象被雷驚花入牙或遠云直饒不作境語會亦未會在何謂也云犀因翫月文生角象被雷驚花入牙也遠玉骨揷額目光外射狀如王孫凜然可畏初歐陽文忠公聞遠奇逸造其室未有以異之與客碁遠坐其旁文忠收局請遠因碁說法乃鳴鼓升座曰若論此事如兩家著碁相似何謂也敵手知音當機不讓若是綴五饒三又通一路始得有一般底只解閉門作活不會奪角衝關硬節與虎口齊彰局破後徒勞逴斡所以道肥邊易得瘦肚難求思行則往往失黏心麤而時時頭撞休誇國手謾說神仙贏

局輸籌即不問且道黒白未分時一着落在什麼處良久曰從前十九路迷悟幾多人文忠嘉歎久之遠偈語妙密諸方服其工作三交嵩公贊曰黄金打作鍮石筋白玉碾成象牙梳千手大悲拈不動無言童子暗嗟嘘又作明安玄公贊曰黒狗爛銀蹄白象崑崙騎於斯二無礙木馬火中嘶遠雅自稱柴石野人歿時已七十餘少時與達觀穎公薛大頭七八輩游蜀幾遭横逆遠以智脫之衆以其曉吏事號遠録公

投子青禪師

禪師名義青，本青社人，李氏子也。七齡頴異，去妙相寺出家。十五試法華經，得度爲大僧。其師使習百法論，嘆曰：三祇途遠，自困何益哉。入洛中聽華嚴五年，反觀文字一一切如肉受串，處處同其義味。嘗講至諸林（或作楮林）菩薩偈曰：即心自性。忽猛省曰：法離文字，寧可講乎。即弃去游方。至浮山，時圓鑒遠禪師退席居會聖巖，遠夢得俊鷹畜之，既覺而青適至，遠以爲吉徵，加意延禮之。留止三年，遠問曰：外道問佛：不問有言，不問無言時如何？世尊默然。汝如何會？青擬進語，遠驀以手掩其口，於是青開悟拜起遠曰汝妙悟玄機耶對曰設有妙悟也須吐却時有資侍者在旁曰青華嚴今日如病得汗青回顧曰合取狗口汝更忉忉我即便嘔服勤又三年圓鑒以大陽皮履布直裰付之曰代吾續洞上之風吾住世非久善自護持無留此間青遂辭出山閱大藏於廬山慧日寺熙寧六年還龍舒道俗請住白雲山海會寺訃其得法之歲至此適幾十年又八年移住投子山道望日遠禪者日增潛通暗證者比比有之異苗翻茂果符前讖青平生不畜長物弊衲楮衾而已初開山慈濟有記曰

吾塔若紅是吾再來邪人偶修飾其塔作瑪瑙色未幾而青領院事山中素無水衆每以爲病忽有泉出山石間甘凉清潔郡守賀公名爲再來泉元豐六年四月末示微疾以書辭郡官諸檀越五月四日盥沐升座別衆罷爲偈曰兩處住持無可助道珍重諸人不須尋討遂泊然而化闍維收舍利靈骨以閏六月塔于寺之西北三峯庵之後閱世五十有二坐三十有七夏無爲子楊傑爲贊其像曰一隻履兩牛皮金烏啼處木雞飛半夜賣油翁發笑白頭生得黑頭兒（一本云黑頭生得白頭兒）有得法上首

一名道楷禪師

天寧楷禪師

禪師名道楷沂州沂水人生崔氏爲人剛勁孤硬自其少時卽能辟穀學道隱伊陽山中後游京師籍名術臺寺試所習得度具戒謁青華嚴於淮山海會問佛祖言句如家常茶飯離此之外别有爲人言句也無青曰汝道寰中天子勑還假禹湯堯舜也無楷擬訓之青以拂子摵之曰汝發意來早有二十棒也於是楷悟旨於言下再拜卽去青呼曰且來楷亦不顧青曰汝到不疑之地耶楷以手

掩耳後掌衆食青問厨務勾當良苦對曰不敢曰汝炊飯耶煑粥耶對曰人工淘米著火行者煑粥炊飯曰汝作什麼對曰和尚慈悲放他閑去又嘗從青游園青以拄杖付楷曰理合與麼對曰與和尚提鞋挈杖不爲分外曰有同行在對曰那一人不受教青遂休去至晚青謂曰早來説話未盡對曰更請舉看青曰卯生日戌生月楷卽點燈來曰上來下去總不空然對曰在左右理合如此曰奴兒婢子誰家屋裏無對曰和尚尊年闕他不可曰與麼慇懃對曰報恩有分元豐五年北還沂閑居

馬鞍山遂出世說法初住沂州之仙洞後遷西洛之招提龍門又遷住郢州之大陽隋州之大洪皆一時名公卿爲之勸請洞上之風大震西北崇寧三年有詔住東京十方淨因禪院大觀元年冬移住天寧差中使押入不許辭免俄開封尹李孝壽奏楷道行卓冠叢林宜有以褒顯之卽賜紫伽梨號定照禪師楷焚香謝恩罷上表辭之曰伏蒙聖慈特差彰善閤祗候譚禎賜臣定照禪師號及紫衣牒一道臣感戴睿恩已卽時焚香升座仰祝聖壽訖伏念臣行業迂踈道力綿薄常發誓願不受

利名堅持此意積有歲年庶幾如此傳道後來使人專意佛法今雖蒙異恩若遂忝冒則臣自違素願何以教人豈能仰稱陛下所以命臣住持之意所有前件恩牒不敢祗受伏望聖慈察臣微悃非敢飾詞特賜俞允臣没齒行道上報天恩上聞之以付李孝壽躬往諭朝廷旌善之意而楷確然不回開封尹具以聞上怒收付有司有司知楷忠誠（一本知楷踈慤）而適犯天威問曰長老枯瘁有疾乎楷曰平日有疾今實無又曰言有疾即於法免罪譴楷曰豈敢僥倖稱疾而求脫罪譴乎吏太息於是受

微芙蓉嗣

罰著縫掖編管淄州都城道俗見者流涕楷氣色閑暇至淄州僦屋而居學者益親明年冬勅放令自便庵於芙蓉湖中數百人環繞坐卧楷慮禍（或作患）之乃日各食粥一楹不堪者稍稍去在者猶百許人政和七年冬勅賜所居庵額華嚴禪寺明年五月十四日無疾而殁先寫偈付侍者曰吾年七十六世緣今已足生不愛天堂死不怕地獄撒手横身三界外騰騰任運何拘束初楷在大陽青華嚴遣果侍者以大陽皮履直裰付之楷以付襄州洞山道微微退罷還浙東殁於雙林小寺今取以還

鹿門山建閣藏之曰藏衣楷偈句精深有旨法作五偈述其門風一曰妙唱不干舌偈曰剎剎塵塵處處譚不勞禪子善財參空生也解通消息花雨巖前鳥不銜二曰玄蛇驚出草偈曰日炙風吹草裏埋觸他毒氣又還乖闇地若教開玄口長安依舊絶人來三曰解鋮枯骨吟偈曰玄中活得是非常密用他家別有長半夜髑髏吟一曲氷河紅燄却清凉四曰鐵鋸和三臺偈曰不是宮商調誰人和一場伯牙何所措此曲舊來長五曰古今無間偈曰一法元無萬法空箇中那許悟圓通將謂少

林消息斷。桃花依舊笑春風。楷舊隱與虎爲鄰。虎嘗乳四子。月餘。楷闞其出。往視之。腥臭不可言。竊攜其一還。虎得氣曳至弄穴前伏地甚。見脊尾。但見三子。怒以足跑地吼。群鳥皆鳴翔其上。楷即放還之。其寄伊陽宰韓承議偈曰。老愛依山人事稀。虎馴庵畔怪來遲。寥寥石室塵埃滿。不知何日是歸期。又曰。數里無人到。山黃始覺秋。巖間一覺睡。忘却百年憂。

贊曰。宗門尚繼嗣。則若依彷世典禮爲之後者爲之子。遠使青續洞上已墜之綱是也。然青楷父子

任重道遠皆能刻苦生死以之卒勃然而興賢矣哉

禪林僧寶傳第十七

禪林僧寶傳第十八

大覺璉禪師　興化銑禪師

大覺璉禪師

禪師名懷璉字器之漳州陳氏子也初其母禱於泗州僧伽像求得之故其小字泗州幼有遠韻聰慧絕人長爲沙門工翰墨聲稱甚著游方愛衡嶽勝絕館于三生藏有年叢林號璉三生聞南昌石門澄禪師者五祖戒公之嫡子也往拜謁師事之十餘年去游廬山圓通又掌書記於訥禪師所皇祐二年正月有詔住京師十方淨因禪院二月十

九日，召對化成殿，問佛法大意，奏對稱旨，賜號大覺禪師。齋畢，傳宣效南方禪林儀範開堂演法。又宣左街副僧録慈雲大師清滿啓白曰：帝苑春迴，皇家會啓，萬乘既臨於舜殿，兩街獲奉於堯眉。爰當和煦之辰，正是闡揚之日，宣談祖道，上副宸衷，問答罷，乃曰：古佛堂中，曾無異説；流通句内，誠有多談。得之者，妙用無虧；失之者，觸途成滯。所以谿山雲月，處處同風；水鳥樹林，頭頭顯道。若向迦葉門下，直得堯風蕩蕩，舜日高明，野老謳謌，漁人鼓舞。當此之時，純樂無爲之化，焉知有恁麼事？皇情大悦與璉問答詩頌書以賜之凡十有七篇至和中上書獻偈乞歸老山中偈曰千簇雲山萬壑流歸心終老此峯頭餘生願祝無疆壽一炷清香滿石樓上曰山即如如體也將安歸乎不許修撰孫覺莘老書問宗教璉答之書其略曰妙道之意聖人嘗寓之於易至周衰先王之法壞禮義亾然後奇言異術間出而亂俗迨我釋迦入中土醇以第一義示人而始末設爲慈悲以化衆生亦所以趣時也自生民以來淳樸未散則三皇之教簡而素春也及情竇日鑿則五帝之教詳而文夏也時

與世異情隨日遷故三王之教密而嚴秋也昔商周之誥誓後世學者有所難曉彼當時人民聽之而不違則俗與今何如也及其弊而爲秦漢也則無所不至而天下有不忍願聞者於是我佛如來一推之以性命之理教之以慈悲之行冬也天有四時循環以生成萬物而聖人之教迭相扶持以化成天下亦猶是而已矣至其極也皆不能無弊迹也道則一耳要當有聖賢者世起而救之也自秦漢至今千有餘歲風俗靡靡愈薄聖人之教裂而鼎立乎相詆訾不知所從大道寥寥莫知迈

良可歎也璉雖以出世法度人而持律嚴甚上嘗賜以龍腦鉢盂璉對使者焚之曰吾法以壞色衣以瓦鉢食此鉢非法使者歸奏上嘉歎久之璉居處服玩可以化寶坊也而皆不爲獨於都城之西爲精舍容百許人而已有曉舜禪師住棲賢爲郡吏臨以事民其衣走依璉璉館于正寢而處偏室執弟子禮甚恭王公貴人來候者咸怪之璉具以實對曰吾少嘗問道於舜今其不幸其可以像服二吾心哉聞者歎服仁廟知之賜舜再落髮仍居棲賢寺治平中璉再乞還山堅甚英宗皇帝留之

不可詔許自便璉既渡江少留于金山西湖遂歸老於四明之阿育王山廣利寺四明之人相與出力建大閣藏所賜詩頌榜之曰宸奎命翰林學士兼侍讀端明殿學士蘇軾爲之記時京師始建寶文閣詔取其副本藏焉璉歸山二十餘年年八十二無疾而化

贊曰璉公生長於寒鄉棲遲於荒遠鉢飯布衲若将終身一旦道契主上名落天下而能焚龍腦讓正寢非其素所畜養大過於人者何以至是哉至於與士大夫論宗教則指物連類折之以至理使

其泮然無疑則亦知爲比丘之大體者歟

興化銑禪師

禪師名紹銑泉州人也住潭州興化禪寺開法嗣北禪賢禪師銑有度量牧千衆如數一二三四長沙俗樸質初未知飯僧供佛之利銑作大會以誘之慫道俗赴謂之結縁齋其後效而作者月月有之殆今不絶荆湖之民向仰之篤波及蠻俗章丞相惇奉使荆湖開梅山與銑偕往蠻父老聞銑名欽重愛戀人人合爪聽其約束不敢違梅山平銑有力焉湘南八州之境歲度僧數百開壇倶集以

未爲大僧禪林皆推擠銑牓其門曰應沙彌皆得赴飯自其始至以及其終三十餘年不易人以爲難時南禪師道價方增荆湖衲子犇趨入江南者出長沙百里無託宿所多爲盜刼掠路因不通銑半五十爲館請僧主之以接納使得宿食而去諸方高其爲人晚得風痺疾左手不仁然猶領住持事日同僧衆會粥食不懈銑以精進爲佛事公卿禮敬以爲古佛元豐三年辛酉九月二十一日右脇累足以手屈枕而化闍維收舍利兩目睛不壞腸二亦不壞益以油火焚之如鐵帶屈折色鮮明

併塔之闕世七十二坐六十四夏號崇辨大師

贊曰雲門臨濟兩宗特盛於天下而湖湘尤多雲門之裔皆以宗旨自封互相詆訾比禪賢公銑之師也賢於雲門爲四世孫而銑獨能以公爲心中塗設館以待求道他宗之輩非特矚理甚明亦抑其中有異於人故其火化之日二腸雙睛皆不壞此其驗也

禪林僧寶傳第十八

僧寶傳十八　　三

禪林僧寶傳第十九

餘杭政禪師　西余端禪師

餘杭政禪師

政黄牛者，錢塘人，住餘杭功臣山。幼孤，爲童子，有卓識，詞語皆出人意表。其師稱於人，有大檀越奇之，以度牒施之。跪奉謝而不受，其師問故，曰：恩不可輕受，彼非知我者，特以師之言施百千於一童子，保其終身，能施物不責報乎？如來世尊大願度生，則有慈蔭，今妙法蓮華經是也。當折節誦持，恩併歸一，於義爲安。其師自是益奇之。年十八，果以其志爲大僧游方問道三十年乃罷其居功臣山嘗跨一黄犢蔣侍郎堂出守杭州與政爲方外友每來謁必軍持掛角上市人爭觀之政自若也至郡庭下犢而談笑終日而去一日郡有貴客至蔣公留政曰明日府有燕飲師固奉律能爲我少留一日因款清話政諾之明日使人要之留一偈而去矣曰昨日曾將今日期出門倚杖又思惟爲僧只合居巖谷國士筵中甚不宜坐客皆仰其標致又作山中偈曰橋上山萬層橋下水千里唯有白鷺鷥見我常來此又作送僧偈曰山中何所有嶺

上多白雲。紙可自怡悅。不堪持贈君。冬不擁鑪。以荻花作毬。納足其中。客至共之。夏秋好翫月。盤膝大盆中。浮池上。自旋其盆。吟笑達旦。率以爲常。工書。筆法勝絶。如晉宋間風流人。嘗笑學者臨法帖曰。彼皆知翰墨爲貴者。其工皆有意。今童子書畫多純筆。可法也。秦少游見政字畫。必收畜之。有問者曰。師以禪師名。乃不談禪何也。曰。徒費言語。吾懶。寧假曲折。但日夜煩萬象爲敷演耳。言語有間。而此法無盡。所謂造化無盡藏也。九峯鑒韶禪師嘗客政。韶坦率不事事。每竊笑之。一夕將卧。政使

月磵谷隱聰或云龍華矣嗣

人呼韶不得已顰頞而至政曰月色如此勞生擾擾對之者能幾人韶唯唯而已呼童子使熟炙韶方饑意作藥石久之乃橘皮湯一盃韶匿笑去曰無乃太清乎政風調高老益清癯嘗自贊其像曰貌古形疎倚杖藜分明畫出須菩提解空不許離聲色似聽孤猿月下啼

西余端禪師

端師子者吳興人也始見弄師子者發明心要則以綵帛像其皮時時著之因以爲號住西余山嗣姑蘇翠峯月禪師西余去湖州密邇每雪朝著綵

衣入城小兒爭譁逐之從人乞錢得卽以散饑寒者錢穆父赴官浙東見之約明日飯端黎明獨往避雨入道旁人家幼婦出迎俄其夫至詬逐竟爲邏卒所收穆父吏速客見之問故曰煩寄聲錢公本來赴齋中塗奸情事發請自飯穆父聞之驚且笑顧客曰此僧胷中無一點疑事又嘗見持死雞疾行者挽衣問何之曰雞爲狸害法不可食將弃水中端苦求之道路聚觀諷曰當得偈乃可與端跪作祭文曰維靈生有鷹鴉之厄死有湯鑊之災生時要汝報曉死後無人收埋奉爲轉化檀越施

肚爲汝作棺材（一本云闍梨無可布施施肚爲汝作棺材）言卒携雞去
以施饑者能誦法華經湖人爭延之必得錢五百
乃開帙目誦數句即持錢地坐去缺薄者易之而
去好歌漁父詞月夕必歌之達旦有狂僧號回頭
和尚以左道鼓動流俗士大夫亦安其妄方對丹
陽守呂公肉食端徑至指曰正當與麽時如何是
佛回頭不能遽對端捶其頭推倒乃行又有妖人
號不托掘秀州城外地有佛像建塔其上傾城信
敬端見揕住曰如何是佛不托擬議端趯之而去
章丞相子厚請升座使俞秀老撰疏叙其事曰推

倒回頭趯翻不托七軸之蓮經未誦一聲之漁父先聞端聽僧官宣至此以手耶揄曰止乃坐引聲吟曰本是瀟湘一釣客自東自西自南北大衆雜然稱善端顧笑曰我觀法王法法王法如是下座子厚留飯端瞋說偈曰章惇章惇請我看墳我却喫素汝却喫葷子厚爲大笑時呂太尉吉甫亦留冊陽三人者日過從吉甫誦禪定功德諸般若中第一曰惠卿修之十年子厚獨稱鍛可忘憂嵇康得僊竟作刽解端說偈曰章公好學仙呂公好坐禪徐六擔板各自見一邊聞者傳以爲笑樂元

祐初，圓照禪師自京師慧林退歸姑蘇，見端於甘露，曰：汝非端師子乎？曰：是。圓照戲之曰：村裏師子。耳端應聲曰：村裏師子村裏弄，眉毛與眼一齊動。開却口，肚裏直籠統，不愛人取奉，直饒弄到帝王宮，也是一場乾打閧。圓照粹美，不悟其譏也。端客無錫，欲歸湖，見行江上，問有湖秀便船乎？篙師曰：我行常潤船也。端欣然曰：亦可。乃附船尾，篙郵秦觀少游聞其高道，請升座於廣慧。端以手自指曰：天上無雙月，人間只一僧。一堂風冷淡，千古意分明。少游首肯之。端高自稱譽，吐語奇怪，逸人也。病牙久不愈謂衆曰明日遷化去衆以爲戲語請說偈端索筆大書曰端師子太慵懶未𣱵牙齒先壞爛二時伴衆赴堂粥飯都趕不辦如今得𣱵是便宜長眠百事皆不管第一不著看官第二不著喫粥飯五更遂化閱世七十二東吳祠之以爲散聖

贊曰予竄海外三年而還叢林頓衰耆年物故無餘所至鷄道人成阡陌皆飽食游談無根而已喟然長想如政黄牛端師子輩皆三十年前少叢林者然高風逸韻且爾况其傳法度生者乎因載兩士平生大槩使後之俊流得以覽觀焉

禪林僧寶傳第十九

禪林僧寶傳第二十

言法華　　華嚴隆禪師

言法華

言法華者莫知其所從來初見之於景德寺七俱胝院梵相奇古直視不瞬口吻衮衮不可識相傳言誦法華經故以爲名時獨語笑多行市里褰裳而趨或舉手畫空佇立良久從屠沽游飲啖無所擇道俗共目爲狂僧丞相呂許公問佛法大意對曰本來無一物一味揔成眞僧問世有佛否對曰寺裏文殊有問師凡耶聖耶舉手曰我不在此住

至和三年仁宗始不豫國嗣未立天下寒心諫官范鎮首發大義乞擇宗室之賢者使攝儲貳以待皇嗣之生退居藩服不然典宿衛尹京邑以係天下之望并州通判司馬光亦以爲言凡三上疏一留中二付中書上夜焚香默禱曰翌日化成殿具齋虔請法華大士俯臨無却清早上道衣凝立以待俄馳奏言法華自右掖門徑趨將至寢殿侍衛呵止不可上笑曰朕請而來也有頃至輒升御榻跏趺而坐受供訖將去上曰朕以儲嗣未立大臣咸以爲言侵尋晚暮嗣息有無法華其一决之師

索筆引紙連書曰十三十三凡數十行擲筆無他語皆莫測其意其後英宗登極乃濮安懿王第十三子方驗前言也慶曆戊子十一月二十三日將化謂人曰我從無量刼來成就逝多國土分身揚化今南歸矣語畢右脅而寂

贊曰如來世尊曰我滅度後勑諸菩薩及阿羅漢應身生彼末法之中作種種形度諸輪轉或作沙門白衣居士人王宰官童男童女如是乃至婬女寡婦姦偷屠販與其同事稱讚佛乘令其身心入三摩地終不自言我真菩薩真阿羅漢泄佛密因

輕言末學，唯除命終。陰有遺付，言法華臨終，乃曰：我從無量劫來，成就逝多國土，分身揚化，是也。

華嚴隆禪師

禪師名道隆，不知何許人，至和初，游京師，客景德寺，日縱觀都市，歸嘗二鼓，譏門者呵之不悛。一夕還，不得入，卧於門之下。仁宗夢至景德寺門，見龍蟠地，驚覺，中夜遣中使往視之，乃一僧熟睡，已再鼾，撼之驚矍，問名字，歸奏，上聞名道隆，乃喜曰：吉徵也。明日召至偏殿，問宗旨，隆奏對詳允，上大悅，有旨館于大相國寺燒朱院，王公貴人爭先願見。

徹湖石门藴

隆未漱盥戶外之屨滿矣上以偈句相訓唱絡繹
於道或入對留宿禁中禮遇特厚賜號應制明悟
禪師隆少時師事石門徹禪師嘗問曰古人云但
得隨處安閑自然合他古轍雖有此語疑心未歇
如何徹曰知有乃可隨處安閑如人在州縣住或
聞或見千奇百怪他揔將作尋常不知有而安閑
如人在村落住有少聲色則驚怪傳說先洞山示
衆曰欲知此事如人家養三兒以一著州中一著
村中一著縣中其一用家中財物其一用外處錢
物有一人不得家中錢物用亦不得外處錢物用

且道那一箇合在州中那一箇合在縣中那一箇合在村中有僧便問三箇莫明輕重否曰是僧曰如何是此人出身處曰知有却不知有是此人出身處僧曰未審此人從今日去也無曰亦從今日去僧曰恁麼則屬功也曰是僧曰喚作什麼功曰喚作功就之功僧曰此人還知有州中人否曰知有始解奉重矣僧曰恁麼則村中人全明過也曰是僧曰如何是此人過處曰不知有喚作閑人是此人過處不見先師道今時學道之人須知有轉身處始得隆曰古人知有便能如州裏人耶亦須

院隆既得謝事喜見言色閑居奇衲名緇多過從有乗侍者來自大陽乗後住福嚴隆問在大陽得力句對曰明安嘗問曰有一人徧身紅爛卧在荆棘林中火繞周帀若親近得此人禪門大啓若親近不得佛法無靈驗時對曰六根不具七識不全者親近得此人明安曰令渠出來我要相見時又荅曰適來無左右秖對和尚安曰相隨來也即禮拜退隆曰若果如此冷如毛粟細如氷雪乗曰禪師親見石門如何却嗣廣慧隆曰我初見廣慧渠方欲剃髮使我擎橙子來廣慧曰道者我有橙子

璉即大覺

詩聽取詩曰放下便平穩我時便肯伊後因敘陳在石門所悟公案廣慧曰石門所示如百味珍羞只是飽人不得後來有一炷香不欲兩頭三緒爲伊燒却秉曰藝不辜人有僧誦璉公詩上問佛偈曰有節非干竹三星偃月宮一人居日下弗與衆人同隆曰諸佛說心爲破心相璉作此偈虛空釘橛也乃曰虛空釘鐵橛平地起骨堆莫將閑學解安著佛階梯又見達觀穎禪師戲作偈曰解答諸方語能吟五字詩二般俱好藝只是見錢遲隆曰佛法却成戲論後生無識遞相效學不可長也但

因奉重而至耶、徹曰、洞山曰、向時作麼生、奉時作麼生、功時作麼生、共功時作麼生、功功時作麼生、時有僧便問、如何是向、曰、喫飯時作麼生、又問、如何是奉、曰、背時作麼生、又問、如何是功、曰、放下钁頭時作麼生、又問、如何是共功、曰、不得色、又問、如何是功功、曰、不共、此名功勳五位也、譬如初生鵰兒、毛羽可憐生、欠久自能高飛遠蕩、隆親授洞山旨訣、後謁廣慧璉禪師、遂爲廣慧之嗣、皇祐二年、詔廬山僧懷璉至闕、演法於後苑化成殿、上召隆問話、機鋒迅捷、上悅、侍衛皆山呼、隆卽奏疏曰、臣本凡庸混跡市里夤緣佛法依近天顏出入禁庭恩渥至厚荐更歲籥衰病相仍未甘退於山林坐貪蒙於雨露因循至此媿負在顏恭惟皇帝陛下天縱聖神生知妙道染爲詞翰如日昭回下飾萬物而臣蒙許賡和似霧領略纔見一斑人雖不言臣豈無怍伏見僧懷璉比自林藪召至京都議論得其淵源詞句特出流輩禁林待問秘殿談禪臣所不如舉以自代伏望聖慈許臣於廬山一小刹養痾待盡不勝犬馬戀軒之情取進止疏奏不許有旨於曹門外護國寺北建精舍以居號華嚴禪

曰二般雖雜道也勝別施爲有僧曰洞山寶公議五祖戒禪師行藏落人疑似其至洞山乃上堂說偈曰嗟見世聲訛言清行濁多若無閻老子誰人柰你何隆曰寶麤行不遜責師取名不可取也曹谿曰眞實修道人不見世間過來說他人短自短先在我寶暴其師之失教誰檢點凡沙門釋子寂默爲要華嚴論曰唯寂唯默是心造如來之樣不著不戀是路入法界之轍寶賣洞山薑鋤雙峯地已爲道人取笑也隆爲人寬厚不矜伐以眞慈普敬行心歿時年八十餘盛暑安坐七日手足柔和

全身建塔于寺之東

贊曰隆夜卧寺閣之外朝登秘殿之上揖讓人主談出世法有補宗教蓋所謂有異能解一世奇禪衲也歿未五十年叢林且不聞其名況機緣語句乎可爲太息予少時客華嚴及見其檀越岑氏之子孫家藏隆偈藁弃被遇之迹甚詳今追繹十纔得其一二著于此以俟知者耳

禪林僧寶傳第二十

禪林僧寶傳目録下

附

臨濟宗旨

禪林僧寶傳目録下畢

禪林僧寶傳第二十一

明白庵居沙門　惠洪　撰

慈明禪師

慈明禪師出全州清湘李氏，諱楚圓，少爲書生，年二十二，依城南湘山隱靜寺（或云依金地寺）得度。其母有賢行，使之游方。公連眉秀目，頎然豐碩，然忽繩墨，所至爲老宿所呵，以爲少叢林。公柴崖而笑曰：龍象蹴踏，非驢所堪。嘗橐骨董箱，以竹杖荷之，游襄沔間，與守芝、谷泉俱結伴入洛。中聞汾陽昭禪師道望爲天下第一，决志親依。時朝廷方問罪河東，潞澤皆屯重兵，多勸其無行，公不顧，渡大河，登太行，易衣類廝養，竄名火隊中，露眠草宿，至龍州，遂造汾陽。昭公壯之。經二年，未許入室。公詣昭，昭揣其志，必罵詬，使令者或毀詆諸方，及有所訓，皆流俗鄙事。一夕訴曰：自至法席，已再夏，不蒙指示，但增世俗塵勞，念歲月飄忽，已事不明，失出家之利。語未卒，昭公熟視罵曰：是惡知識，敢裨販我。怒舉杖逐之。公擬伸救，昭公掩其口，公大悟曰：乃知臨濟道出常情。服役七年，辭去，依唐明嵩禪師。嵩謂公曰：楊大年內翰知見高，入道穩實，子不可不見公乃往見大年。大年問曰：對面不相識，千里却同風。公曰：近奉山門請。大年曰：眞箇脫空。公曰：前月離唐明。大年曰：適來悔相問。公曰：作家。大年喝之。公曰：恰是。大年復喝。公以手劃一劃。大年吐舌曰：眞是龍象。公曰：是何言歟。大年顧令別點茶，曰：元來是家裏人。公曰：也不消得。良久，又問：如何是圓上座爲人句？公曰：切。大年曰：作家作家。公曰：放內翰二十拄杖。大年拊膝曰：這裏是什麽處所？公拍掌曰：不得放過。大年大笑。又問：記得唐明悟時因緣否？公曰：唐明聞僧問首山佛法大意，首山曰：楚

　

王城畔(或有或汝)水東流大年曰只如此語意如何公
曰水上掛燈毬大年曰與麼則辜負古人去公曰
内翰疑則別參大年曰三脚蝦蟆跳上天公曰一
任蹉跳大年乃又笑館于齋中日夕質疑智證因
聞前言往行恨見之晚朝中見駙馬都尉李公曰
近得一道人眞西河師子李公曰我以拘文不能
就謁柰何大年默然歸語公曰李公佛法中人聞
道風遠至有願見之心政以法不得與侍從過從
公黎明謁李公李公閲謁使童子問道得即與上
座相見公曰今日特來相看又令童子曰碑文刊

白字當道種青松、公曰不因今日節、餘日定難逢、童子又出曰都尉言與麼則與上座相見去也、公曰脚頭脚底李公乃出、坐定問曰我聞西河有金毛師子是否、公曰什麼處得此消息李公喝之、公曰野犴鳴李公又喝公曰恰是李公大笑既辭去、問臨行一句、公曰好將息李公曰何異諸方、公曰都尉又作麼生曰放上座二十拄杖公曰專爲流通李公又喝公曰瞎李公曰好去公曰諾諾自是往來楊李之門以法爲友久之辭還河東大年曰有一語寄唐明公曰明月照見夜行人大年曰却不相當公曰更深猶自可午後更愁人大年曰開寶寺前金剛近日因什麼汗出公曰知大年曰上座臨行豈無爲人句公曰重疊關山路大年曰與麼則隨上座去也公作噓聲大年曰眞師子兒公還唐明李公遣兩僧訊公公於書尾畫雙足寫來僧名以寄之李公作偈曰黑毫千里餘金櫬示雙趺人天渾莫測珍重赤鬚胡公以母老南歸至筠州首衆僧於洞山時聰禪師居焉先是汾陽謂公曰我徧參雲門尊宿兒孫特以未見聰爲恨故公依止又三年乃游仰山楊大年以書抵宜春太守

黃宗旦使請公出世說法守虛南原致公公不赴旋特謁候守願行守問其故對曰始爲讓今偶欲之耳守大賢之往三年弃去省母以白金爲壽母詬曰汝定累我入泥犁中投諸地公色不作收之辭去謁神鼎諲禪師諲首山高弟望尊一時衲子非人類精奇無敢登其門者住山三十年門弟子氣吞諸方公髮長不剪弊衣楚音通謁稱法姪一衆大笑諲遣童子問長老誰之嗣公仰視屋曰親見汾陽來諲杖而出顧見頎然問曰汾州有西河師子是否公指其後絕叫曰屋倒矣童子返走諲

回顧相矍鑠公地坐脫隻履而視之諲老忘所問又失公所在公徐起整衣且行且語曰見面不如聞名遂去諲遣人追之不可嘆曰汾州乃有此兒耶公自是名增重叢林定林沙門本延有道行雅爲士大夫所信敬諲見延稱公知見可與臨濟會道吾席虛延白郡請以公主之法令整肅以軀爲法者集焉示衆曰先寶應曰第一句薦得堪與祖佛爲師第二句薦得堪與人天爲師第三句薦得自救不了道吾則不然第一句薦得和泥合水第二句薦得無繩自縛第三句薦得四稜著地所以

道起也海晏河清行人避路住也乾坤失色日月無光汝輩向什處出氣良久曰道吾爲汝出氣乃噓一聲卓拄杖而起又曰道吾打鼓四大部洲同參拄杖橫也挑掛乾坤大地鉢盂覆也蓋却恒沙世界且問汝輩向何處安身立命若也知之北俱盧州喫粥喫飯若也不知長連床上喫粥喫飯後住石霜當解夏謂衆曰昨日作嬰孩今朝年巳老未明三八九難踏古皇道手鑠黃河乾脚踢須彌倒浮生夢幻身人命夕難保天堂并地獄皆由心所造南山北嶺松北嶺南山草一雨潤無邊根苗

壯枯槁五湖參學人但問虛空討处脫夏天衫生著冬月襖分明無事人特地生煩惱喝一喝時眞點胷者爲善侍者折難自金鑾還公呵曰解夏未一月乃已至此破壞叢林有何忙事眞曰大事未透脫故耳公曰汝以何爲佛法要切眞曰無雲生嶺上有月落波心公詬曰面皺齒豁猶作此見解眞不敢仰視曰願爲決之公曰汝問我答眞理前語而問之公曰無雲生嶺上有月落波心眞遂契悟住南岳福嚴以大法授南禪師語在南傳僧問臨濟兩堂首座一日相見同時喝臨濟聞之陞座

曰大衆要會臨濟賓主句問取堂中二禪客此意如何公作偈曰啐啄之機箭柱鋒瞥然賓主當時分宗師憫物明緇素丠地黄河徹底渾又問趙州勘婆子師意如何公亦作偈曰趙州勘破婆子葉落便合知秋天下幾多禪客五湖四海悠悠明日陞座曰一喝分賓主照用一時行要會箇中意日午打三更遂一喝云且道是賓是主還有分得者麽若也分得朝打三千暮打八百若也未能老僧失利移住興化康定戊寅李都尉遣使邀公曰海内法友唯師與楊大年耳大年弃我而先僕年來

頓覺衰落忍死以一見公仍以書抵潭帥敦遣之公惻然與侍者舟而東下舟中作偈曰長江行不盡帝里到何時既得凉風便休將櫓棹施道過瑯瑘覺禪師出迎大喜曰有衆之累不得躬造受曲折而惠然辱而臨之天賜我也公爲逗留夜語及并汾舊游覺曰近有一老衲至問其離何所曰楊州問船來陸來曰船來問船在何處曰岸下問不涉程途一句如何道其僧恚曰杜撰長老如麻似粟遣人追不及云是舉道者頃在汾州時尚少舉陸沉衆中不及識之公笑曰舉見處纔能自了而

汝墮負何以爲人覺屏息汗下公爲作牧童歌其畧曰回首看平田闊四方放去休攔遏一切無物任意游要収只把索頭撥小牛兒順毛捋恐上高坡四蹄脫日巳高休餵草捏定鼻頭無少老一時牽向圈中眠和泥看渠東西倒覺默得其遊戲三昧至京師與李公會月餘而李公果歿臨終畫一圓相又作偈獻公偈曰世界無依山河匪礙大海微塵須彌納芥拈起幞頭解下腰帶若覔死生問取皮袋公曰如何是本來佛性李公曰今日熱如昨日隨聲便問公臨行一句作麽生公曰本來無

罣礙隨處任方圓李公曰晚來困倦更不答話公曰無佛處作佛李公於是泊然而逝仁宗皇帝尤留神空宗聞李公之化與圓問答嘉嘆久之公哭之慟臨壙而別之有詔賜官舟南歸中途謂侍者曰我忽得風痺疾視之口吻已喎斜侍者以足頓地曰當柰何平生呵佛罵祖今乃爾公曰無憂爲汝正之以手整之如故曰而今而後不鈍置汝遂以明年至興化正月初五日沐浴辭衆跏趺而逝閱世五十有四坐夏三十有二李公之子銘誌其行於興化而藏全身於石霜公平生以事事無礙

行心凡聖所不能測室中宴坐横刀水盆之上旁置草鞋使來叅扣者下語無有契其機者又作示徒偈曰黑黑黑道道道明明明得得得又冬日牓僧堂作此字〇〇〇三二二三儿甲彐出才其下注云若人識得不離四威儀中有首座者見之謂曰和尚今日放叅慈明聞而笑之云

賛曰有際天之雲濤乃可容呑舟之魚有九萬里之風乃可負垂天之翼三世如來之法印重任也豈尋常之材可荷擔乎余觀慈明以英偉絶人之姿行不纒凡聖之事談笑而起臨際於將仆叱咤

而亦黃龍之偷心視其施爲不見轍迹未三世而亦爲繩墨諺曰字經三寫烏焉成馬此言雖小可以諭大

禪林僧寶傳第二十一

棲賢諟嗣同安
恒之嗣法眼
澄嗣五祖戒

禪林僧寶傳第二十二

黃龍南禪師　雲峯悅禪師

黃龍南禪師

禪師章氏，諱惠南，其先信州玉山人也。童齕深沉，有大人相，不茹葷，不嬉戲。年十一，弃家師事懷玉定水院智鑾。嘗隨鑾出，道上見祠廟，輒杖擊火毀之而去。十九落髮，受具足戒。遠遊至廬山歸宗老宿自寶集衆坐，而公却倚，寶時時眴之，公自是坐必跏趺，行必直視。至棲賢，依諟禪師。諟莅衆進止有律度，公規模之。三年，辭，渡淮，依三角澄禪師。澄有時名一見器許之及澄移居泐潭公又與俱澄使分座接納矣而南昌文悦見之每歸卧歎曰南有道之器也惜未受本色鉗鎚耳會同遊西山夜語及雲門法道悦曰澄公雖雲門之後然法道異耳公問所以異悦曰雲門如九轉丹砂點鐵作金澄公藥汞銀徒可玩入鍛即流去公怒以枕投之明日悦謝過又曰雲門氣宇如王甘死語下乎澄公有法授人死語也死語其能活人哉即背去公挽之曰即如是誰可汝意者悦曰石霜楚圓手段出諸方子欲見之不宜後也公默計之曰此行脚

大事也悅師翠巖而使我見石霜見之有得於悅何有哉即日辦裝中塗聞慈明不事事慢侮少叢林乃悔欲無行留萍鄉累日結伴自攸縣登衡嶽寓止福嚴老宿號賢叉手者大陽明安之嗣命公掌書記泐潭法侶聞公不入石霜遣使來訊俄賢卒郡以慈明領福嚴公心喜之且欲觀其人以驗悅之言慈明既至公望見之心容俱肅聞其論多貶剝諸方而件件數以爲邪解者皆泐潭密付旨訣氣索而歸念悅平日之語翻然改曰大丈夫心膂之間其可自爲疑礙乎趨詣慈明之室曰惠南

以闇短、望道未見、比聞夜參如迷行得指南之車、然唯大慈更施法施使盡餘疑、慈明笑曰、書記巳領徒游方、名聞叢林、借有疑、不以衰陋鄙弃、坐而商畧、顧不可哉、呼侍者進榻、且使坐、公固辭、哀懇愈切、慈明曰、書記學雲門禪、必善其旨、如曰放洞山三頓棒、洞山于時應打不應打、公曰應打、慈明邑莊而言、聞三頓棒聲便是喫棒、則汝自旦及暮、聞鵶鳴鵲噪鐘魚鼓板之聲、亦應喫棒、喫棒何時當巳哉、公瞠而却、慈明云、吾始疑不堪汝師、今可矣、即使拜、公拜起、慈明理前語曰、脫如汝會雲門意旨、則趙州嘗言臺山婆子、被我勘破試指其可勘處公面熱汗下、不知答、趨出明日詣之又遭詬罵、公慙見左右、卽曰政以未解求决耳、罵豈慈悲法施之式慈明笑曰、是罵耶、公於是默悟其旨、失聲曰泐潭果是死語、獻偈曰、傑出叢林是趙州老婆勘破没來由。而今四海清如鏡。行人莫以路爲讐。慈明以手點没字顧公公卽易之而心服其妙密留月餘辭去時年三十五、游方廣後洞識泉大道又同夏泉、凡聖不測而機辯逸群、拊公背曰汝脱類汾州、厚自愛明年游荆州、乃與悅會於金鑾相視一笑曰我不得友兄及谷泉安識慈明是秋北還獨入溈潭澄公舊好盡矣自雲居游同安老宿號神立者察公倦行役謂曰吾住山久無補宗敎敢以院事累子而郡將雅知公名從立之請不得已受之溈潭遣僧來審提唱之語有曰智海無性因覺妄以成凡覺妄元虛卽凡心而見佛便爾休去謂同安無折合隨汝顛倒所欲南斗七北斗八僧歸舉似澄澄爲不懌俄聞嗣石霜溈潭法侶多弃去住歸宗火一夕而燼坐抵獄爲吏者百端求其隙公怡然引咎不以累人唯不食而已久而

後釋吏之橫逆公没齒未嘗言任黄蘗結庵於谿上名曰積翠既而退居曰吾將老焉方是時江湖閩粤之人聞其風而有在於是者相與交武竭蹷于道唯恐其後雖優游厭飫固以爲有餘者至則憮然自失就弟子之列南州高士潘興嗣延之嘗問其故公曰父嚴則子孝今日之訓後日之範也譬諸地爾隆者下之窪者平之彼將登于千仞之上吾亦與之俱困而極于九淵之下吾亦與之俱伎之窮則妄盡而自釋也又曰妫之嫗之春夏之所以生育也霜之雪之秋冬之所以成熟也吾欲

無言得乎以佛手驢脚生縁三語問學者莫能契其旨天下叢林目爲三關脫有詶者公無可否歛目危坐人莫涯其意延之又問其故公曰已過關者掉臂徑去安知有關吏從吏問可否此未透關者也住黃龍法席之盛追媲泐潭馬祖百丈大智熙寧二年三月十七日饌四祖惠日兩專使會罷起跏趺寢室前大衆環擁良久而化前一日説偈又七日闍維得五色舍利塔于山之前嶂閱世六十有八坐五十夏（或云閱世六十有六坐三十有七夏）大觀四年春勅謚普覺

贊曰山谷論臨濟宗旨曰如漢高之收韓信附耳語而封王卽卧内而奪印僞游雲夢而縛以力士紿賀陳狶而斬之鍾室葢漢高無殺人劒韓信心亦不死宗師接人病多如此臨濟宗旨止要直下分明鉗鎚付在嫡子親孫予觀黄龍以三關語鍛盡聖凡葢所謂嫡子親孫本色鉗鎚者也

雲峯悦禪師

禪師生徐氏名文悦南昌人也七歲剃髮於龍興寺短小粹美有精識年十九杖策徧游江淮常默坐下板念耆宿之語疑之曰吾聞臨濟在黄檗三

年、黃檗不識也、陳尊宿者教之令問佛法大意、三問而三被打、未聞諄諄授之也、至大愚而悟、則爲江西宗者宿教我意非徒然、我所欲聞者異耳、時荆州金鑾有善、筠州大愚有芝、悦默欲先往造芝、或不契則詣荆州、至大愚見屋老僧殘、荒凉如傳舍、芝自提笠日、走市井暮歸、閉關高枕、悦無留意、欲裝包發去、將發而雨、雨止、而芝陞座曰、大家相聚喫、莖虀、若喚作一莖虀、入地獄如箭射、下座無他語、悦大駭、夜造丈室、芝曰、來何所求、曰求佛心法、芝曰、法輪未轉、食輪先轉、後生趂有色力、何不爲衆乞飯去我忍飢不暇暇爲汝說法乎悅不敢違即請行及還自㵎川芝移住西山翠巖悅又往從之夜詣丈室芝曰又欲求佛心法乎汝不念乍住屋壁踈漏又寒雪我日夜望汝來爲衆營炭我忍寒不能能爲汝說法乎悅又不敢違入城營炭還時維那缺悅夜造丈室芝曰佛法不怕爛却堂司一職今以煩汝悅不得語而出明日鳴揵椎堅請悅有難色拜起欲弃去業已勤勞久因中止然恨芝不去心地坐後架架下束破桶盆自架而墮忽開悟頓見芝從前用處走搭伽梨上寢堂芝迎

笑曰維那且喜大事了畢悅再拜汗下不及吐一詞而去服勤八年而芝殁東游三吳所至叢林改觀雪竇顯禪師尤敬畏之每集衆茶橫設特榻示禮異之聞南禪師住同安自三衢入鄱陽來歸謁古塔主遂首衆僧於芝山南禪師遣使迎之又首衆僧於同安久之南昌移文請住翠巖方至首座出迓問曰德山宗乘即不問如何是臨濟大用悅厲語曰汝甚處去來首座擬對悅掌之又擬申語悅喝曰領衆歸去於是一衆畏仰示衆曰昔年曾到今日復來非惟人事重榮抑亦林泉增氣且道

如何是不傷物義一句良久曰天高東南地傾西北問僧曰汾州言識得拄杖子行脚事畢舉杖曰此是拄杖子阿那箇是行脚事僧無對悅荷之曰直入千峯萬峯去又問僧盤山言似地擎山不知山之孤峻如石含玉不知玉之無瑕如何僧無對悅曰似地擎山如石含玉從何得此消息耶住山儉約躬自力田田夫夜穴塍竊水悅遣兩力邏得之田夫窘推甲墮水視之已死乙走白縣吏來驗甲蓋詐也抵獄坐使之當著縫掖龍興一老僧以醫出入府中夜聞往懇白府主曰如悅者佛法龍

南臺勤嗣德山密

銑嗣北禪賢

象也豈宜使出叢林耶府主曰法如是柰何以度牒付之悦得以夜馳依吉州禾山山中有忌之者將不利於悦悦又造南嶽依承天勤禪師十年不出戶道遂大顯著學者歸心焉乃出住法輪給舂監刈皆自董之見挾幞負包而至者則容喜之見荷擔者顰頞曰未也更三十年跨馬行脚也悦與潭州興化銑禪師友善銑住持久老於迎送悦屢勸其弃之歸林下銑不果一日送客墮馬損臂以書訴於悦悦以偈答之曰大悲菩薩有千手大丈夫兒誰不有興化和尚折一枝只得九百九十九

銑笑曰負負無可言俄遷住雲峯嘉祐七年七月八日陞座辭衆說偈曰住世六十六年爲僧五十九夏禪流若問旨歸鼻孔大頭向下遂泊然而化闍維得五色舍利塔于禺谿之北

贊曰黄檗大用如塗毒鼓嘗撾之而死臨濟置之二百年矣芝公又一撾之而死雲峯予讀其語句如青山白雲開遮自在碧潭明月撈摝方知至其發積翠以見慈明發晦堂以見積翠至公法道則有大愚陳睦州之韻嗚呼叢林方歎其不肯低手故嗣之者無聞是何足以知悦哉

禪林僧寶傳第二十二

禪林僧寶傳卷第二十三

黃龍寶覺心禪師　泐潭眞淨文禪師

黃龍寶覺心禪師

禪師出於鄔氏，諱祖心，南雄始興人也。少爲書生有聲，年十九而目盲，父母許以出家，輙復見物。乃往依龍山寺沙門惠全。明年試經業，而公獨獻詩，得奏名，剃髮。繼住受業院，不奉戒律，且逢橫逆，於是弃之，入叢林，謁雲峯悅禪師。留止三年，難其孤硬，告悅將去。悅曰：必往依黃檗南公。公至黃檗四年，知有而機不發，又辭而上雲峯。會悅謝世，因就止石霜無所參決試閱傳燈至僧問多福禪師曰如何是多福一叢竹福曰一莖兩莖斜僧曰不會福曰三莖四莖曲此時頓覺親見二師徑歸黃檗方展坐具南公曰子入吾室矣公亦踴躍自喜即應曰大事本來如是和尚何用教人看話下語百計搜尋南公曰若不令汝如此究尋到無用心處自見自肯吾即埋沒汝也公從容游泳陸沉衆中時時往決雲門語句南公曰知是般事便休汝用許多工夫作麼公曰不然但有纖疑在不到無學安能七縱八横天迴地轉哉南公肯之已而往翠

巖眞禪師眞與語大奇之依止二年而眞歿乃還黃檗南公使分座令接納後來南公遷住黃龍公往謁泐潭月禪師月以經論精義入神聞諸方同列笑之以謂政不自歇去耳乃下喬木入幽谷乎公曰彼以有得之得護前遮後我以無學之學朝宗百川中以小疾醫寓漳江轉運判官夏倚公立雅意禪學見楊傑次公而歎曰吾至江西恨未識南公次公曰有心上座在漳江公能自屈不待見南也公立見公劇談神思傾豁至論肇論會萬物爲自己者及情與無情共一體時有狗卧香卓下

公以壓尺擊狗又擊香卓曰狗有情卽去香卓無情自住情與無情如何得成一體公立不能對公曰纔入思惟便成剩法何曾會萬物爲巳哉又嘗與僧論維摩曰三萬二千師子寶座入毗耶小室何故不礙爲是維摩所現神力耶爲別假異術耶夫難信之法故現此瑞有能信者始知本來自有之物何故復令更信曰若無信入小必妨大雖然旣有信法從何而起耶又作偈曰樓閣門前纔歛念不須彈指早開扃善財一去無消息門外春來草自青其指法親切方便妙密多類此南公入滅

公繼住持十有二年，然性眞率，不樂從事於務，五求解去，乃得謝事閑居，而學者益親。謝景温師直守潭州，虛大潙以致公，三辭不往，又囑江西轉運判官彭汝礪器資，請所以不赴長沙之意。公曰：「願見謝公，不願領大潙也。馬祖、百丈已前，無住持事，道人相尋於空閑寂寞之濵而已。其後雖有住持，王臣尊禮，爲天人師。今則不然，挂名官府，如有戶籍之民，直遣伍伯追呼之耳，此豈可復爲也？」師直聞之，不敢以院事屈，願一見之。公至長沙，師直願受法，訓公爲舉其綱，其言光明廣大，如青天白日。

之易識其略曰三乘十二分教還同說食示人食味旣因他說其食要在自己親嘗旣自親嘗便能了知其味是甘是辛是鹹是淡達磨西來直指人心見性成佛亦復如是眞性旣因文字而顯要在自己親見若能親見便能了知目前是眞是妄是生是死旣能了知眞妄生死返觀一切語言文字皆是表顯之說都無實義如今不了病在甚處病在見聞覺知爲不如實知眞際所詣認此見聞覺知爲自所見殊不知此見聞覺知皆因前塵而有分別若無前塵境界卽此見聞覺知還同龜毛兎

角並無所歸師直聞所未聞又答韓侍郎宗古問曰承諭昔時開悟曠然無疑但無始已來習氣未能頓盡然心外無剩法者不知煩惱習氣是何物而欲盡之若起此心翻成認賊爲子也從上以來但有言說乃至隨病設藥縱有煩惱習氣但以如來知見治之皆是善權方便誘引之說若是定有習氣可治却是心外有法而可盡之譬如靈龜曳尾於塗拂迹迹生可謂將心用心轉見病深苟能明心心外無法法外無心心法既無更欲教誰頓盡耶公以生長極南少以宏法棲息山林方太平

時代欲觀光京師以餞餘年乃至京師附馬都尉王詵晉卿盡禮迎之庵於國門之外久之南還再游廬山彭器資之守九江公見之器資從容問公人臨命終時有旨决乎公曰有之曰願聞其說公曰待器資死即說器資起增敬曰此事須是和尚始得蓋於四方公卿合則千里應之不合則數舍亦不往有偈曰不住唐朝寺閑爲宋地僧生涯三事衲故舊一枝藤乞食隨緣去逢山任意登相逢莫相笑不是嶺南能可以想見公人物黄龍南公道貌德威極難親附雖老於叢林者見之汗下公

之造前、意甚閑暇、終日語笑、師資相忘、四十年間、士大夫聞其風而開發者衆矣、惟其善巧無方、普慈不間、人未之見、或慢謗、承顔接辭、無不服膺、公旣臘高、益移庵深入、棧絕學者又二十餘年、以元符三年十一月十六日中夜而殁、閱世七十有六、坐五十有五夏、賜號寶覺、塟於南公塔之東、號雙塔、有得法上首惟清自有傳、

贊曰、公於南公圓寂之日作偈曰、昔人去時是今日、今日依前人不來、今旣不來昔不往、白雲流水空裴回、誰云秤尺平、直中還有曲、誰云物理齊、種

麻還得栗可憐馳逐天下人六六元來三十六追玩南公曰隨汝顛倒所欲南斗七北斗八之語此老爲克家之子嗚呼隕此偉人世間眼滅惟此未嘗不心折讀其陳迹尚若雨霽之夕望東南之月皎然萬星之中忘其身在唾霧間也

泐潭眞淨文禪師

眞淨和尚出於陜府閿鄉鄭氏鄭族世多名卿師生而傑異幼孤事後母至孝失愛於母數困辱之父老悲之使游學四方至復州北塔聞耆宿廣公說法感泣裂縫掖而師事之故北塔以克文名之

年二十五試所習、剃髮受具足戒學經論無不臻妙、奪京洛講席自爲主客而發奥義者數矣、經行龍門殿廡間見塑比丘像冥目如在定師皤然自失謂其伴曰我所負者、如吳道子畫人物、雖盡妙然非活者、於是弃去曰吾將南游觀道焉、所至辨論傾其坐人、指目以爲飽參、治平二年夏坐於大潙夜聞僧誦雲門語曰佛法如水中月是否、曰清波無透路、豁然大悟時南禪師在積翠師造焉南公問從什麽處來、對曰潙山、南曰恰值老僧不在進曰未審向什麽處去、南曰天台普請南嶽雲遊曰若然者學人亦得自在去也南公曰脚下鞵是何處得來曰廬山七百錢唱得南公曰何曾自在師指曰何曾不自在耶南公駭異之于時洪英首座機鋒不可觸與師齊名英邵武人衆中號英邵武文關西久之辭去寓止翠巖順禪師順曰子種性邁往而契悟廣大臨濟欲仆子力能支之厚自愛南公住黃龍師復往焉南公曰適令侍者捲簾問渠捲起簾時如何曰照見天下放下簾時如何曰水泄不通不捲不放時如何侍者無語汝作麽生師曰和尚替侍者下涅槃堂始得南公厲曰關

西人果無頭腦乃顧旁僧師指之曰只這僧也李夢見南公大笑自是門下號偉異博大者見之讋縮南公入滅南游衡嶽還首衆僧於仰山熈寧五年至高安太守錢公弋先候之師復謁有㥄逸出羣聞師方趍逆之少避乃進錢公嘲曰禪者固能教誨蛇虎乃畏狗乎師曰易伏猥巖虎難降護宅龍錢公嘆曰人不可虛有名住洞山聖壽兩刹十有二年謝事東游三吳至金陵時舒王食宮使禄居定林聞師至倒屣出迎王問諸經皆首標時處圓覺經獨不然何也師曰頓乘所演直示衆生日

用現前不屬今古只今老僧與相公同入大光明藏游戲三昧互爲賓主非干時處又問經曰一切衆生皆證圓覺而圭峯以證爲具謂譯者之訛如何對曰圓覺如可改維摩亦可改也維摩豈不曰亦不滅受而取證夫不滅受蘊而取證者與皆證圓覺之意同蓋衆生現行無明卽是如來根本大智圭峯之言非是舒王大悅稱賞者累日施其第爲寺以延師爲開山第一祖舒王以師道行聞神考詔賜號眞淨未幾厭煩閙還高安庵於九峯之下名曰投老學者自遠而至六年而移住歸宗又

二年張丞相時由左司謫金陵酒官起帥南昌過廬山見師康強盡禮力致之以居泐潭俄退居雲庵以崇寧元年十月旦日示疾十五日疾愈料理平生玩好道具件件疏之散諸門弟子十六日中夜沐浴更衣跏趺衆請說法師笑曰今年七十八四大相離別火風既分散臨行休更說遺戒皆宗門大事不及其私言卒而寂又七日闍維五色成燄白光上騰煙所及皆成舍利道俗千餘人皆得之分建塔於泐潭寶蓮峯之下洞山留雲洞之北贊曰雲庵以天縱之姿不由師訓自然得道特定

僧寶傳二十三　　三六　一

宗旨於黃龍而已，其沮壞義學，剖發幽翳，以樂説之辯，洗光佛日，使舒王敬誠心服，至獻名于天子，施第爲寶坊，道顯著矣。然猶掉頭不顧，甘自放於萬壑千巖之間，窕觀施設，其心不肯後灊山曹谿，蓋一代宗師之典刑，後來衲子之模楷也。

禪林僧寶傳第二十三

禪林僧寶傳第二十四

仰山偉禪師

東林照覺揔禪師

仰山偉禪師

禪師名行偉，生于氏，大名人也。幼寡笑語，頽然地坐終日，伏犀插額，眉目踈秀，人皆異之。年十九，游京師，聞寶相寺大乘師方益有鑒裁，謁之。益曰：君風神不凡，然非凌煙麒麟所宜，置正當袒肩荷擔如來乃稱耳。偉欣然曰：此吾心也。願執役掃除。益以講學聚徒，偉甘勤力挽車運粟，破薪佐炊，無所不爲者十三年，乃剃落受具，辭益經行諸方。益令

黲音慘淺青黒也又黯色
窣去窣字
勃卒旋放之
窣卒存入声

入洛遂受賢首教於太三藏成名繼其席常千人講無定居南游門弟子有願隨者偉不却至淮上所至禪林盛藉藉聞宗師名心怪之館淮山古寺見昔同學法亮黲衲勃窣高其衣裙布纏兩脛驚曰亮亦逃矣呼俱行者聚觀太息亮笑敘寒温而已偉問曰汝今稱禪者禪宗奥義語我來亮曰待我死後爲汝敷說偉曰狂耶亮曰我狂已息汝今方熾即趨去偉請其屬曰亮聞見淹博知法解義倍我今甘爾禪家必有長處乃獨行詣黄檗謁南禪師依止二年每造室南公必斂目良久乃語偉

曰和尚見行偉必合眼何耶曰麻谷見良遂來荷鋤鋤草良遂有悟處我見汝來但關閉目汝雖無悟然且有疑尚亦可在偉滋不曉時泐潭月禪師與南公同坐夏積翠月以經論有聲偉嘗侍座聽其談論因讀小釋迦傳曰韋尚書問仰山寂公禪師尋常如何接人寂曰僧來必問來爲何事曰來親覲又問還見老僧否曰見又問老僧何似驢僧未有訓者韋曰若言見爭柰驢若言不見今禮覲誰以此故難答寂曰無人如尚書辨析者耳月公稱善偉亦以爲然南公獨曰潙仰宗枝不到今者

病在此耳偉日夜究思不悟其意將治行而西下庵嵩少之下爲粥飯僧夜與一僧同侍座僧問法華經言得解一切衆生語言陀羅尼何等語是陀羅尼南公顧香鑪僧即引手候火有無無火又就添以炷香仍依位而立南公笑曰是此陀羅尼偉驚喜進曰如何解南公令僧且去僧揭簾趨出南公曰若不解爭能與麽偉方有省偉律身甚嚴燕坐總夜旦占一室謝絕交游有過偉者虛已座以延之躬起炷香叉手而立南公聞之以爲大絕物非和光同塵之義面誡之對曰道業未辦歲月如

流大根器如雲門趙州猶曰我惟粥飯二時是雜用心又曰我豈有工夫閑處用矧行偉根性日劫相倍者寧暇囿世情事清談詖悦人增我相乎南公賢之熙寧二年南公役于黄龍江西使者檄宜春厚禮致以居仰山未朞年法席冠江淮平昔同參知名者皆集道俗尊事之謂之後身通智性剛莅事有法度俾其人職其事莫敢違者當遣化十二輩偉以其名付維那使明日俱來受曲折及會茶輒失一人偉問爲誰曰隨州永泰偉方經營中首座曰泰游山去請以他僧備員偉然之俄有告

者曰泰寔在首座匿之以欺衆耳偉色莊使搜得之泰自陳怯弱懼失所受事首座寔不知也偉令擊鐘集衆白曰首座已分座授道又老師所賞識昧心罔衆他人猶不可爲乃甘自破壞乎首座屏息受罰俱來泰者出院諸方伏其公泰後嗣其法住黃檗山首座住潙山嗣黃龍偉夏夜坐深林裡以食蚊蚋會腸毒作十日不愈以刀絶之尺許血流不止門人泣曰師獨柰何不少忍曰爲其障我行道蒲伏床上無所利於物得疢不愈於生乎元豐三年十一月二十六日説偈而化後三日闍維

得五色舍利骨石栓索勾連塔于寺之東閣世六十三坐三十三夏

贊曰法句經言若起精進心是妄非精進觀偉施爲宜若起心者何哉求嘉曰晝夜精勤恐緣差故不惜身命以知恩故偉方畏緣差負法道之恩引雲門趙州以自較渠恤是眞是妄哉非志烈秋霜何以若此耶

東林照覺惣禪師

禪師名常惣生劒州尤谿施氏母夢男子傾然色如金握白芙蓉三柄以授之但一柄得餘委地覺

而娠後誕三子伯仲皆不育愍其季也年十一依寶雲寺文兆法師出家又八年落髮詣劒州大中寺契恩律師受具神觀秀異鸞翔虎視威掩萬僧偉如也初至吉州禾山依禪智材公材有人望厚禮延之不留聞南禪師之風辭材至歸宗久之無所得而去歸宗寺火南公遷石門南塔又往從之及南公自石門而遷黄檗積翠自積翠而遷黄龍愍皆在焉二十年之間凡七往返南公佳其勤勞稱於衆愍自負䆟受大法旨决志將大掖臨濟之宗名聲益遠叢林争追崇之南公殁哭之不成聲

戀戀不忍去明年洪州太守榮公修撰請住泐潭其徒相語曰馬祖再來也道俗爭願見元豐三年詔革江州東林律居爲禪席觀文殿學士王公韶出守南昌欲延寶覺禪師心公寶覺舉惣自代惣知宵遁去千餘里王公檄諸郡期必得之竟得之新淦殊山窮谷中遂應命其徒又相語曰遠公嘗有讖記曰吾滅七百年後有肉身大士革吾道場今符其語矣惣之名遂聞天子有詔住相國智海禪院惣固稱山野老病不能奉詔然州郡敦遣急於星火其徒又相語曰聰明泉者適自涸矣遠公所酌

之泉在方丈之酝也凡兩月而得旨如所乞就賜紫伽梨號廣惠其徒又相語曰聰明泉復湧沸矣元祐三年徐國王奏號照覺禪師揔於衲子有大緣槌拂之下衆盈七百揔嘗燕坐私相告曰方丈夜有白光天香郁然其得衆心如此山門遺化多邊徼瘴霧處有疢於其所者揔必泣設位祭奠盡禮薦拔以故人人感動羅漢系南禪師祐公之子有禪學未爲叢林所信至東林揔大鍾横撞萬指出迎於清谿之上於是諸方傳之號小南其成就後學又如此揔住持十二年厦屋崇成金碧照煙雲如夜摩

覩史之宮從天而墜天下學者從風而靡叢席之盛近世所未有也六年八月示疾九月二十九日浴罷安坐泊然而寂十月八日全身葬於鴈門塔之東閱世六十七坐四十九夏

贊曰予嘗游東林覽觀太息念其剏御名之功叢林之盛非願力大士莫能爲之也東坡詞曰堂堂總公僧中之龍呼吸爲雲噫欠爲風是事且止聊觀其一戲蓋將談笑不起于座而化廬山之下爲梵釋龍天之宮渠不信夫

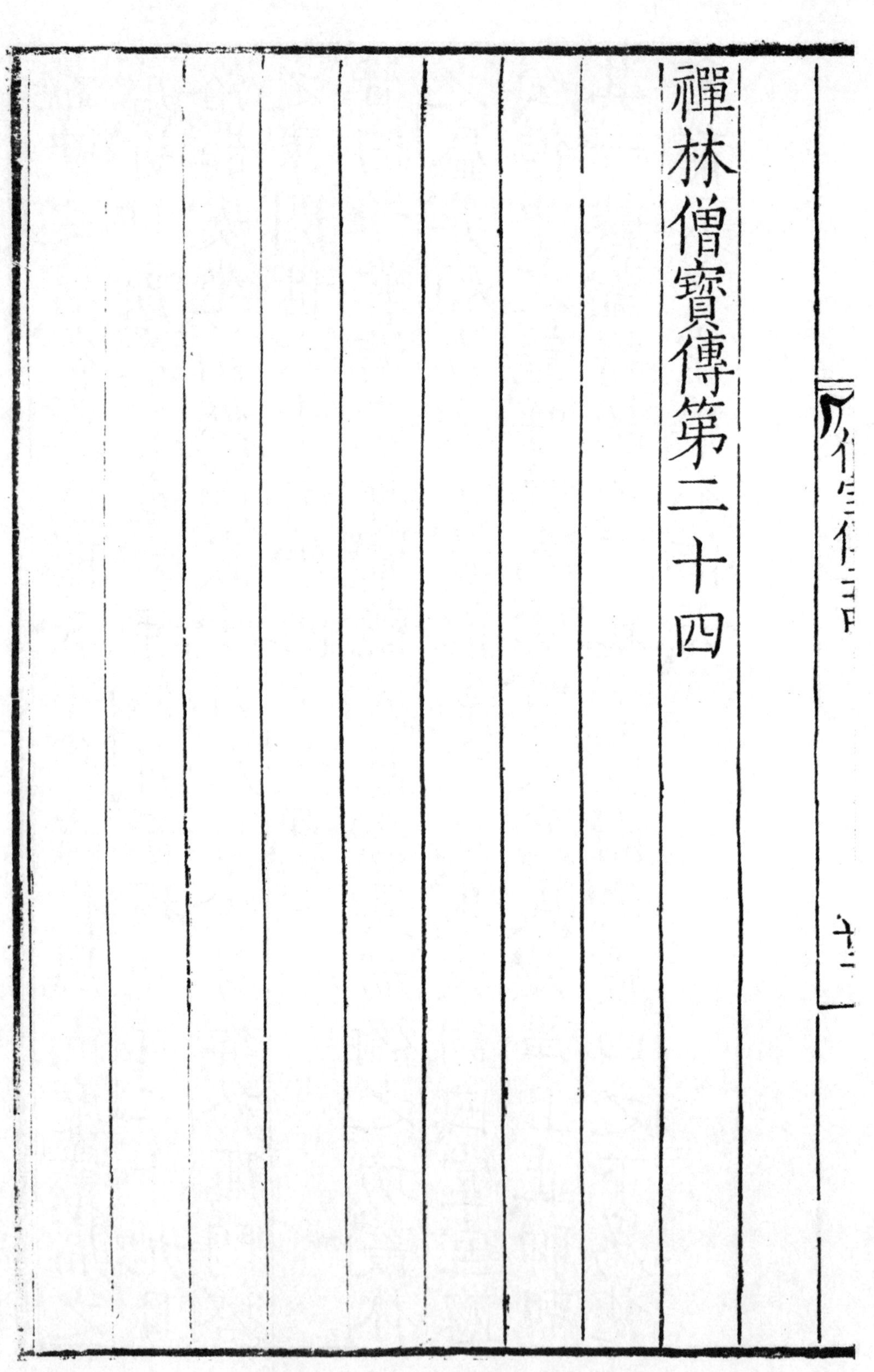

禪林僧寶傳第二十四

禪林僧寶傳第二十五

大溈真如喆禪師　雲居祐禪師
隆慶閑禪師　雲蓋智禪師

大溈真如喆禪師

禪師名慕喆，出於臨川聞氏。聞族寒，喆又幼孤，去依建昌永安圓覺律師爲童子，試所習得度具戒。爲人剛簡，有高識，以荷法爲志，以精嚴律身。翠巖真禪師游方時，喆能識之。真好暴所長以蓋人，號真點胸，所至犯衆怒，非笑之。喆與之周旋二十年，雖群居不敢失禮。真住兩刹，喆陰相之成法席。有來學者且令見喆侍者謂人曰三十年後喆其大作佛事眞歿塔於西山心喪三年乃去依止黃檗遂游湘中一鉢雲行鳥飛去留爲叢林重輕謝師直守潭州聞其風而悅之不可致會嶽麓法席虛盡禮迎以爲出世累日而後就俄遷住大潙衆二千指無所約束人人自律唯粥罷受門弟子問道謂之入室齋罷必會大衆茶諸方纔月一再而喆講之無虛日放參罷喆自役作使令者在側如路人晨香夕燈十有四年夜禮拜持茅視殿廡燈火倦則以帔蒙首假寐三聖堂初猶浴至老不浴者

十餘年紹聖元年有詔住大相國寺智海禪院京師士大夫想見風裁叢林以喆靜退以畏煩鬧不敢必其來喆受詔欣然俱數衲子至解包之日傾都來觀至謂一佛出世院窄而僧日增無以容則相枕地臥有請限之者喆曰僧佛祖所自出猒僧猒佛祖也安有名爲傳法而猒佛祖乎汝安得不祥之言哉喆愛人以德事不合必面折之説法少縁飾貴賤一目問學者趙州洗鉢話上人如何會僧擬對喆以手托之曰歇去自其分座接納至終未嘗換機明年十月初八日無疾説偈與衆別良久

遂化，闍維得舍利大如豆，光潔明徹，目睛齒爪皆不壞。門弟子分塔潙山、京師兩處。

贊曰：真如平生以身為舌，說比丘事及其霜露果熟，則衆聖推出，予觀其潛行密用於山間樹下，至於殁生之際，奇瑞之驗，乃在天子之都，其亦乘願力而至者耶。

雲居祐禪師

禪師名元祐，王氏，信州上饒人也。年十三，師事博山承天沙門齊晟，二十四得度具戒。時南禪師在黄檗，即往依之十餘年，智辯自將，氣出流輩，衆以是悅之少然祐不恤也南公歿去游湘中廬於衡嶽馬祖故基衲子追隨聲重荆楚間謝師直守潭州欲禪道林之律居盡禮致祐爲第一世祐欣然肯來道林蜂房蟻穴間見層出像設之多冠於湘西祐夷廓之爲虛堂爲禪室以會四海之學者役夫不敢壞像設祐自鋤弃諸江曰昔本不成今安得壞吾法尚無凡情存聖解乎六年而殿閣崇成弃之去游廬山南康太守陸公時請住玉澗寺徐王聞其名奏賜紫方袍祐作偈辭之曰爲僧六十鬢先華無補空門媿出家願乞封廻禮部牒免辜

盧老衲袈裟。人問其故、祐曰人主之恩、而王者之施非敢辭以近名也、但以法未等耳、昔惠滿不受宿請曰天下無僧乃受汝供滿、何人哉、王安上者舒王之弟、問法於祐、以雲居延之祐曰、爲攜此骨歸葬峯頂耳、登輿而去、疾諸方死必塔者、曰山川有限、僧死無窮它日塔將無所容、於是于開山宏覺塔之東、作卵塔曰、凡住持者非生身不壞火浴雨舍利者、皆以骨石填于此、其西又作卵塔曰、凡僧化、皆以骨石塡于此、謂之三塔、紹聖二年七月七日夜集衆說偈而化時秋暑方熾而顏如生、闍維得五色舍利，有光吞飲映奪，久乃滅。山林忽皆華白，閱世六十有六，坐四十有二夏。祐清癯髮白不剪，風度英特，説法好譏訶諸方，雅自稱王祐上座云。

贊曰：余少時游廬山，謁公於玉澗道林堂，是時公方病起，扶杖出依繩牀，瘦骨盡露，神觀超詣，如世所畫須菩提。所示數語，皆可誦。嗚呼，今無復見此老矣。其所施爲，補叢林甚多，特載其一二，矯蔽彰著者，以激後學云。

隆慶閑禪師

禪師名慶閑福州古田卓氏子也母夢胡僧授以明珠吞之而娠及生白光照室幼不近酒胾年十一事建州昇山沙門德圓十七得度二十遠游性純至無所嗜好唯道是究貌豐碩寡言語所至自處罕與人接有卽之者一舉手而去以父事南禪師南公鍾愛之時與翠巖順公同在黃檗順時時詰問閑閑橫機無所讓順訴于南公曰閑輕易且語未辨觸淨南公曰法如是以情求閑乃成是非其可哉閑嘗問南公文首座（卽雲庵也）何如在黃檗時南公曰渠在黃檗時如人暴富用錢如糞土爾來

如數世富人，一錢不虛用。南公嘗以事至雙嶺，閑自翠巖來上謁。南公問：「什麽處來？」對曰：「百丈來。」又問：「幾時離？」對曰：「正月十三日。」南公曰：「脚跟好痛三十棒。」對曰：「非但三十棒。」南公喝曰：「許多時行脚，無點氣息。」對曰：「百千諸佛，亦乃如是。」曰：「汝與麽來，何曾有纖毫到諸佛境界。」對曰：「諸佛未必到慶閑境界。」又問：「如何是汝生緣處？」對曰：「早晨喫白粥，至今又覺飢。」又問：「我手何似佛手？」對曰：「月下弄琵琶。」又問：「我脚何似驢脚？」對曰：「鷺鷥立雪非同色。」南公嗟咨而視曰：「汝剃除鬚髮，當爲何事耶？」對曰：「只要無事曰與麼則數聲清磬是非外一箇閑人天地間也閑曰是何言歟曰剎利衲子閑曰也不消得南公曰此間有辯上座者汝著精彩對曰他有什麼長處曰他拊汝背一下又如何閑曰作什麼曰他展兩手閑曰甚處學得這虛頭來南公大笑閑却展兩手南公喝之又問儱儱鬆鬆兩人共一梳作麼生會對曰百雜碎曰盡大地是箇須彌山提來掌中汝又作麼生會對曰兩重公案南公曰這裏從汝胡言漢語若到同安如何過得時英邵武在同安作首座閑欲往見之對曰渠也須到這箇田地始得曰忽被渠

指火鑪曰這箇是黑漆火鑪那箇是黑漆香卓甚處是不到處對曰慶閑面前且從恁麼說話若是別人笑和尚去南公拍一拍閑便喝明日同看僧堂曰好僧堂對曰極好工夫曰好在甚處對曰一梁柱一柱曰此未是好處閑曰和尚又作麼生南公以手指曰這柱得與麼圓那枋得與麼匾對曰人天大善知識須是和尚始得即趨去明日侍立乃問得坐披衣向後如何施設閑曰遇方即方遇圓即圓曰汝與麼說話猶帶脣齒在對曰慶閑即與麼和尚又作麼生曰近前來爲汝說閑撫掌云

三十年用底今朝捉敗南公大笑云一等是精靈南公在時學者已争歸之及殁廬陵太守張公鑒請居隆慶未期年鍾陵太守王公韶請居龍泉不逾年以病求去廬陵道俗聞其弃龍泉也舟載而歸居隆慶之西堂事之益篤元豐四年三月七日告衆將入滅説偈乃入浴浴出躶坐方以巾搭膝而化神色不變爲著衣手足和柔髪剃而復出太守來觀願留全身而僧利儼曰遺言令化闍維薪盡火滅跏趺不散以油沃薪益之乃化是日雲起風作飛瓦折木煙氣所至東西南北四十里凡草

木沙礫之間皆得舍利如金色碎之如金砂道俗購以金錢細民拾而鬻之數日不絕計其所獲幾數斛閱世五十有五坐三十有六夏初藴輸子由欲爲作記而疑其事方卧痁夢有呵者曰閑師事何疑哉疑即病矣子由夢中作數百言甚儁偉而其銘略曰稽首三界尊閑師不止此憫世狹劣故聊示其小者子由其知言哉

贊曰潛菴爲予言閑爲人氣剛而語急嘗同宿見其坐而假寐夢語衮衮而領略識之皆古衲機緣初以爲適然已而每每連榻莫不爾蓋其欵誠於

道精一如此唐道盦讖明皇曩於般若聞薰不一而沉佇想自起現行聞之去留踐履之驗非聞薰不一者也

寬嗣慈明

遇嗣北禪賢

雲蓋智禪師

禪師名守智生於劍州龍津陳氏幼依劍浦林重院沙門某為童子年二十三得度受具於建州開元寺初出嶺至豫章謁大寧寬禪師時法昌遇公方韜藏西山智聞其飽參請之至雙嶺寺寺屋多僧少草棘滿庭山雪未消智見一室邃僻試揭簾聞叱詬曰誰故出我煙蓋遇方附濕薪火藉煙為

暖耳智反走遇呼曰來汝何所來對曰大寧又問三門夜來倒知否智愕曰不知遇曰吳中石佛大有人不曾得見智不敢犯其詞知其爲遇也乃敷坐具顧親炙之遇使往謁眞點胷久之無大省發然勤苦不費剪爪之功及謁南禪師於積翠依止五年又見英邵武於同安南公殁南游首衆僧於石霜謝師直聞其名以書抵智曰果游嶽道由長沙幸屈臨廡款晤師當恕其方以官守不當罪其坐致也智過師直師直問曰龐居士問馬大師無絃琴因緣記得否智曰記得師直曰龐公曰弄巧

成拙是賔家是主家智笑指師直曰弄巧成拙師直喜之出世住道吾俄遷住雲蓋十年疾禪林便軟暖道心澹薄來衆者掉頭不納元祐六年退居西堂閉戶三十年湘中衲子聞其接納容入室則堂室爲滿智爲人耐枯淡日猶荷鋤理蔬圃至老不衰政和四年年九十矣潭帥周種仁熟遣長沙令佐詣山請供智以老辭令佐固邀曰太守以職事不得入山遣屬吏來迎意勤乃不往貽山門之咎智登輿而至入開福齋罷鳴皷智問其故曰請師住持此院智心知墮其計不得辭乃受之明年

三月七日（或云七月七日）陞座說偈曰未出世頭似馬杓出世後口如驢觜百年終須自壞一任天下卜度歸方丈安坐良久乃化闍維得五色舍利經旬細民撥灰燼中猶得之坐六十六夏

贊曰余至雲蓋依止之二年詳聞黃檗翠巖故時事曰南公住黃龍天下有志學道者皆集南公視之猶不懌從容問其意曰我見慈明時座下雖衆不多然皆堂堂龍象今例寒酸不上人眼佛法盛衰自今日始也雲蓋今又老矣叢林去南公已五十年當時號寒酸者亦不可見余因傳其平生感

之遂併記

禪林僧寶傳第二十五

禪林僧寶傳第二十六

圓通訥禪師　淨因臻禪師

法雲圓通秀禪師　延恩安禪師

圓通訥禪師

禪師名居訥，字中敏，出于蹇氏，梓州中江人。生而英特，讀書過目成誦。年十一，去依漢州什邡竹林寺元昉。十七，試法華得度，受具於頴眞律師。以講學冠兩川，耆年多下之。會有禪者自南方還，稱祖道被天下，馬大師什邡人，應般若多羅讖。蜀之豪俊以經論聞者，如亮公，而亮弃徒隱西山；如鑒公而鑒梵疏鈔稱滴水莫敵巨海訥憮然良久曰汝知其説乎禪者曰我不能知也子欲知之何惜一往訥於是出蜀放浪荊楚屢閱寒暑迄無所得西至襄州洞山留止十年讀華嚴論至曰須彌在大海中高八萬四千由旬非手足攀攬可及以明八萬四千塵勞山住煩惱大海衆生有能於一切法無思無爲卽煩惱自然枯竭塵勞成一切智之山煩惱成一切智之海若更起心思慮卽有攀緣卽塵勞愈高煩惱愈深不能以至諸佛智頂也三復之嘆曰石鞏云無下手處而馬祖曰曠劫無明今

日一切消滅非虛語也後游廬山道價日增南康太守程師孟請住歸宗遂嗣榮禪師又住圓通仁宗皇帝聞其名皇祐初詔住十方淨因禪院訥稱目疾不能奉詔有旨令舉自代遂舉僧懷璉禪學精深在居訥之右於是詔璉璉至引對問佛法大意稱旨天下賢訥知人訥臨衆簡嚴不妄言笑嘗習定初叉手自如中夜漸升至膺侍者每視以候雞鳴其精進如此住持二十年移住四祖開元兩刹所至叢林號稱第一既老休居於寶積巖熙寧四年三月十六日無疾而化閱世六十有二坐四

十有五夏歐陽文忠公貶異立教者獨尊敬訥與賢良蘇洵明允游相好云

贊曰法道陵遲沙門交士大夫未嘗得預下士之禮津津喜見眉目訥却萬乘之詔而以弟子行其尊法有體超越兩遠觀其標致可諷後學至於臨衆造次不忘自治在易家人上九有孚威如終吉象曰威如之吉反身之謂也

淨因臻禪師

禪師名道臻字伯祥福州古田戴氏子也幼不茹葷十四歲去上生院持頭陀行又六年爲大僧閱

大小經論置不讀曰此方便說耳卽持一鉢走江淮所叅知識甚多而得旨決於淨山遠禪師江州承天虛席致臻非所欲而游丹陽寓止因聖一日行江上顧舟默計曰當隨所往信吾緣也問舟師曰載我船尾可乎舟師笑曰師欲何之我入汴船也臻云吾行游京師因載之而北謁淨因大覺璉禪師璉使首衆僧於座下及璉歸吳衆請以臻嗣焉開法之日英宗遣中使降香賜紫方袍徽號京師四方都會有萬好惡貴人達官日塡門而臻一目之慈聖上僊神宗詔至慶壽宮賜對甚喜詔設

高廣座恣人問答左右上下得未曾有懽聲動宮殿賜與甚厚神宗悼佛法之微憫名相之弊始即相國爲慧林智海二刹其命主僧必自臻擇之宿老皆從風而靡高麗使三僧來就學臻隨根開悟神宗上僊被詔至福寧殿說法詔道臻素有德行可賜號淨照禪師臻爲人渠渠靜退似不能言者所居都城西隅衲子四十餘輩頹然不出戶三十年如一日元祐八年八月十七日歿前旹語門弟子淨圓曰吾更三日行矣及期沐浴更衣說偈已跏趺而化閱世八十坐六十有一夏臻性慈祥純

至奉身至約、一布裙二十年不易、用五幅纔掩脛、不多爲叢褶、曰徒費耳、無所嗜好、乃能雪方丈之西壁、請文與可掃墨竹、謂人曰、吾使游人見之、心目清凉、此君蓋替我說法也、初說法於慶壽宮、僧問慈聖僊游定歸何所、臻曰、水流元在海、月落不離天、上悅、以爲能、加敬焉、

贊曰、余至京師、尚及見之、時年已八十、徧首婆娑面有孺子之色、取次伽棃、曳履送客、可畫也、黃魯直題其像曰、老虎無齒、卧龍不吟、千林月黑、六合雲陰、遠山作眉、紅杏腮、嫁與春風不用媒、老婆三

五少年日也解東塗西抹來

法雲圓通秀禪師

禪師名法秀秦州隴城人生辛氏夢有僧癯甚鬚髮盡白託宿曰我麥積山僧也覺而有娠先是麥積山有僧亾其名日誦法華與應乾寺魯和尚者善嘗欲從魯游方魯老之既去緒語曰他日當尋我竹鋪坡前鐵彊嶺下俄有兒生其所魯聞之往覿焉兒爲一笑三歲願隨魯歸遂冒魯姓十九通經爲大僧天骨峻拔軒昂萬僧中凜然如畫講大經章分句析旁穿直貫機鋒不可觸聲著京洛倚

圭峯鈔以詮量衆義然恨圭峯學禪唯敬北京元華嚴然恨元非講曰教盡佛意則如元公者不應非教禪非佛意則如圭峯者不應學禪然吾不信世尊教外別以法私大迦葉乃罷講南游謂同學曰吾將窮其窟穴樓取其種類抹殺之以報佛恩乃已耳初至隨州護國讀凈果禪師碑曰僧問報慈如何是佛性慈曰誰無又問凈果果曰誰有其僧因有悟秀大笑曰豈佛性敢有無之矧（一本云豈佛法有無之矧）又曰因以有悟哉其氣拂膺去至無爲鐵佛謁懷禪師懷貌寒危坐涕垂沾衣秀易之懷收涕

海印慶嗣
雲蓋顒嗣
五祖戒

問座主講何經秀曰華嚴又問此經以何爲宗秀曰以心爲宗又問心以何爲宗秀不能對懷曰毫釐有差天地懸隔秀退自失悚然乃敬服願留日夕受法懷公移池入吳秀皆從之廿年初說法於淮四面山杖笠之外包具而已衲子追逐不厭飢寒秀哀祖道不振叢林凋落以身任之住棲賢有僧文慶寒陋不上眼秀遣督割稻石橋莊旣辭去有識者曰慶出世湘鄉寺十餘年雲蓋顒禪師嗣也秀遣侍者追謝之且迎以還山慶曰俟稻入囷乃還秀心奇之稱於衆後住棲賢二十年秀實佐

之也蔣山元禪師歿舒王以禮致秀嗣其席秀至山王先候謁而秀方理叢林事不時見王以爲慢已遂不合弃去住眞州長蘆衆千人有全椒長老至登座衆目笑之無出問者於是秀出拜趨問如何是法秀自已全椒笑曰秀鐵面乃不識自已乎叢林號秀爲鐵面秀曰當局者迷然一衆服其荷法心也冀國大長公主造法雲寺成有詔秀爲開山第一祖開堂之日神宗皇帝遣中使降香并磨衲仍傳聖語表朕親至之禮皇弟荊王致敬座下雲門宗風自是興於西北士大夫日夕問道時司馬温公

方登庸，以吾法太盛，方經營之。秀曰：「相公聰明人，類英傑，非因佛法不能爾。遽忘顧力乎？」温公不以介意。元祐五年八月，卧疾，詔翰林醫官視之。醫請候脈，秀仰視曰：「汝何爲者也？吾有疾，當死耳，求治之，是以生爲可戀也。平生生死夢三者無所揀擇。」去之，呼侍者更衣安坐，説偈三句而化。閱世六十有四，坐四十五夏。李公麟伯時工畫馬，不減韓幹。秀呵之曰：「汝士大夫，以畫名，矧又畫馬，期人誇以爲得妙，妙入馬腹中，亦足懼。」伯時繇是絶筆。秀勸畫觀音像以贖其過。黄庭堅魯直作艶語，人爭傳之秀呵之曰翰墨之妙甘施於此乎魯直笑曰又當置我於馬腹中耶秀曰汝以艷語動天下人婬心不止馬腹正恐生泥犁中耳駙馬都尉王詵晉卿候秀秀方饌客晉卿爲掃墨竹於西軒以遲之秀來未及揖顧見不懌晉卿去卽漫之

贊曰余至京師秀化去已踰月觀法雲叢林其遺風餘烈尚可想見及拜瞻其像面目嚴冷怒氣噀人平生以罵爲佛事又自謂叢林一害非虛言哉

延恩安禪師

禪師名法安生許氏臨川人也幼事承天沙門慕

閑年二十以通經得度游方謁雲竇顯禪師顯殁依天衣懷禪師衆推其知見又徧歷諸家耆宿指目爲飽參來歸臨川見黄山如意院敗屋破垣無以蔽風雨安求居之十年大厦如化成乃弃去下江漢航二浙上天台泝淮汶而還所至接物利生未嘗失言亦未嘗失人白首懷道翛然無侶倚杖於南昌上藍又住武寧之延恩寺寺以父子傳器貧不能守易以爲十方草屋數楹敗床不簀安安樂之令尹糾豪右謀爲一新安笑曰檀法本以度人今非其發心而強之是名作業不名佛事也棲

止十年，而叢林成僧至如歸。安與法雲秀公昆弟且相得。秀所居莊嚴妙天下，而說法如雲雨，其威光可以為弟兄接羽翼而天飛也。秀以書招安，云云。安讀之，一笑而已。問其故，曰：吾始見秀有英氣，謂可語，乃今而後，知其癡癡人，正不可與語也。問者瞋視久之，曰：何哉？安曰：比丘法當一鉢行四方，秀既不能爾，又於八達衢頭架大屋，從人乞飯以養數百閑漢，非癡乎？安每謂人曰：萬事隨緣，是安樂法。元豐甲子七月，命弟子取方丈文書聚火之，以院事付一僧。八月辛未殁，閱世六十有一，坐四

十有一夏

贊曰懷禪師五坐道場皆衰陋處而能使之成寶坊安真能世其家者也安笑秀公架大屋養閑漢爲癡正當以漫晉卿墨戲併按也

禪林僧寶傳第二十六

禪林僧寶傳第二十七

明教嵩禪師　　蔣山元禪師

金山達觀頴禪師

明教嵩禪師

禪師名契嵩字仲靈自號潛子生藤州鐔津李氏七歲母鍾施以事東山沙門某十三得度受具十九游方時寧風有異女子姙精嚴而住山時年百餘歲面如處子嵩造焉女子留之信宿中夜聞池中有如戞銅器聲以問女子女子曰噫此龍吟也聞者瑞徵子當有大名於世行矣無滯於是下沅

湘陟衡嶽謁神鼎諲禪師諲與語奇之然無所契悟游袁筠間受記莂於洞山聰公嵩夜則頂戴觀世音菩薩之像而誦其號必滿十萬乃寢以爲常自是世間經書章句不學而能是時天下之士學古文慕韓愈拒我以遵孔子東南有章表民黄聱隅李太伯尤雄傑者學者宗之嵩作原教論十餘萬言明儒釋之道一貫以抗其說讀之者畏服未幾復游衡嶽罷歸著禪宗定祖圖傳法正宗記其志蓋憫道法陵遲博考經典以佛後摩訶迦葉獨得大法眼藏爲初祖推之下至于達摩多羅爲二

十八祖密相付囑不立文字謂之教外別傳書成游京師知開封府龍圖王公素奏之仁宗皇帝覽之嘉嘆付傳法院編次入藏下詔褒寵賜紫方袍號明教嵩再表辭讓不許宰相韓琦大參歐陽脩皆延見而尊禮之留居閔賢寺不受再請東還於是律學者憎疾相與造説以非之嵩益著書援引古今左證甚明幾數萬言禪者增氣而天下公議翕然歸之熙寧五年六月四日晨興寫偈曰後夜月初明吾今獨自行不學大梅老貪聞鼯鼠聲至中夜而化闍維歛六根之不壞者三頂骨出舍利

紅白晶潔狀如大菽常所持數珠亦不壞道俗合諸不壞葬於故居永安院之左閱世六十有六坐五十有三夏有文集總百餘卷六十萬言其甥法澄克奉藏之以信後世嵩居錢塘佛日禪院應盜學蔡公襄所請也東坡曰吾入吳尚及見嵩其爲人常瞋蓋嵩以瞋爲佛事云

贊曰是身聚沫耳特苦業所持寔本一念首楞嚴曰由汝念慮使汝色身身非念倫汝身何因隨念所使然但名爲融通妄想念常清淨正信堅固則名善根功德之力嵩生而多聞好辨而常瞋然而火

之目舌耳毫爲不壞非正信堅固功德力乎余嘗論人之精誠不可見及其化也多爾舍利譬如太平無象而烝枯朽爲菌芝葛其尤著聞者聰公可謂有子矣

蔣山元禪師

禪師名贊元字萬宗婺州義烏人雙林傅大士之遠孫也三歲出家七歲爲大僧性重遲閑靖寡言視之如鄙樸人然於傳記無所不窺吐爲詞語多絕塵之韻特罕作耳年十五游方至石霜謁慈明禪師助舂破薪泯泯混十年慈明移南嶽又與俱

及歿葬骨石於石霜植種八年乃去兄事蔣山心禪師心歿以元繼其席舒王初丁太夫人憂讀經山中與元游如昆弟問祖師意旨元不答王益扣之元曰公般若有鄣三有近道之質一更一兩生來恐純熟王曰願聞其說元曰公受氣剛大世緣深以剛大氣遭世深緣必以身任天下之重懷經濟之志用舍不能必則心未平以未平之心持經世之志何時能一念萬年哉又多怒而學問尚理於道爲所知愚此其三也特視名利如脫髮甘澹薄如頭陀此爲近道且當以教乘滋茂之可也王

再拜受教自熙寧之初王入對遂大用至眞拜貴震天下無月無耗元未嘗發視客來無貴賤寒溫外無別語卽歛目如入定客卽去嘗饌僧俄報火廚庫且及潮音堂衆吐飯蒼黄蟻窘蜂鬧而元啜啖自若高視屋梁食畢無所問又嘗出郭有狂人入寺手刃一僧卽自殺尸相枕左右走報交武於道自白下門群從而歸元過尸處未嘗視登寢堂危坐職事者側立冀元有以處之而歛目如平日於是稍稍隱去卒不問王弟平甫豪縱於人物慎許可見元卽悚然加敬問佛法大意元復有難色

平甫固請爲説元曰佛祖無所異於人所以異者能自護心念耳岑樓之木必有本本於毫末滔天之水必有原原於濫觴清净心中無故動念危乎岌哉甚於岑樓浩然横肆甚於滔天其可動耶佛祖更相付授必丁寧之曰善自護持平甫曰佛法止於此乎元曰至矣不華至言不煩夫華與煩去道遠甚而流俗以之申公論治世之法猶謂爲治者不在多言顧力行如何耳況出世間法乎元豐之初王罷政府舟至石頭夜造山拜墳士大夫車騎塡山谷王入寺已二鼓元出迎一揖而退王坐

東偏從官賓客滿坐王環視問元所在侍者對曰已寢久矣王笑之王結屋定林往來山中又十年稍覺煩動即造元相向默坐終日而去有詩贈之其略曰不與物違眞道廣每隨緣起自禪深舌根已淨誰能壞足跡如空我得尋人以爲實錄元祐之初曰吾欲還東吳促辦嚴俄化王哭之慟塔于蔣陵之東平甫狀其行碑山中

贊曰舒王嘗手題其像曰賢哉人也行厲而容寂知言而能默譽榮弗喜辱毀弗戚弗矜弗克人自稱德有緇有白來自南北弗順弗逆弗抗弗抑弗

觀汝華唯食已實孰其嗣之我有遺則予讀此詞知其爲本色住山人也

金山達觀頴禪師

禪師名曇頴生錢塘丘氏年十三依龍興寺爲大僧神情秀特於書無所不觀爲詞章多出塵語十八九游京師時歐陽文忠公在場屋頴識之游相樂也初謁大陽明安禪師問洞上特設偏正君臣意明何事明安曰父母未生時事又問如何體會明安曰夜半正明天曉不露頴惘然弃去至石門謁聰禪師理明安之語曰師意如何聰曰大陽不

道不是但口門窄滿口説未盡老僧卽不與麽頌曰如何是父母未生事聰曰糞墼子又問如何是夜半正明天曉不露聰曰牡丹叢下睡猫兒頌愈疑駭曰扣之竟無得益自奮曰吾要以死究之不解終不出山聰一日見普請問曰今日運薪乎頌曰然運薪聰曰雲門嘗問人般柴柴般人如何會頌不能對聰因植杖石坐笑曰此事如人學書點畫可倣者工否者拙何故如此未忘法耳如有法執故自爲斷續當筆忘手手忘心乃可也頌於是默契其旨良久曰如石頭曰執事元是迷契理亦

非悟既曰契理何謂非悟聰曰汝以此句爲藥語爲病語頴曰是藥語聰呵曰汝乃以病爲藥又可哉頴曰事如函得蓋理如箭直鋒妙寧有加者而猶以爲病兹寔未諭聰曰借其妙至是亦止明理事而已祖師意旨智識所不能到矧事理能盡乎故世尊曰理障礙正知見事障能續生死頴恍如夢覺曰如何受用聰曰語不離窠臼安能出蓋纏頴嘆曰纔涉唇吻便落意思皆是死門終非活路即日辭去過京師寓止駙馬都尉李端愿之園日夕問道一時公卿多就見聞其議論隨機開悟李

公問曰人死識歸何所答曰未知生焉知死李公曰生則端愿已知曰生從何來李公擬議頴搥其胷曰秖在這裏思量箇什麽對曰會也只知貪程不覺蹉路頴拓開曰百年一夢又問地獄畢竟是有是無答曰諸佛向無中說有眼見空華太尉就有中覔無手搉水月堪笑眼前見牢獄不避心外見天堂欲生殊不知欣怖在心善惡成境太尉但了自心自然無惑進曰心如何了答曰善惡都莫思量又問不思量後心歸何所頴曰且請太尉歸宅頴東游初住舒州香鑪峯移住潤州因聖太平

卽金山懷賢

隱靜明州雪竇又移住金山龍游寺嘉祐四年除夕遣侍者持書別楊州刁景純學士曰明旦當行不暇相見厚自愛景純開書大驚曰當柰何復書決別而已中夜候吏報楊州馳書舩將及岸頴欣然遣撾鼓陞座叙出世本末謝裨贊叢林者勸修勿怠曰吾化當以賢監寺次補下座讀景純書畢大衆擁步上方丈頴跏趺揮令各遠立良久乃化五年元日也閱世七十有二坐五十有三夏頴英氣壓諸方薦福懷禪師誦十玄談至祖意頴曰當曰十聖未明此旨特以聲律不協故耳三賢十聖

序不如是懷曰宗門無許事頴熟視以手畫按作十字曰汝識此字乎汝以謂氈箄耳懷無能言頴拂衣去曰我要與汝鬬死生吾不敵汝也

贊曰東坡曰佛法浸遠眞僞相半寓言指法大率相似至於二乘禪定外道神通非我肉眼所能勘驗然臨死生禍福之際不容僞矣吾視頴之謝世無以異人適城市之易然眞大丈夫也哉

禪林僧寶傳第二十七

禪林僧寶傳第二十八

法昌遇禪師　楊岐會禪師

白雲端禪師

法昌遇禪師

禪師名倚遇漳州林氏子也爲人奇逸有大志自剃髮受具即杖策游方名著叢林浮山遠禪師嘗指以謂人曰後學行脚樣子也辭遠謁南嶽芭蕉庵主谷泉三至三遭逐猶謁之泉揕之曰我此間虎狼縱橫屎床鬼子三回五度來覓底物遇曰人言庵主見汾州泉乃解衣斗擻曰汝謂我見汾州

有多少奇特遇卽禮拜問曰審如庵主語客來將何祗待泉曰雲門胡餅趙州茶遇曰謝供養泉曰我火種也未有早言謝謝什麽遇乃去至北禪賢禪師問曰近離什麽處遇曰福嚴曰思大鼻孔長多少遇曰與和尚當時見底一般曰且道老僧見時長多少遇曰和尚大似不曾到福嚴賢笑曰學語之流又問來時馬大師健否遇曰健曰向汝道什麽遇曰令北禪莫亂統賢曰念汝新到不欲打汝遇曰倚遇亦放過和尚乃罷遇因倒心師事之時慈明禪師住興化過賢公室遇侍立看其談笑

賢曰汾陽師子可殺威獰慈明曰不見道來者咬殺賢曰審如此汾陽門下道絕人荒耶慈明舉拂子曰這箇因甚到今日賢未及對遇從旁曰養子不及父家門一世衰賢呵曰汝具什麽眼目乃敢尒遇曰若是咬人師子終不與麽慈明將去至龍牙像前指以問遇曰誰像遇曰龍牙慈明曰既是龍牙像何乃在北禪遇曰一彩兩賽慈明曰像在此龍牙在什麽處遇擬對慈明掌之曰莫道不能咬人遇曰乞兒見小利慈明呵逐之賢公除夕謂門弟子曰今夕無可分歲共烹露地白牛大家圍

鑪向榾柮火唱村田樂何也免更倚他門戶旁它牆乃下座有僧從後大呼曰縣有吏至賢反顧問所以對曰和尚殺牛未納皮角耳賢笑擲暖帽與之僧就拾得跪進曰天寒還和尚帽子賢問遇曰如何遇曰近日城中紙貴一狀領過後還江南再游廬山寓止圓通時大覺璉公方赴詔辭衆曰此事分明須薦取莫教累刧受輪迴遇問曰如何是此事曰薦取遇曰頭上是天脚下是地薦箇什麽曰不是知音者徒勞話歲寒遇曰豈無方便曰胡人飲乳反怪良醫遇曰暴虎馮河徒誇好手拍一

拍歸衆後游西山睠雙嶺深邃栖息三年與英邵武勝上座游應法昌請決別曰三年聚首無事不知檢點將來不無滲漏以拄杖劃一劃曰這箇且止宗門事作麼生英曰須彌安鼻孔遇曰臨崖看滸眼特地一場愁英曰深沙努眼睛遇曰争奈聖凡無異路方便有多門英曰鐵蛇鑽不入遇曰有甚共語處英曰自緣根力淺莫怨太陽春却劃一劃宗門且止這箇事作麼生遇欲掌之英約住曰這漳州子莫無去就然也是我致得法昌在分寧之北千峯萬壑古屋數間遇至止安樂之火種刀

耕衲子時有至者皆不堪其枯淡坐此成單丁開
鑪日輒以一力撾鼓陞座曰法昌今日開鑪行脚
僧無一箇唯有十八高人緘口圍鑪打坐不是規
矩嚴難免見諸人話墮直饒口似秤碪未免燈籠
勘破不知道絶功勳安用修因證果喝一喝云但
能一念回心即脱二乘羈鏁大寧寬禪師至遇畫
地作此(廿)相便曳钁出翌日未陞座謂寬曰昨日
公按如何寬畫此(牛)相即抹撒之遇曰寬禪頭名
下無虛人乃陞座曰忽地晴天霹靂聲禹門三級
浪崢嶸幾多頭角爲龍去鰕蟹依前努眼睛南禪

師至遇、方植松、南公曰、小院子栽許多松作麼、遇曰、臨濟道底、曰栽得多少、遇曰、但見猿啼鶴宿聳漢侵雲、南公指石曰、這裏何不栽、遇曰、功不浪施、曰也知無下手處、遇却指石上松曰、從什麼處得此來、南公大笑曰、蒼天蒼天、乃作偈曰、頭戴華巾離少室。手攜席帽出長安。鷲峯峯下重相見、鼻孔元來總一般。又畫此◎相示之、遇和曰、葫蘆棚上掛冬瓜。麥浪堆中釣得鰕。誰在畫樓沽酒處、相邀來喫趙州茶。又畫此☼相答之、南公曰、鐵牛對對黃金角。木馬雙雙白玉蹄。爲愛雪山香草細。夜深乘月過前谿。又畫此㊀相示之、遇曰、玉麟帶月離霄漢。金鳳銜花下綵樓。野老不嫌公子醉。相將攜手御街游。又畫此○答之、時南公道被天下、叢林宗之、而遇與之酬唱、如交友、一時豪俊多歸之、寶覺心禪師問曰、不是風、不是幡。黑花猫子面門斑。夜行人只貪明月。不覺和衣渡水寒。豈不是和尚偈耶、遇曰、然、有是語、寶覺曰、也大奇特、遇曰、汝道祖師前段爲人、後段爲人、對曰、祖師終不妄語、遇曰、意作麼生、對曰、豈不見道、不是風動、不是幡動、遇曰、如狐渡水有甚快活、曰、師意如何、遇以拂子搖之。對曰也是爲蛇畫足。遇曰亂統作麽。對曰須是和尚始得。徐德占布衣時，未爲人知，遇特先識之。山中往來，爲法喜之游。及其將化前一日，作偈別德占。德占時方丁太夫人憂居家，偈曰。今年七十七。出行須擇日。昨夜問龜哥。報道明朝吉。德占大驚，呼靈源叟俱馳往。遇方坐寢室，以院務什物付監寺曰。吾自住此山，今三十年，以護惜常住故，每自莅之。今行矣，汝輩著精彩。言畢，舉手中杖子曰。且道這箇付與阿誰。德占靈源屏息無答者。擲於地，投牀枕臂而化。

贊曰予觀法昌契悟穩實宗趣淹博荷擔雲門氣無叢林其應機施設鋒不可犯殆亦明招獨眼龍之流亞歟然所居荒村破院方其以一力撾鼓爲十八泥像說禪雖不及眞單徒之有衆亦差勝生法師之聚石味其平生未嘗不失牀頓足想見標致也

楊岐會禪師

禪師名方會生冷氏袁州宜春人也少警敏滑稽談劇有味及冠不喜從事筆硯竄名商稅務掌課最坐不職當罰宵遁去游筠州九峯（或云潭州道吾）恍然

如昔經行處眷不忍去遂落髮爲大僧閱經聞法心融神會能痛自折節依參老宿慈明禪師住南原會輔佐之安樂勤苦及慈明遷道吾石霜會俱自請領監院事非慈明之意而衆論雜然稱善挾楮衾入典金穀時時奮語摩拂慈明諸方傳以爲當慈明飯罷必山行禪者問道多失所在會闞其出未遠即擿鼓集衆慈明遽還怒數曰少叢林暮而陞座何從得此規繩會徐對曰汾州晚參也何爲非規繩乎慈明無如之何今叢林三八念誦罷猶參者此其原也慈明遷興化因辭之還九峯萍

勤嗣智門祚

實道俗詣山請住楊岐時九峯長老勤公不知會
驚曰會監寺亦能禪乎會受帖問答罷乃曰更有
問話者麽試出相見楊岐今日性命在汝諸人手
裏一任横拖倒拽爲什麽如此大丈夫兒須是當
衆决擇莫背地裏似水底按胡盧相似當衆勘驗
看有麽若無楊岐失利下座勤把住曰今日且喜
得箇同參曰同參底事作麽生勤曰楊岐牽犂九
峯拽耙曰正當與麽時楊岐在前九峯在前勤無
語會托開曰將謂同參元來不是自是名聞諸方
會謂衆曰不見一法是大過患拈拄杖云穿過釋

迦老子鼻孔作麼生道得脫身一句向水不洗水處道將一句來良久曰向道莫行山下路果聞猨叫斷腸聲又曰一切智通無障礙拈起拄杖云拄杖子向汝諸人面前逞神通去也擲下云直得乾坤震烈山岳搖動會麼不見道一切智智清凈拍繩床曰三十年後莫道楊岐龍頭蛇尾其提綱振領大類雲門又問來僧曰雲深路僻高駕何來對曰天無四壁曰踏破多少草鞋僧便喝會曰一喝兩喝後作麼生曰看這老和尚著忙會曰拄杖不在且坐喫茶又問來僧曰敗葉堆雲朝離何處對

曰觀音曰觀音脚根下一句作麽生道對曰適來相見了也曰相見底事作麽生其僧無對會曰第二上座代叅頭道看亦無對會曰彼此相鈍置其驗勘鋒機又類南院慶曆六年移住潭州雲蓋山以臨濟正脉付守端

白雲端禪師

禪師名守端生衡州葛氏（或云周氏）幼工翰墨不喜處俗依茶陵郁公剃髮年二十餘叅顒禪師（或鵬禪師）顒殁會公嗣居焉一見端奇之每與語終夕一日忽問上人受業師端曰茶陵郁和尚曰吾聞其過谿

有省作偈甚奇能記之否端即誦曰我有神珠一顆日夜被塵羈鏁（或云常被塵勞羈鏁）今朝塵盡光生照破青山萬朶會大笑起去端愕視左右通夕不寐明日求入室咨詢其事時方歲旦會曰汝見昨日作野狐者乎端曰見之會曰汝一籌不及渠端又大駭曰何謂也會曰渠愛人笑汝怕人笑端於是大悟於言下辭去徧游廬山圓通訥禪師見之自以爲不及舉住江州承天名聲爆爛又讓圓通以居之而自處東堂端時年二十八自以前輩讓善叢林責已甚重故敬嚴臨衆以公滅私於是宗風大

振未幾訥公猒閑寂郡守至自陳客情太守惻然目端端笑唯唯而已明日陞座曰昔法眼禪師有偈曰難難難是遣情難情盡圓明一顆寒方便遣情猶不是更除方便太無端大衆且道情作麼生遣喝一喝下座負包去一衆大驚挽之不可遂渡江夏於五祖之閑房舒州小刹號法華住持者如籠中鳥不息飛去舒守聞端高風欲以觀其人移文請以居之端欣然杖策來衲子至無所容士大夫賢之遷居白雲海會陞座顧視曰皷聲未擊已前山僧未登座之際好箇古佛樣子若人向此薦

得可謂古釋迦不前今彌勒不後更聽三寸舌頭
上帶出來底早已參差須有辨參差眼方救得完
全有麼乃曰更與汝老婆開口時末上一句正道
著舉步時末上一步正踏著爲什麼鼻孔不正爲
尋常見鼻孔頑了所以不肯發心今日勸諸人發
却去良久曰一便下座其門風峻拔如此僧請問
慧超問法眼如何是佛曰汝是慧超端作偈示之
曰一文大光錢買得箇油糍喫放肚裏了當下便
不饑又問僧問雲門如何是透法身句曰北斗裏
藏身端又作偈曰九衢公子游花慣末第貧儒感

慨多冷地看他人富貴等閑無耐幞頭何

贊曰楊岐天縱神悟善入游戲三昧喜勘驗衲子有古尊宿之遺風慶曆以來號稱宗師而白雲妙年俊辨膽氣精銳克肖前懿至於應世則唾淨名位說法則蕩除知見乃又逸格如大溈之有寂子玄沙之有琛公臨濟法道未甚寂寥也

禪林僧寶傳第二十八

晬 祖對切 音粹 周年也

禪林僧寶傳第二十九

太通本禪師

禪師名善本生董氏漢仲舒之後也其先家太康仲舒村大父琪父温皆官于潁遂爲潁人祈母無子禱於佛像前誓曰得子必以事佛卽蔬食俄娠及生本骨相秀異方晬而孤母育於叔祖玠之家旣長博學操履清修母亾哀毀過禮無仕宦意辟穀學道隱於筆工然氣剛不屈沈默白眼公卿嘉

祐八年與弟善思俱至京師藉名顯聖地藏院試所習爲大僧其師圓成律師惠楫者謂人曰本它日當有海内名乃生我法中乎圓成使聽習毗尼隨喜雜華夜夢見童子如世所畫善財合掌導而南旣覺曰諸佛菩薩加被我矣其欲我南詢諸友乎時圓照禪師道振吳中本徑造姑蘇謁於瑞光圓照坐定特顧之本默契宗旨服勤五年盡得其要其整頓提撕之綱研練差別之智縱横舒卷度越前規一時輩流無出其右圓照倚之以大其家以季父事圓通秀公秀住廬山棲賢出入卧内如

寂子之於東寺、元豐七年春絶九江、游淮山徧禮祖塔、眷浮山巖叢之勝、有終焉志、遂居太守巖久之、出世、住婺州雙林、六年、浙東道俗追崇至謂傅大士復生、移住錢塘净慈、繼圓照之後、食堂日千餘口、仰給於檀施、而供養莊嚴之盛、游者疑在諸天或云西天、時號大小本神考或作哲宗聞其名、有詔住上都法雲寺、賜號大通禪師、又繼圓通之後、本玉立孤峻、儼臨清衆或云千衆、如萬山環天柱、讓其高寒、然精麤與衆共、未嘗以言徇物、以色假人、王公貴人施捨日填門、厦屋萬礎、塗金鏤碧、如地湧寶坊、住八年，請於朝，願歸老於西湖之上，詔可。遂東還，庵龍山崇德，杜門却掃，與世相忘。又十年，天下願見而不可得，獨與法子思睿俱。睿與予善，爲予言其平生曰：臨衆三十年，未嘗笑，及閑居時，抵掌笑語。問其故，曰：不莊敬，何以率衆？吾昔爲叢林，故強行之，非性寔然也。所至見畫佛菩薩行立之像，不敢坐。伊蒲塞饌，以魚胾名者，不食。其眞誠敬事，防心離過，類如此。大觀三年十二月甲子，屈三指謂左右曰：止有三日。已而果歿，有異禽翔鳴于庭而去。塔全身於上方。閱世七十有五（或三），坐四十有五夏。

贊曰本出雲門之後望雪竇爲四世嫡孫平居作止直視不瞬及其陞堂演唱則左右顧如象王回旋學者多自此悟入方其將終之夕越僧夢本歸兜率天味其爲人居處服玩行已利物日新其德不置之諸天尚何之哉

報本元禪師

禪師名慧元生倪氏潮陽人也垂髫嶷然群兒劇於前袖手趺坐而巳父母商略曰兒林地如此寧堪世用意事佛僧可耳元聞之卽前拜辭依城南精舍誦法華經年十九剃落受具游方至京師華

嚴圓明法師者見而異之曰上人齒少自何至此所求何事曰慧元南海來無它求唯求佛法圓明笑曰王城利聲捷徑酒色樊籠橫目爭奪日有萬緒昔大通智勝佛十刼坐道場佛法猶不現前此中寧有佛法乎佛法俱在南方也元乃自洛京游襄漢徧歷名山所至親近知識然俱無所解悟治平三年春至黄龍時南禪師來自積翠龍象如蟻慕而集元每坐下板輙自引手反覆視之曰寧有道理而云似佛手知吾家揭陽而乃復問生縁何處乎久而頓釋其疑即日發去熙寧元年入吳住

吳江壽聖寺遣僧造黃龍投嗣法書南公視其欵識未發謂來僧曰汝亟還令元自來僧反命元輟住持事策杖而來次南昌見寶覺禪師出世說法知南公已化逾月乃復還吳中道俗師尊之又延住崑山慧嚴院十年嘗夜舟歸自雲川寇刼舟舟人驚怖不知所出元安坐徐曰錢帛皆施汝人命不可枉用寇因背去元祐四年住承天萬壽寺衆益盛躬自持鉢至湖湖人曰師到處爲家何苦獨愛姑蘇乎固留不使還蘇人聞之爭持梃杖譁入湖曰何爲奪我邦善知識政當見還否則有死而

即傳燈正

已元怡然不悋情去留曰吾任緣耳相守彌月蘇人食盡乃去竟爲湖人所有住報本禪院六年十一月十六日陞座說偈曰五十五年夢幻身東西南北孰爲親白雲散盡千山外萬里秋空片月新言訖而化時右司陳公瓘瑩中在湖親見其事元脇不至席三十年平生規法南禪師作止者唯元克肖之遺言葬於峴山之陽門弟子元正有才辯問何獨念峴山乎元曰他日可建寺後三十年元道契太師楚國公公爲請于朝詔謚證悟禪師塔曰定應有旨特建顯化寺歲度僧以嚴香火云

禾山普禪師

禪師名德普，緜州蒲氏子，少尚氣節，博觀有卓識。見富樂山靜禪師，合爪作禮曰：此吾師也。靜與語奇之，携歸山中，陰察之，其作止類老頭陀。靜曰：此子賦性豪縱，不受控御，而能折節杵臼炊爨閒，以事衆爲務，是爲希有。年十八得度受具，秀出講席，解唯識起信論，兩川無敢難詰者，號義虎。罪圭峯疏義多臆說，摘其失處，誡學者不可信。老師皆數之曰：圭峯，清涼國師所印可，汝敢雌黃，蚍蜉撼樹之論，汝今是矣。普嘆曰：學者以名位惑久矣。清涼圭峯非有四目八臂也奈何甘自退屈乎佛法其微矣此其㓕也時惟勝禪師還自江西呂大防微仲由龍圖閣直學士出鎮成都執弟子禮日夕造謁或室普衣禪者衣竊聽其議終日一不能曉歸卧看屋梁曰勝昔嘗業講有聲呂公世所謂賢者相與詶酢敬信如此而吾乃不信可乎然所疑未解坐寡聞也乃出蜀至荆州金鑾夜與一衲偶忘其名衲見丫山情庵主普聞其飽參問之曰經論何負禪宗而長老多譏呵之耶衲曰以其是識情義理思想邊量非能發聖得道脫有得道發聖者皆

藉之以爲緣耳儻不因自悟唯經論是仗則能讀能知能見解者皆證聖成道去矣寧尚與僕輩俯仰耶唯以敓語是所知障故祖師西來也一本云故明祖師西來之意也如經言一切衆生本來成佛汝信之乎對曰世尊之語豈敢不信衲曰旣信矣則尚何區區遠來乎對曰吾聞禪宗有別傳法故來耳衲笑曰是則未信非能信也普曰其病安在衲曰積翠南禪師出世久予見之不宜後見則當使汝疾有瘳矣普卽日遂行以熈寧元年至黃龍問阿難問迦葉世尊付金襴外傳何法迦葉呼阿難阿難應喏

迦葉曰、倒却門前刹竿著、意旨如何、南公曰、上人出蜀、曾到玉泉否、曰曾到、又問曾挂搭否、曰、一夕便發、南公曰、智者道場、關將軍打供、與結緣幾時何妨、普默然、良久、理前問、南公俛首、普趨出大驚、曰、兩川義虎、不消此老一唾、八年秋、游螺川待制劉公沆請住慧雲禪院七年、遷住禾山十有二年、元祐五年、十二月二十五日、謂左右曰、諸方尊宿死叢林必祭、吾以爲徒虛設、吾若死、汝曹當先祭乃令從今辦祭、衆以其老、又好戲語、復曰、和尚幾時遷化、曰汝輩祭絕卽行、於是幃寢堂、坐普其中置祭讀文跪揖上食普飫餮自如自門弟子下及莊力日次爲之至明年元日祭絶曰明日雪晴乃行至時晴忽雪雪止普安坐焚香而化閱世六十有七坐四十九夏全身塔于寺之左

贊曰初雲庵自九峯至廬山諸方禪者畢集門下雜遝多英俊而雲庵嘗斂眉曰法道乃今而後未可知也有問其意曰先師在黄蘗衆不滿百而明眼輩幾半今雖三倍當時然纔一兩人耳寺時年少心非其論觀元普兩禪師皆南公晩子也而其行已卓絶且如此則雲庵之言如百衲帔天寒歲

晚乃見效哉

雲居佛印元禪師

禪師名了元，字覺老，生饒州浮梁林氏，世業儒，父祖皆不仕。元生二歲，琅琅誦論語、諸家詩，五歲誦三千首。既長，從師授五經，略通大義。去讀首楞嚴經于竹林寺，愛之，盡捐舊學，白父母求出家。度生欵禮寶積寺沙門日用，試法華，受具足戒。游廬山，謁開先暹道者。暹自負其號海上橫行，俯視後進，元與問答捷給，暹大稱賞，以爲眞英靈衲子也。時年十九。已而又謁圓通訥禪師，訥驚其翰墨，曰：骨格已似雪竇後來之俊也時書記懷璉方應詔而西訥以元嗣璉之職江州承天法席虛訥又以元當選郡將見而少之訥曰元齒少而德壯雖萬耆衲不可折也於是説法爲開先之嗣時年二十八自其始住承天移淮山之斗方廬山之開先歸宗丹陽之金山焦山江西之大仰又四住雲居四十年之間德化緇白名聞幼稚縉紳之賢者多與之游蘇東坡謫黄州廬山對岸元居歸宗詶酢妙句與煙雲爭麗及其在金山則東坡得釋還吴中次丹陽以書抵元曰不必出山當學趙州上等接人

元得書徑來東坡迎笑問之元以偈爲獻戲曰趙州當日少謙光不出三門見趙王爭似金山無量相大千都是一禪牀東坡拊掌稱善東坡嘗訪弟子由於高安將至之夕子由與洞山眞淨文禪師聖壽聰禪師連牀夜語三鼓矣眞淨忽驚覺曰偶夢吾等謁五祖戒禪師不思而夢何祥耶子由撼聰曰吾方夢見戒禪師於是起品坐笑曰夢乃有同者乎俄報東坡已至奉新子由攜兩衲候於城南建山寺有頃東坡至理夢事問戒公生何所曰陝右東坡曰軾十餘歲時時夢身是僧往來陝西

又問戒狀奚若曰戒失一目東坡曰先妣方娠夢僧至門瘠而眇又問戒終何所曰高安大愚今五十年而東坡時年四十九後與眞淨書其略曰戒和尚不識人嫌強顏復出亦可笑矣旣是法契或云法器願痛加磨勵使還舊觀自是常著衲衣故元以裙贈之而東坡酬以玉帶有偈曰病骨難堪玉帶圍鈍根仍落箭鋒機會當乞食歌姬院奪得雲山舊衲衣又曰此帶閲人如傳舍流傳到我亦悠哉錦袍錯落尤相稱乞與佯狂老萬回元所居方丈特高名妙高臺東坡又作詩曰我欲乘飛車東訪

赤松子、蓬萊不可到、弱水三萬里、不如金山去清風半帆耳、中有妙高臺、雲峯自孤起、仰觀初無路誰信平如砥、臺中老比丘、碧眼照牕几、巉巉玉爲骨、凛凛霜入齒、機鋒不可觸、千偈如翻水、何須尋德雲、只此比丘是、長生未暇學、請學長不死、太子少保張公方平安道爲滁州日、游瑯琊山藏院、呼梯梯梁得木匣、發之忽悟前身、盖知藏僧也、寫楞伽經未終而化、安道續書殘軸、筆蹟宛然如昔、號二生經、安道欲刻以印施四方、東坡曰此經在它人猶爲希世之瑞、况於公乎、請家藏爲子孫無窮之福元請東坡代書之鏤板金山時士大夫師歐陽文忠公爲古文公佐韓子詆我以原性性者與生俱生之論爲銓量元故以是勸之又嘗謂衆曰昔雲門説法如雲雨絶不喜人記録其語見必罵逐曰汝口不用反記吾語異時裨販我去今室中對機録皆香林明教以帋爲衣隨所聞即書之後世學者漁獵文字語言正如吹網欲滿非愚即狂時江浙叢林尚以文字爲禪謂之請益故元以是諷之高麗僧統義天航海至明州傳云義天棄王者位出家上疏乞徧歷叢林問法受道有詔朝奉

郎楊傑次公館伴所經吳中諸刹皆迎餞如王臣禮至金山元牀坐納其大展次公驚問故元曰義天亦異國僧耳僧至叢林規繩如是不可易也衆姓出家同名釋子自非買崔盧以門閥相高安問貴種次公曰卑之少狗時宜求異諸方亦豈覺老心哉元曰不然屈道隨俗諸方先失一隻眼何以示華夏師法乎朝廷聞之以元爲知大體觀文殿學士王公韶子淳出守南昌自以久帥西塞濫殺罸留神空宗祈妙語以藻雪之而元適至于淳請說法於上藍元炷香曰此香爲殺人不眨眼上將

軍立地成佛大居士衆譁曰善予淳亦悠然意
消靈源清禪師在衆時厠雲居法席痛自韜晦而
聲名自然在人口元陞座舉以爲堂中第一座叢
林服其公非特清公如感鐵面喆眞如百丈肅仰
山簡皆元所賞識也李公麟伯時爲元寫照元曰
必爲我作笑狀自爲贊曰李公天上石麒麟傳得
雲居道者眞不爲拈花明大事等閑開口笑何人
泥牛謾向風前齅枯木無端雪裏春對現堂堂俱
不識太平時代自由身元符元年正月初四日聽
客語有會其心者軒渠一笑而化其今畫笑狀而

贊之非苟然也閱世六十有七坐五十有二夏元骨面而秀清臨事無凝滯過眼水流雲散其爲人服義疾惡矜舉感鐵面嗣承天感曰使典粥飯供十方僧可也如欲繼嗣則慈感已有師元奇之又舉宣長老住甘露宣後責元元白于官曰宣演法未有宗旨乞改正宣竟以是遭逐楊次公曰牽牛蹊人之田而奪之牛也元不卹元嘗游京師謁曹王王以其名奏之神考賜磨衲號佛印東坡滑稽於翰墨戲爲之贊世喜傳故併記之

贊曰佛印種性從横慧辨敏速如新生駒不受控

勅蓋其材足以御侮觀其臨事護法之心深矣

禪林僧寶傳第二十九

禪林僧寶傳第三十

寶峯英禪師　保寧璣禪師

黄龍佛壽清禪師

寶峯英禪師

禪師名洪英出于陳氏邵武人也幼警敏讀書五行俱下父母鍾愛之使爲書生英不食自誓懇求出家及成大僧即行訪道東游至曹山依止耆年雅公久之辭去登雲居眷岩壑勝絕爲終焉之計閱華嚴十明論至爲眞智慧無躰性不能自知無性故爲無性之性不能自知無性故名曰無明華

嚴第六地曰不了第一義故號曰無明將知眞智
慧本無性故不能自了若遇了緣而了則無明滅
矣是謂成佛要門願以此法紹隆佛種然今諸方
誰可語此良久喜曰有積翠老在即日造黃檗謁
南禪師於積翠夜語達旦南公加敬而已時座下
龍象雜遝而英議論嘗傾四座聲名藉甚嘗游西
山遇南昌潘居士同宿雙嶺居士曰龍潭見天皇
時節冥合孔子英驚問何以驗之曰孔子曰二三
子以我爲隱乎吾無隱乎爾吾無行而不與二三
子者是丘也師以爲何如英笑曰楚人以山鷄爲

鳳、世傳以爲笑、不意居士此語相類、汝擎茶來、我爲汝接、汝行益來、我爲汝受、汝問訊、我起手、若言是說、說箇什麽、若言不說、龍潭何以便悟、此所謂無法可說、是名說法、以世尊之辯、亦不能加此兩句耳、學者但求解會、譬如以五色圖畫虛空、鳥窠無佛法可傳授、不可默坐、閑拈布毛吹之、侍者便悟、學者乃曰拈起布毛全躰發露、似此見解、未出教乘、其可稱祖師門下客哉、九峯被人問深山裏有佛法也無、不得已曰有、及被窮詰無可有、乃曰石頭大者大、小者小、學者卜度曰、刹說、衆生說、三世𪇆然謏審如是教乘自足何必更問祖師意旨耶要得脫躰明去譬如眼病人求醫治之醫者但能去翳膜不曾以光明與之居士推牀驚曰吾憂積翠法道未有繼者今知盡在子躬厚自愛雙嶺順禪師問庵中老師好問學者併却咽喉唇吻道取一句首座曾道得麽英乾笑已而有偈曰阿家甞醋三赤喙新婦洗面摸着鼻道吾荅話得腰裩玄沙開書是白紙於是順公屈服以謂名下無虚士有同叅在石門分座接納英作偈寄之曰萬鍜爐中鐵蒺藜直須高價莫饒伊橫來竪去呵呵笑

一任傍人鼓是非。熙寧元年首衆僧於廬山圓通寺，學者歸之如南公。明年春，南公下世。冬十月，英開法於石門。又明年六月，知事紛争，止之不可。初九日謂衆曰：領衆不肅，正坐無德。吾有媿黄龍。呼維那鳴鐘衆集，叙行脚始末曰：吾滅後火化，以骨石藏普通塔，明生死不離清衆也。言卒而逝，閱世五十有九，坐四十三夏。

贊曰：英厭紛争之衆，而趨死又誡以骨石藏普通塔，其以死生爲兒戲乎？晉魏舒棗其室，一慟而止。曰：吾不及莊周遠甚。桓温殷浩兒時戲，温弃鞭而浩取之。温後喜曰。吾固知浩出吾下。古人哭泣戲劇之間。自驗其材如此。英歎領衆不肅。而媿黄龍自鞭不赦。可以爲法哉。

保寧璣禪師

禪師名圓璣。福州林氏子。生方晬。而孤。舅收育之。年十六。視瞻精彩。福清應天僧傳捧見之異焉。曰。若從我游乎。璣仰視欣然。爲負杖笠去。歸俄試所習得度。游東吳。依天衣懷。懷殁。師事黄檗南禪師。密受記莂。璣天姿精勤。荷擔叢林。不知寒暑。墾荒地爲良田。蒔松杉爲美榦。守一職十年不易。南公稱以爲本色出家兒及遷黄龍攜璣與俱熙寧二年南公殁建塔畢辭去東林揔公命爲堂中第一座人望益峻信之龜峯潭之大溈争迎致而璣堅卧不荅寶覺禪師欲以繼黄龍法席璣掉頭掣肘徑去寶覺不強也人問其故對曰先師誡我求登五十不可爲人璣客於歸宗時年四十八矣佛印元公勸之以應翠岩之命從南昌帥謝景温師直請也又十年移住圓通從金陵帥朱彦世英請也崇寧二年世英復守金陵會保寧虚席移璣自近江淮縉紳都會休沐車騎塡門奕碁煑茗如蘭叢

如玉樹而璣俎豆其中，兀如枯株，然談劇有味。雖陽許顗彥周銳於叅道，見璣作禮，璣曰：莫將閑事掛心頭。彥周曰：如何是閑事？荅曰：叅禪學道是。於是彥周開悟良久，曰：大道甚坦夷，何用許多言句葛藤乎？璣呼侍者理前語問之，侍者瞠而却。璣謂彥周曰：言句葛藤，又不可廢也，疾學者味著文字作偈曰：不學文章不讀書，頹然終日自如愚。雖然百事不通曉，是馬何曾喚作驢？政和五年，易保寧為神霄，即日退庵於城南。八年九月，示微病，二十二日，浴罷，說偈而逝。閱世八十有三，坐六十三夏。

闍維有終不壞者二而糝以五色舍利塔于雨花臺之左

贊曰璣雅自號無學老而書偈於所居之壁曰無學庵中老平生百不能忖思多幸處至老得爲僧宣和元年正月詔下髮天下僧尼爲德士女德而璣化去已逾年矣夫豈苟然哉

黄龍佛壽清禪師

禪師名惟清字覺天號靈源叟生南州武寧陳氏方垂髫上學日誦數千言吾伊上口有異比丘過書肆見之引手熟視之大驚曰菰蒲中有此兒耶

告其父母聽出家從之師事戒律師年十七爲大僧聞延恩院耆宿法安見本色人上謁願留就學安曰汝苦海法船也我尋常溝壑耳豈能藏哉黄龍寶覺心禪師是汝之師亟行無後時公至黄龍泯泯與衆作息問荅茫然不知端倪夜誓諸佛前曰儻有省發願盡形壽以法爲檀世世力弘大法初閱玄沙語倦而倚壁起經行步促遺履俯取之乃大悟以所悟告寶覺寶覺曰從緣入者永無退失然新得法空者多喜悦致散亂令就侍者房熟寐公風神洞冰雪而趣識卓絕流輩龍圖徐禧德

占太史黃庭堅魯直、皆師友之、其見寶覺得記莂、乃公爲之地、寶覺鍾愛至忘其爲師、議論商畧、如交友諸方號清侍者、如趙州文遠南院守廓、張丞相商英始奉使江西、高其爲人、厚禮致以居洪州觀音不赴、又十年淮南使者朱京世昌請住舒州太平、乃赴、衲子争趨之、其盛不減圓通在法雲長蘆時、寶覺春秋高、江西使者王桓遷公居黃龍不辭而往、未幾寶覺殁、即移疾居昭默堂、頹然坐一室、天下想其標致、摩雲昂霄、予時以法門昆弟、預聞其論、曰今之學者未脱生死、病在什麽處、在偷心未死耳。然非其罪，爲師者之罪也。如漢高帝紿韓信而殺之，信雖曰死，其心果死乎？古之學者，言下脫生死，效在什麼處？在偷心已死。然非學者自能爾，實爲師者鉗鎚妙密也。如梁武帝御大殿，見侯景不動聲氣，而景之心已枯竭無餘矣。諸方所說，非不美麗，要之如趙昌畫花逼眞，非眞花也。其指法巧譬類如此。閑居十五年，天下禪學者，知而親依之可也，公卿大夫何自而知，亦爭親近之乎？非雷非霆，而聲名常在人耳，何修而臻此哉？平生至誠惻怛，於道而已。政和七年九月十八日，食罷掩房遣呼以栖首座至叙說决别乃起浴更衣以手指頂侍者爲浄髮訖安坐而寂前十日自作無生常住眞歸告銘曰賢刼第四尊釋迦文佛直下第四十八世孫惟清雖從本覺應緣出生而了緣卽空初無自性氏族親里莫得而詳但以正因一念爲所宗承是則釋迦之遠孫其號靈源叟據自了因所了妙性無名字中示稱謂耳亦臨濟無位眞人傳大士之心王類矣亦正法眼藏涅槃妙心唯證乃知餘莫能測者歟所以六祖問讓和尚什麼處來曰嵩山來祖曰什麼物恁麼來曰說似一

物卽不中祖曰還假修證否曰修證卽不無汚染卽不得祖曰卽此不汚染是諸佛之護念汝旣如是吾亦如是玆盖獨標清淨法身以遵教外別傳之宗而揀云報化非眞佛亦非說法者然非無報化大功大用謂若解通報化而不頓見法身則滯汚染緣乖護念旨理必警省耳夫少室道行光騰後裔則有雲門偃奮雄音絕唱於國中臨濟玄振大用大機於天下皆得正傳世咸宗奉惟清望臨濟九世祖也今宗教衰喪其未盡絕滅者唯二家微派斑斑有焉然名多媿實顧適當危寄而朝露

身緣勢迫晞墜因力病釋俗從眞敘如上事以授二三子吾委息後當用依稟觀究卽不違先聖法門而自見深益愼勿隨末法所尚乞空文於有位求爲銘誌張飾謊以浼吾至囑至囑因自所敘曰無生常住眞歸告且繫之以銘銘曰無涯湛海瞥起一漚亘乎百年曷浮曷休廣莫清漢歘生片雲有無起滅隱顯何分了茲二者卽見實相十世古今始終現量吾銘此旨昭示汝曹泥多佛大水長船高公遺言藏骨石於海會示生死不與衆隔也門弟子確誠克奉藏之而增修其舊不敢違其誠

公賜號佛壽，從樞密鄧公洵武請也。

賛曰：初靈源訃至，讀其自作誌銘，嘆曰：何疾世或云何疾法之弊自珍其道之深乎自珍其道之深乎？收涕爲之詞曰：今年九月十有八，清淨法身忽衰颺。生死鶻崙誰劈破，披露夢中根境法。無生塔成自作銘，人言無虧寧有成。一切法空尚曰座，此塔安得離色聲。障雲方增佛日晚，長嗟更失人天眼。但餘荷負大法心，乞與叢林照古今。

禪林僧寶傳第三十

補禪林僧寶傳

舟峯庵沙門　慶老　撰

雲巖新禪師

五祖演禪師

南嶽石頭志庵主

五祖演禪師

禪師諱法演，綿州巴西鄧氏。少落髮受具，預成都講席，習百法唯識論，窺其奧，置之曰：膠柱安能鼓瑟乎？即行游方，所至無足當其意者。抵浮山，謁遠録公，久之無所發明。遠曰：吾老矣，白雲端爐鞴不可失也。演唯諾，徑造白雲。端曰：川藞苴汝來耶？演拜而就列一日舉僧問南泉摩尼珠語以問端端叱之演領悟汗流被躰乃獻投機頌云山前一片閑田地叉手叮嚀問祖翁幾度賣來還自買爲憐松竹引清風端頷之曰栗棘蓬禪屬子矣演掌磨有僧視磨急轉指以問演此神通耶法尒耶演褰衣旋磨一匝端嘗示衆云古人道如鏡鑄像像成後鏡在什麽處衆下語不契演作街坊自外來端舉似演演前問訊曰也不争多端笑曰須是道者始得初住四面遷白雲上堂云汝等諸人見老和尚鼓動唇舌竪起拂子便作勝解及乎山禽聚集

牛動尾巴、却將作等閑、殊不知簷聲不斷前旬雨、電影還連後夜雷、又云、悟了同未悟、歸家尋舊路、一字是一字、一句是一句、自小不脫空、兩歲學移步、湛水生蓮華、一年生一度、又云、賤賣擔板漢、貼秤麻三斤、百千年滯貨、何處渾身身、張丞相謂其應機接物、孤峭徑直、不犯刋削、其知言耶、演出世四十餘年、晚住太平、移東山、崇寧三年六月二十五日上堂辭衆、時山門有土木之工、演躬自督役、誡曰、汝等好作息、吾不復來矣、歸方丈淨髮澡浴、旦日吉祥而逝、闍維得舍利甚夥、塔于東山之南、蓋年八十餘先是五祖遺記曰吾滅後可留眞身吾手啓而舉吾再出矣演住山時塑手泥淶音來中裂相去容七衆咸異之演嘗拜塔以手指云當時與麼全身去今日重來記得無復云以何爲驗以此爲驗遂作禮及其將亾也山摧石隕四十里内巖谷震吼得法子曰惠懃曰克勤曰清遠皆知名當世云

賛曰臨濟七傳而得石霜圓圓之子一爲積翠南一爲楊岐會南之設施如坐四達之衢聚珍怪百物而鬻之遺簪墮珥隨所探焉駸駸末流冒其氏

者未可以一二數也會乃如玉人之治璠璵珷玞廢矣故其子孫皆光明照人克世其家蓋碧落碑無贋本也

雲巖新禪師

禪師諱悟新王氏韶州曲江人魁岸黑面如梵僧壯依佛陁院落髮以氣節蓋衆好面折人初謁棲賢秀鐵面秀問上座甚處人對曰廣南韶州又問曾到雲門否對曰曾到又問曾到靈樹否對曰曾到秀曰如何是靈樹枝條對曰長底自長短底自短秀曰廣南蠻莫亂說新曰向北驢只恁麼拂袖

而出秀器之而新無留意乃之黃龍謁寶覺禪師談辯無所抵牾寶覺曰若之技止此耶是固說食耳渠能飽人乎新窘無以進從容白曰悟新到此弓折箭盡願和尚慈悲指箇安樂處寶覺曰一塵飛而翳天一芥墮而覆地安樂處政忌上座許多骨董直須死却無量劫來偷心乃可耳新趨出一日默坐下板會知事捶行者新聞杖聲忽大悟奮起忘納其屨趨方丈見寶覺自譽曰天下人惣是學得底某甲是悟得底寶覺笑曰選佛得甲科何可當也新自是號爲死心叟榜其居曰死心室蓋

識悟也久之去游湘西是時喆禪師領嶽麓新往造焉喆問是凡是聖對曰非凡非聖喆曰是什麽對曰高著眼喆曰恁麽則南山起雲北山下雨對曰且道是凡是聖喆曰爭柰頭上漫漫脚下漫漫新仰屋作噓聲喆曰氣急殺人對曰恰是拂袖便出謁法昌遇禪師遇問近離甚處對曰某甲自黄龍來遇云還見心禪師麽對曰見遇曰什麽處見對曰喫粥喫飯處見遇插火箸於爐中云這箇又作麽生新拽脫火箸便行新初住雲巖已而遷翠巖翠巖舊有淫祠鄉人禳禬酒胾汪濊無虛日新

誡知事毀之知事辭以不敢擬禍新怒曰使能作禍吾自當之乃躬自毀拆俄有巨蟒盤卧内引首作吞噬之狀新叱之而遁新安寢無他未幾再領雲巖建經藏太史黄公庭堅爲作記有以其親墓誌鑱於碑陰者新恚罵曰陵侮不避禍若是語未卒電光翻屋雷擊自戶入折其碑陰中分之視之已成灰燼而藏記安然無損𨪈遷住黄龍學者雲委屬疾退居晦堂夜叅竪起拂子云看看拂子病死心病拂子安死心安拂子穿却死心死心穿却拂子正當恁麽時唤作拂子又是死心唤作死心

又是拂子、畢竟喚作什麽、良久云莫把是非來辨我浮生穿鑿不相干、有乞末後句者、新與偈云末後一句子直須心路絕、六根門旣空、萬法無生滅於此徹其源、不須求解脫、生平愛罵人、只爲長快活、政和五年十二月十三日晚、小參說偈、十五日泊然坐逝、訃聞諸方、衲子爲之嗚咽流涕、茶毗得舍利五色、閱世七十二、坐四十五夏、塔于晦堂之後、

贊曰、余閱死心悟門政所謂渴驥奔泉、怒猊抉石者也、當其凡聖情盡、佛祖在所詆訶、况餘子乎、山

谷謂其雍雍肅肅觀者拱手此老蓋亦憚之矣

南嶽石頭志庵主

公諱懷志出於婺州金華吳氏性夷粹聰警絶人年十四去依智慧院寶偁爲童子二十二試所習落髮預講肆十二年宿學爭下之嘗欲會通諸宗異義爲書傳世以端正一代時教之本意有禪者問曰杜順乃賢首宗祖師也而談法身則曰懷州牛喫禾益州馬腹脹此偈合歸天台何義耶志不能對即行游方晚至洞山謁眞淨文禪師問古人一喝不作一喝用意旨如何文公呵叱之志趍出

文笑呼曰淛子齋後游山好志領悟久之辭去眞淨曰子禪雖逸格惜緣不勝耳志識其意拜賜而行至袁州州人請居楊岐挽留之掣肘而去游湘上潭牧聞其名請居上封北禪皆不受庵於衡嶽二十餘年士大夫經由造其居不甚顧咨人問其故曰彼富貴人譬博多聞我粥飯僧耳口吻遲鈍無可說自然憨癡去有偈曰萬機俱罷付癡憨蹤跡時容野鹿叅不脫麻衣拳作枕幾生夢在綠蘿庵又問曰師住山多年有何旨趣對曰山中住獨庵宗門無別趣三塊柴頭品字煨不用援毫文彩

崇寧元年冬徧辭山中之人曳杖徑去留之不可曰龍安照禪師吾友也偶念見之耳龍安聞其肯來使人自長沙迎之居于最樂堂明年六月晦問侍者日蚤莫曰巳夕矣笑曰夢境相逢我睡巳覺汝但莫負叢林卽是報佛恩德言訖而寂荼毗收骨石塔于乳峯之下閱世六十四年坐四十三夏

贊曰石頭道人以夷粹之資入道穩實其去新豐而游湘西也以水聲林影自娛謹守其師之言不爲世用譬之雲行鳥飛初無留礙故當時公卿貴

人莫能親踈之豈常人哉彼視吚嚘取容賣佛祖以漁利者頋不太息耶甘露滅旣論譔其出處之詳又列之林間録中蓋有所激云耳

禪林僧寶傳三十卷終

先師兄絶際庵主甞謂善立曰僧寶傳舊板漫滅滋甚加之歳月吾恐寂音尊者遺文寂寥無聞矣余雖老且病尚堪辦此天假其成則吾死之日猶生之年也遂於至順改元秋募緣鋟木雖終日蹣跚一榻從事藥裹未甞不手披目閱以訂其差譌也孜孜矻矻甫及其半大期旣迫賫志而没[illegible]則善立不量孱弱勉承墜

絲[illegible][illegible][illegible]把巴克完具設有不離文字洞見諸善知識肺肝者不惟此書爲筌蹄而吾絕際師兄之志庶可申矣至順二年八月朔日師弟比丘善立書

臨濟宗旨

明白庵居沙門　惠洪　撰

汾陽昭禪師示衆曰：先聖云：一句語須具三玄，一玄中須具三要。阿那箇是三玄三要底句？快會取好，各自思量，還得穩當也未？古德已前行脚，聞一箇因緣未明，中間直下飲食無味，睡卧不安，火急決擇，豈將爲小事？所以大覺老人爲一大事因緣出現於世，想計他從上來行脚，不爲游山翫水，看州府奢華，片衣口食，皆爲聖心未通，所以驅馳行脚，抉擇深奧，傳唱敷揚，博問先知，親近高德，蓋爲續佛心燈紹隆佛種祖代興崇聖種接引後機自利利他不忘先迹如今還有商量者麽有卽出來大家商量僧問如何是接初機底句荅曰汝是行脚僧又問如何是辨衲僧底句荅曰西方日出卯又問如何是正令行底句荅曰千里持來呈舊面又問如何是立乾坤底句荅曰北俱盧州長粳米食者無嗔亦無喜師曰只將此四轉語驗天下衲僧纔見汝出來驗得了也僧問如何是學人著力處荅曰嘉州打大像問如何是學人轉身處荅曰陝府灌鐵牛問如何是學人親切處荅曰西河弄

師子師曰若人會此三句已辨三玄更有三要語在切在薦取不是等閑與大衆頌出曰三玄三要事難分得意忘言道易親一句明明該萬象重陽九日菊花新還會麼恁麼會得不是性燥衲僧作麼生會好又舉三玄語曰汝還會三玄底時節麼直須會取古人意旨然後自心明去更得通變自在受用無窮喚作自受用身佛不從他教便識得自家活計所以南泉曰王老師十八上解作活計僧便問古人十八上解作活計未審作箇什麼活計答曰兩隻水牯牛雙角無欄棬復云若要於此

時得去直須得三玄旨趣始得受用無礙自家慶快以暢平生大丈夫漢莫教自辜觸事不通彼無利濟與汝一切頌出曰第一玄法界廣無邊森羅及萬象惣在鏡中圓第二玄釋尊問阿難多聞隨事答應器量方圓第三玄直出古皇前四句百非外閭氏問豐干師乃曰這箇是三玄底頌作麼生是三玄底旨趣直教決擇分明莫只與麼望空裹妄解道我曾親近和尚來與我說了脫空漫語誑嚇他人喫鐵棒有日莫言不道又因採菊謂衆曰金花布地玉蘂承天杲日當空乾坤朗耀雲騰致

雨露結爲霜不傷物義道將一句來還有道得底麽若道不得眼中有眉直須出却始得所以風穴云君立一塵家國興盛野老顰蹙不立一塵家國喪亾野老安貼於此明去闍梨無分全是老僧於此不明老僧卽是闍梨闍梨與老僧亦能悟却天下人亦能瞎却天下人要知老僧與闍梨麽拊其膝曰這裏是闍梨這裏是老僧且問諸上座老僧與闍梨是同是別若道是同去上座自上座老僧自老僧若道是別去又道老僧卽是闍梨若能於此明得去一句中有三玄三要賓主歷然平生事

兼參尋事畢所以永嘉曰粉骨碎身未足酬一句了然超百億又曰臨濟兩堂首座一日相見齊下喝僧問臨濟還有賓主也無荅曰賓主歷然師作偈曰兩堂首座揔作家其中道理有分拏賓主歷然明似鏡宗師爲點眼中花無盡居士謂予曰汾陽臨濟五世之嫡孫天下學者宗仰觀其提綱渠渠唯論三玄三要令其法派皆以謂三玄三要一期建立之語無益於道但於諸法不生異見一切平常即是祖意其說是否予曰居士聞其說曉然了解寧復疑汾陽提綱乎曰吾固疑而未決也予

曰此其三玄三要之所以設也所言一句中具三玄一玄中具三要有玄有要者一切衆生熱惱海中清涼寂滅法幢也此幢之建譬如塗毒之鼓撾之則聞者皆死唯遠聞者後死若不橫死者雖聞不死臨濟無恙時興化三聖保壽定上座輩聞而死者今百餘年猶有悟其旨者卽後死者也而諸法派謂無益於道者卽不橫死者也祖宗門風壁立萬仞而子孫畏之喜行平易坦塗此所謂法道陵夷也譬如衣冠稱孔門弟子而毀易繫辭三尺童子笑之臨濟但曰一句中具三玄一玄中具三

要有玄有要而已初未嘗自爲句中玄意中玄躰中玄也古塔主者誤認玄沙三句爲三玄故但分三玄而遺落三要叢林安之不以爲非爲可太息玄沙曰眞常流注爲平等法但是以言遣言以理遯理爲之明前不明後蓋分證法身之量未有出格之句死在句下若知出格之量則不被心魔所使入到手中便轉換落落地言通大道不坐平常之見此第一句也古謂之句中玄囬機轉位生殺自在縱奪隨宜出生入死廣利一切迥脫色欲愛見之境此第二句也古謂之意中玄明暗洞陽廓

周沙界一眞躰性大用現前應化無方全用全不用全生全不生方便喚作慈定之門此第三句也古謂之躰中玄浮山遠公亦曰意中玄非意識之意古不足道遠亦迷倒予不可以不辨無盡頌之又曰吾頃見謝師直稱吳僧簡程者有大知見親見慈明蓋是眞點胷楊岐道吾之流亞接人多舉汾陽十智同眞頗遂聞其說予曰十智同眞與三玄三要同一關棙汾陽曰夫說法者須具十智同眞若不具十智同眞邪正不辨緇素不分不能與人天爲眼目決斷是非如鳥飛空而折翼如箭射

的而斷絃絃斷故射的不中翼折故空不可飛弦壯翼牢空的俱徹作麼生是十智同眞與諸上座點出一同一質二同大事三惣同參四同眞智五同徧普六同具足七同得失八同生殺九同音吼十同得入又云與什麼人同得入與誰同音吼作麼生是同生殺什麼物同得失阿那箇同具足是什麼同徧普何人同眞智孰能惣同參那箇同大事何物同一質有點得出底麼點得出者不悋慈悲點不出者未有參學眼在切須辨取要識是非面目見在今此法門叢林怕怖不欲聞其名何以

言之諸方但愛平實見解執之不移唯欲傳授不信有悟借使汾陽復生親爲剖析亦以爲非昔阿難夜經行聞童子誦佛偈曰若人生百歲不善水潦鶴未若生一日而得決了之阿難就教之曰不善諸佛機非水潦鶴也童子歸白其師師笑曰阿難老昏矣當以我語爲是於今學者之前語三玄十智旨趣何以異此於是無盡嗟咨曰然其旨趣豈無方便予作偈曰十智同真面目全於中一智是根源若人欲見汾陽老劈破三玄作兩邊又問四種賓主亦臨濟建立法門乎予曰三世如來諸

代祖師鍛出凡聖情見之鑪鞴非止臨濟用之如龍山本見馬祖洞山价禪師初游方與密師伯者偕行經長沙龍山之下見溪流菜葉价回瞻峯巒深秀謂密曰箇中必有隱者乃並溪而進十許里有老僧癯甚以手加額呼曰此間無路汝輩何自而至价曰無路且置庵主自何而入曰我不曾雲水价曰庵主住山幾許時曰春秋不涉价曰庵主先住耶此山先住耶曰不知价曰爲什麽不知曰我不曾人天來价曰得何道理便尒住山曰我見泥牛鬭入海直至而今無消息价卽班密之下而

拜之問如何是主中賓曰青山覆白雲又問如何是主中主曰長年不出戶又問主賓相去幾何曰長江水上波又問賓主相見有何言說曰青風拂白月价再拜求依止老僧笑曰三間茆屋從來住一道神光萬境閑莫作是非來辨我浮生穿鑿不相關於是自焚其庵深入層峯其後价住山問僧何者是汝主人公對曰現祇對者价仰而咨嗟曰此所謂馬後驢前事柰何認以爲自己乎佛法平沉此其患也客中主尚未明況主中主哉僧曰如何是主中主价曰汝自道看曰道得即是客中主

如何是主中主价良久曰不辭向汝道相續也大難予觀龍山老僧之意如蕭何之識韓信豈有法哉而价公之論如霍光之立朝進止亦有律度嗚呼後生之不見古人之大全也必矣价亦置主中主于賓中可疑也予嘗至臨川與朱世英游相好俄上藍長老者至上藍謂世英曰覺範聞工詩耳禪則其師猶錯矧弟子耶世英笑曰師能勘驗之乎上藍曰諾居一日同游踈山飯于逆旅上藍以手畫案謂余曰經軸之上必題以字是何義予亦畫圓相横一畫曰是此義也上藍愕然予爲作偈

口以字不成八不是法身睡着無遮閉衲僧對面不知名百衆人前呼不起上藍歸舉似世英世英拊手曰孰爲詩僧亦能識字義乎因同看汾陽作犢牛偈曰有頭無角實堪嗟百刼難逃這作家凡聖不能明得盡現前相貟有些些予謂世英曰此偈又予字義之訓詁也世英問余華嚴經曰毗目僊人執善財手卽時善財自見其身往十佛刹微塵數世界中到十佛刹微塵數諸佛所見彼佛刹及其衆會諸佛相好種種莊嚴乃至或經百千億不可説佛刹微塵數刼乃至時彼僊人放善財童

子手即時自見其身還在本處此一段義何以明之予曰皆象也方執其手即入觀法之時見自他不隔於毫端始終不移於當念及其放手即是出定之時未明於是知不動本位遠近之刹歷然一念靡移延促之時宛尔世尊盖以蓮爲譬而世莫有知者予特知之夫蓮方開華時中已有子子中已有蕊因中有果果中有因三世一時也其子分布又會屬焉相續不斷十方不隔也又問法華經曰世尊於一切衆前現大神力出廣長舌相上至梵世極難和會而解者曰佛音深妙觸處皆聞超

越聖凡則其舌廣長高出梵世此說如何予曰此殆所謂隨語生解非如來世尊之意潙山曰凡聖情盡躰露眞常理事不二即如如佛而學者不能深味此語苟認意度而已譬如衆盲摸象隨其所得爲是故象偏爲尾爲蹄爲腰爲牙而全象隱矣般若經曰無二無二分無別無斷故者眞常也非凝然一物卓然不壞壞之眞常也舌相之至梵世其可以情求哉唐僧玄奘至西竺見戒賢論師賢時已一百六歲衆所宗向號正法藏奘修敬訖賢使坐問從何來對曰從支那國來欲學瑜珈等論

金陵全書

丁編·文獻類

冷齋夜話

（宋）釋惠洪 輯

南京出版傳媒集團
南京出版社

冷齋夜話

冷齋夜話目錄

卷一

東坡南遷朝雲隨侍作詩以佳之

東坡書壁

古人貴識其眞

東坡得陶淵明之遺意

鳳翔壁上題詩

盧橘

東坡論文與可詩

的對

卷二

卷三

卷四

卷五

卷七

卷八

卷九

卷十

蠹文不通辯譯

淨璉輩何可少

石崖僧

三生爲比丘

禪師知羊肉

日延一僧對飯

邪言罪惡之由

三君子瑕疵可笑

冷齋夜話　十一　汲古閣

冷齋夜話目録

冷齋夜話卷之一

宋筠州惠洪輯

明海虞毛晉訂

江神嗜黄魯直書韋詩

王榮老嘗官于觀州欲渡觀江七日風作不得濟父老曰公篋中必蓄寶物此江神極靈當獻之得濟榮老顧無所有惟玉麈尾卽以獻之風如故又以端硯獻之風愈作又以宣包虎帳獻之皆不驗

夜臥念曰有黃魯直草書扇頭題韋應物詩曰獨憐幽草澗邊生上有黃鸝深樹鳴春潮帶雨晚來急野渡無人舟自横卽取視之儻恍之際曰我猶不識鬼寧識之乎持以獻之香火未收天水相照如兩鏡展對南風徐來帆一餉而濟予觀江神必元祐遷客之鬼不然何嗜之深邪

秦少游作東坡筆語題壁

東坡初未識秦少游少游知其將復過維揚作坡

筆語題壁于一山中寺東坡果不能辨大驚及見孫莘老出少游詩詞數百篇讀之乃嘆曰向書壁者豈此郎邪

羅漢第五尊失隊

予往臨川景德寺與謝無逸輩升閣得禪月所畫十八應眞像甚奇而失第五軸予口占嘲之曰十八應聞解唖根少叢㝡羅漢亂山門不知何處進齋去未見雲堂第五尊明日有女子來拜敘曰兒南

營兵妻也寡而食素夜夢一僧來言曰我本景德僧因行失隊煩相引歸寺可乎既覺而隣家要飯入其門壁間有畫僧形狀了然夢所見也時朱世英守臨川異之使迎還爲閣藏之予方少年時羅漢且畏予嘲及其老也如梵吉者亦見侮可怪也

東坡夢銘紅靴

東坡倅錢塘日夢神宗召入禁宮女環侍一紅衣女捧紅靴一雙命軾銘之覺而記其中一聯云寒

女之繰銖積寸累天步所臨雲蒸雷起旣畢進御上極嘆其敏使宮女送出睇視裙帶間有六言詩一首曰百疊漪漪水皺六銖縱縱雲輕植立含風廣殿微聞環珮搖聲

詩出本處

東坡作海棠詩曰只恐夜深花睡去更燒銀燭照紅粧事見太眞外傳曰上皇登沉香亭詔太眞妃子妃子時卯醉未醒命力士從侍兒扶掖而至妃

子醉顔殘粧鬢亂釵横不能再拜上皇笑曰豈是妃子醉眞海棠睡未足耳作尼童詩曰應將白練作仙衣不許紅膏汙天質事見則天長壽二年詔書曰應天下尼當用細白練爲衣作橄欖詩曰待得微甘回齒頰已輸崖蜜十分甜事見鬼谷子曰照夜靑螢也百花醲蜜也崖蜜櫻桃也作贈舉子詩曰平生萬事足所欠惟一死事見梁僧史曰世祖宴東府王公畢集詔䟦陀羅至䟦陀羅皤然淸

瘦世祖望見謂謝莊曰摩訶衍有機辯當戲之跋陀趨外陛世祖曰摩訶衍不負遠來惟有一死在卽應聲曰貧道客食陛下三十載恩德厚矣無所欠所欠者惟一死耳李太白詩曰昔作芙蓉花今爲斷腸草以色事他人能得幾時好陶弘景仙方注曰斷腸草不可食其花美好名芙蓉花

宋神宗詔禁中不得牧豭豘因悟太祖遠略

陳瑩中爲予言神宗皇帝一日行後苑見牧豭豘

者問何所用牧者對曰自祖宗以來長令畜之自稚養以至大則殺之又養稚者前朝不敢易亦不知果安用神宗沉思久之詔付所司禁中自今不得復畜數月衛士忽獲妖人急欲血澆之禁中卒不能致神宗方悟太祖遠略亦及此

東坡南遷朝雲隨侍作詩以佳之

東坡南遷侍兒王朝雲者請從行東坡佳之作詩有序曰世謂樂天有鬻駱放楊枝詞佳其至老病

不忍去也然夢得詩曰春盡絮飛留不得隨風好去落誰家樂天亦云病與樂天相共住春同樊素一時歸則是樊素竟去也予家有數妾四五年相繼辭去獨朝雲隨予南遷因讀樂天詩戲作此贈之云不學楊枝別樂天且同通德伴伶玄伯仁絡秀不同老天女維摩總解禪經卷藥爐新活計舞裙歌板舊因緣丹成隨我三山去不作巫陽雲雨仙蓋紹聖元年十一月也三年七月十五日朝雲

卒葬于棲禪寺松林中直大聖塔又和詩曰苗而不秀豈其天不使童烏與我玄駐景恨無千歲藥贈行惟有小乘禪傷心一念償前債彈指三生斷後緣歸卧竹根無遠近夜燈懃禮塔中仙又作梅花詞曰玉骨那愁瘴霧者其寓意爲朝雲作也秦少游曰唐詩閨怨詞曰繡閤開金鎖銀臺點夜燈長征君自慣獨卧妾何曾此正語病之著者而選詩自謂精之果精乎參寥子曰林下人好言詩纔

見誦貫休齊已詩便不必問

東坡書壁

前輩訪人不遇皆不書壁東坡作行不肯書牌其特地止書壁耳候人未至則掃墨竹

古人貴識其眞

東坡每曰古人所貴者貴其眞陶淵明耻爲五斗米屈于鄉里小兒棄官去歸久之復遊城郭偶有羨于華軒漢高帝臨大事鑄印銷印甚于兒戲然

其正直明白照映千古想見其爲人問士大夫蕭何何以知韓信竟未有答之者

東坡得陶淵明之遺意

東坡嘗曰淵明詩初看若散緩熟看有奇句如曰暮巾柴車路暗光已夕歸人望烟火稚子候簷隙又曰採菊東籬下悠然見南山又靄靄遠人村依依墟里烟犬吠深巷中鷄鳴桑樹顛大率才高意遠則所寓得其妙造語精到之至遂能如此似大

匠運斤不見斧鑿之痕不知者困疲精力至死不之悟而俗人亦謂之佳如曰一千里色中秋月十萬軍聲半夜潮又曰蝴蝶夢中家萬里子規枝上月三更又曰深秋簾幕千家雨落日樓臺一笛風皆如寒乞相一覽便盡初如秀整熟視無神氣以其字露也東坡作對則不然如曰山中老宿依然在按上楞嚴已不看之類更無齟齬之態細味對甚的而字不露此其得淵明之遺意耳

鳳翔壁上題詩

東坡曰予少官鳳翔行山求邸見壁間有詩曰人間無漏仙兀兀三盃醉世上没眼禪昏昏一覺睡雖然没交涉其奈略相似相似尚如此何况眞箇是故其海上作濁醪有妙理賦曰嘗因既醉之適方識人心之正然此老言人心之正如孟子言性善何以異哉

盧橘

東坡詩曰客來茶罷空無有盧橘微黄尚帶酸張嘉甫曰盧橘何種果類荅曰枇杷是矣又問何以驗之荅曰事見相如賦嘉甫曰盧橘夏熟黄甘橙榛枇杷橪柿亭奈厚朴盧橘果枇杷則賦不應四句重用應劭注曰伊尹書曰箕山之東青鳥之所有盧橘常夏熟不據依之何也東坡笑曰意不欲耳

東坡論文與可詩

東坡嘗對歐公誦文與可詩曰美人却扇坐羞落庭下花歐公笑曰與可無此句與可拾得耳世徒知與可掃墨竹不知其高才兼諸家之妙詩尤精絕戲作鷺鷥詩曰頸細銀鉤淺曲脚高綠玉深翹岸上水禽無數有誰似汝風標

的對

東坡曰世間之物未有無對者皆自然生成之象雖文字之語但學者不思耳如因事當時爲之語

曰劉蕡下第我輩登科則其前有雍齒且侯吾屬何患太宗曰我見魏徵常媚嫵則德宗乃曰人言盧杞是姦邪

東坡留題姜唐佐扇楊道士息軒姜秀郎几間

東坡在儋耳有姜唐佐從乞詩唐佐朱崖人亦書生東坡借其手中扇大書其上曰滄海何曾斷地脉朱崖從此破天荒又書司命宮楊道士息軒曰

無事此靜坐一日是兩日若活七十年便是百四十黃金不可成白髮日夜出開眼三十秋速於駒過隙是故東坡老貴汝一念息時來登此軒望見過海席家山歸未得題詩寄屋壁有禁女揷茉莉嚼檳榔戲書姜秀郎几間曰暗麝著人簪茉莉紅潮登頰醉檳榔其放如此

換骨奪胎法

山谷云詩意無窮而人之才有限以有限之才追

無窮之意雖淵明少陵不得工也然不易其意而造其語謂之換骨法窺入其意而形容之謂之奪胎法如鄭谷十日菊曰自緣今日人心別未必秋香一夜衰此意甚佳而病在氣不長西漢文章雄深雅健者其氣長故也曾子固曰詩當使人一覽語盡而意有餘乃古人用心處所以荊公菊詩曰千花萬卉彫零後始見閒人把一枝東坡則曰萬事到頭終是夢休休休明日黃花蝶也愁又如李

翰林詩曰鳥飛不盡暮天碧又曰青天盡處沒孤鴻然其病如前所論山谷作登達觀臺詩曰瘦藤拄到風煙上乞與遊人眼界開不知眼界闊多少白鳥去盡青天回凡此之類皆換骨法也顧況詩曰一別二十年人堪幾回別其詩簡拔而立意精確舒王作與故人詩云一日君家把酒盃六年波浪與塵埃不知烏石江邊路到老相逢得幾回樂天詩曰臨風杪秋樹對酒長年身醉貌如霜葉雖

紅不是春東坡南中作詩云兒童悞喜朱顏在一笑那知是醉紅凡此之類皆奪胎法也學者不可不知

詩用方言

詩人多用方言南人謂象牙爲白暗犀爲黑暗故老杜詩曰黑暗通蠻貨又謂睡美爲黑甜飲酒爲軟飽故東坡詩曰三盃軟飽後一枕黑甜餘

老嫗解詩

白樂天每作詩令一老嫗解之問曰解否嫗曰解則錄之不解則易之故唐末之詩近于鄙俚

采石渡鬼

歐陽文忠公慶曆末宿采石舟人甫睡潮至月黑公方就寢微聞呼聲曰去未舟尾有答者曰有參政船宿此不可擅去齋料幸爲攜至五鼓岸上朧朧馳驟聲舟尾者呼曰齋料幸見還有且行且答者曰道場不清淨無所得公異之後遊金山與長

老瑞新語新曰某夜建水陸有施主攜室至忽乳一子俄覺腥風滅燭大衆恐使人問其時公宿釆石之夜其後蔡州求退之銑者亦其前知然耶時公自參知政事除蔡州黄魯直熙寧初宿石塘寺寺有鬼靈異僧敬信之一夕夢曰分寧黄刑部至僧曰侍郎乎尚書乎曰侍郎也魯直南遷巳六十親故憂其禍大又南方瘴霧非菜肚老人所宜魯直笑曰宜州者所以宜人也且石塘鬼侍郎之言

豈欺我哉魯直竟歿于宜州較采石之鬼何愚智相去三十里豈魯直癡絕故欺之耶

李後主亡國偈

宋太祖將問罪江南李後主用謀臣計欲拒王師法眼禪師觀牡丹于大內因作偈諷之曰擁毳對芳叢由來趣不同髮從今日白花似去年紅艷曳隨朝露馨香逐晚風何須待零落然後始知空後主不省王師旋渡江

冷齋夜話卷之一　文指月

冷齋夜話卷之一

冷齋夜話卷之二

韓歐范蘇嗜詩

韓魏公罷政判北京作園中行詩風定曉枝蝴蝶鬧雨勻春圃桔槔閑又甞謂意趣所見多見于嗜好歐陽文忠喜士爲天下第一甞好誦孔北海坐上客常滿樽中酒不空范文正公清嚴而喜論兵甞好誦韋蘇州詩兵衛森畫戟燕寢凝清香東坡友愛子由而性嗜清境每誦何時風雨夜復此對

牀眠山谷寄傲士林而意趣不忘江湖其作詩曰九陌黃塵烏帽底五湖春水白鷗前又曰九衢塵土烏靴底想見滄洲白鳥雙又曰夢作白鷗去江湖水貼天又作演雅詩曰江南野水碧於天中有白鷗似我閑

陳無已挽詩

予問山谷今之詩人誰爲冠曰無出陳師道無已問其佳句如何曰吾見其作温公挽詞一聯便知

其才不可敵曰政雖隨日化身已要人扶

洪駒父評詩之誤

洪駒父曰柳子厚詩曰㪍靄一聲山水綠㪍音奧而世俗乃分㪍爲二字誤矣如老杜詩曰雨脚泥滑滑世俗爲雨脚泥滑滑王元之詩曰春殘葉密花枝少睡起茶親酒盞疎世以爲睡起茶多酒盞疎多此類

留食戲語大笑噴飯

予與李德修游公義過一新貴人貴人留食予三人者皆以左手舉箸貴人曰公等皆左轉也予遂應聲曰我輩自應須左轉知君豈是背匙人一座大笑噴飯滿桉

歐陽黄牛廟東坡錢塘詩

歐陽公黄牛廟詩曰石馬繫祠門東坡錢塘詩曰我識南屏金鯽魚二句皆似童稚語然皆記一時之事歐陽嘗夢至一神祠祠有石馬缺左耳及謫

夷陵過黃牛廟所見如夢西湖南屏山興教寺池有鯽十餘尾金色道人齋餘爭倚檻投餅餌爲戲東坡習西湖久故寓于詩詞耳

古樂府前輩多用其句

予嘗館州南客邸見所謂嘗賣者破篋中有詩編寫本字多漫滅皆晉簡文帝時名公卿而詩語工甚有古意樂府曰繡幕圍香風耳節朱絲桐不知理何事淺立經營中護惜加窮袴隄防託守宮今

日牛羊上丘壠當時近前面發紅云云前輩多全用其句老杜曰意象慘淡經營中李長吉曰羅幃繡幕圍春風山谷曰牛羊今日上丘壠當時近前左右瞋予見魯直未得此書窮褲漢時語也今褌褲是也

雷轟薦福碑

范文正公鎮鄱陽有書生獻詩甚工文正禮之書生自言天下之至寒餓者無在某右時盛行歐陽

卒吏書薦福寺碑墨本直千錢文正爲具紙墨打千本使售于京師紙墨已具一夕雷擊碎其碑故時人爲之語曰有客打碑來薦福無人騎鶴上揚州東坡作窮措大詩曰一夕雷轟薦福碑

立春王禹玉口占一絶

歐公王禹玉俱在翰苑立春日當進詩貼子會溫成皇后薨閣虛不進有旨亦令進歐公經營中禹玉口占便寫曰昔聞海上有三山烟鎖樓臺日月

閑花似玉容長不老只應春色勝人間歐公喜其敏速禹玉歐公門生也而同局近世盛事其詩略曰當年叨入武成宮曾看揮毫氣吐虹夢寐闕思十年事笑談今此一樽同喜君新賜黃金帶顧我今爲白髮翁云云

稚子

老杜詩曰竹根稚子無人見沙上鳬雛並母眠世或不解稚子無人見何等語唐人食笋詩曰稚子

脆錦襯骿頭玉香滑則稚子爲笋明矣贊寧雜志曰竹根有鼠大如猫其色類竹名竹豚亦名稚子予問韓子蒼子蒼曰笋名稚子老杜之意也不用食笋詩亦可耳

老杜劉禹錫白居易詩言妃子死

老杜北征詩曰唯昔艱難初事與前世別不聞夏商衰終自誅褒妲意者明皇鑒夏商之敗畏天悔過賜妃子死也而劉禹錫馬嵬詩曰官軍誅佞幸

天子舍天姬群吏伏門屏貴人牽帝衣白樂天長恨詞曰六軍不發爭奈何宛轉蛾眉馬前死乃是官軍逼使殺妃子歌詠祿山叛逆耳孰謂劉白能詩哉其去老杜何啻九牛毛耶北征詩識君臣之大體忠義之氣與秋色爭高可貴也

館中夜談韓退之詩

沈存中呂惠卿吉甫王存正仲李常公擇治平中在館中夜談詩存中曰退之詩押韻之文耳雖健

美富贍然終不是詩吉甫曰詩正當如是吾謂詩人亦未有如退之者正仲是存中公澤是吉甫於是四人者相交攻久不決公澤正色謂正仲曰君子群而不黨公獨黨存中正仲怒曰我所見如此偶因存中便謂之黨則君非黨吉甫乎一坐大笑

予嘗熟味退之詩眞出自然其用事深密高出老杜之上如符讀書城南詩少長聚嬉戲不殊同隊魚又腦脂蓋眼臥壯士大招挂壁何由彎皆自然

也襄陽魏泰曰韓退之詩曰剝苔吊斑林角黍餌沉塚竹非墨點之斑也楚竹初生蘚封之土人斫之浸水中洗去蘚故蘚痕成紫暈耳

昭州崇寧寺觀音竹永州澹山狐

鄒志完南遷自號道鄉居士在昭州江上爲居室近崇寧寺因閱華嚴經于觀音像前有修竹三根生像之後志完揭茅出之不可乃垂枝覆像有如今世畫寶陀山巖竹今猶在昭人扃鎖之以俟過

客遊觀比還過永州澹山岩岩有馴狐凡貴客至則鳴志完將至而狐輒鳴寺僧出迎志完怪之僧以狐鳴爲對志完作詩曰我入幽岩亦偶然初無消息與人傳馴狐戲學仙伽客一夜飛鳴報老禪

僧賦蒸豚詩

王中令既平蜀捕還餘寇與部隊相遠饑甚入一村寺中主僧醉甚箕踞公怒欲斬之僧應對不懼公奇而赦之問求蔬食僧曰有肉無蔬公亦奇之

餽之以蒸猪頭食之甚美公喜問僧止能飲酒食肉耶爲有他技也僧自言能爲詩公令賦食蒸豚詩操筆立成曰觜長毛短淺含臕久向山中食藥苗蒸處已將蕉葉裹熟時兼用杏漿澆紅鮮雅稱金盤薦軟熟眞堪玉筯挑共把羶根來比並羶根只合喫藤條公大喜與紫衣師號東坡元祐初見公之玄孫訥夜話及此爲記之

王平甫夢至靈芝宮

王平甫熙寧癸丑歲直宿崇文館夢有人挾之至海上見海中央宮殿甚盛其中作樂笙簫鼓吹之伎甚衆題其宮曰靈芝宮平甫欲與俱往有人在宮側謂曰時未至且令去他日當迎之至此恍然夢覺時禁中已鐘鳴平甫頗自負不凡爲詩記之曰萬頃波濤木葉飛笙歌宮殿號靈芝揮毫不似人間世長樂鐘來夢覺時

安世高請福邺亭廟秦少游宿此夢天女求

贊

安世高者安息國王之嫡子也爲沙門漢桓帝建和初至長安靈帝末關中大亂謂人曰我有道伴在江南當往省之人曰遊宦乎沙門乎曰以嗔故爲神然吾亦往廣州償債耳世高舟次廬山䢼亭湖廟下廟甚靈能分風送往來之舟世高舟人捧牲請福神輒降曰舟有沙門乃不俱來耶世高聞之爲至廟下神復語曰我果以多嗔至此業今家

此湖千里皆所轄以雖嗔而好施故多寶玩以縑千疋黄白物付君爲建佛寺爲冥福今洪州大安寺是也秦少游南遷宿廟下登岸縱望久之歸卧舟中聞風聲側枕視微波月影縱横追繹昔常宿雲老惜竹軒見西湖月色如此遂夢美人自言維摩詰散花天女也以維摩詰像來求賛少游愛其畫黙念曰非道子不能作此天女以詩戲少游曰不知水宿分風浦何似秋眠惜竹軒聞道詩詞妙

天下盧山對眼可無言少游夢中題其像曰竺儀華夢瘴面因首口雖不言十分似九天笑覆大千作獅子吼不如博取妙喜如陶家手予過雷州天寧與戒禪夜話問少游字畫戒出此傳爲示少游筆蹟也

冷齋夜話卷之二

冷齋夜話卷之三

［□］

諸葛亮劉伶陶潛李令伯文如肺腑中流出

李格非善論文章嘗曰諸葛孔明出師表劉伶酒德頌陶淵明歸去來辭李令伯陳情表皆沛然從肺腑中流出殊不見斧鑿痕是數君子在後漢之末兩晉之間初未嘗以文章名世而其意超邁如此吾是知文章以氣爲主氣以誠爲主故老杜謂之詩史者其大過人在誠實耳誠實著見學者多

不曉如玉川子歸醉詩曰昨夜村飲歸健倒三四五摩挲青莓苔莫嗔驚着汝王荆公用其意作扇子詩曰玉斧修成寶月團月邊仍有女乘鸞青冥風露非人世鬢亂釵横特地寒

池塘生春草

舒公云池塘生春草園柳變鳴禽之句謂有神助其妙意不可以言傳而古今文士多從而稱之謂之確論獨李元膺曰予反覆觀此句未有過人處

不知舒公何從見其妙蓋古今佳句在此一聯之上者尚多古之人意有所至則見于情詩句蓋其寓也謝公平生喜見惠連夢中得之蓋當論其情意不當尼其句也如謝東山喜見華曇羊叔子喜見鄒湛王述喜見坦之皆其情意所至不可名狀特無詩句耳

詩說煙波縹緲處

予自并州還故里館延福寺寺前有小溪風物類

斜州予兒童時戲劇處也嘗春深獨行溪上作小詩曰小溪倚春漲攘我釣月灣新晴爲不平約束晚見還銀梭時撥剌破碎波中山整約背落中一葉軟紅間又嘗暮寒歸見白鳥作詩曰剩水殘山慘淡間白鷗無事釣舟閑箇中着我添圖畫便似華亭落照灣魯直謂予曰觀君詩說烟波縹緲處如陸忠州論國政字字坦夷前身非篙師沙戶種類耶有詩其略曰吾年六十子方半槁項螺巔度

歲年脫却衲衣着簑笠來佐涪翁刺釣船予嘗對淵材誦之淵材曰此退之贈澄觀我欲妝斂加冠巾換骨句也

山谷集句貴拙速不貴巧遲

集句詩山谷謂之百家衣體其法貴拙速而不貴巧遲如前輩曰晴湖勝鏡碧衰柳似金黃又曰事治閑景象摩挲白髭鬚又曰古甆磨爲硯閑砧坐當牀人以爲巧然皆疲費精力積日月而後成不

足貴也

東坡美謫仙句語作讚

曉披雲夢澤笠釣青茫茫又曰暮騎紫雲去海氣侵肌涼東坡曰此語非李太白不能道也嘗作贊曰天人幾何同一漚謫仙非謫乃其游揮斥八極隘九州化爲兩鳥鳴相酬一鳴一止三千秋開元有道爲少留縻之不可矧肯求東望太白橫峩岷眼高四海空無人大兒汾陽中令君小兒天台坐忘身

生平不識高將軍手汚吾足乃敢嗔作詩大笑君應聞

韋蘇州寄全椒道人詩

東坡曰羅浮有野人山中隱者或見之相傳葛稚川之隷也有鄧道士者嘗見其足蹟予偶讀韋蘇州詩寄全椒道士云今朝郡齋冷忽念山中客澗底束荆薪歸來煑白石遥持一樽酒遠慰風雨夕落葉滿空山何處尋行蹟味其風度則全椒道士

亦鄧君之流乎因以酒往問依蘇州韻作詩寄之曰一盃羅浮春遠餉採薇客遥知獨酌罷醉卧松下石幽人不可見清嘯聞月夕聊戲菴中人飛空本無蹟

碁隱語

舒王在鍾山有道士求謁因與棋輒作數語曰彼亦不敢先此亦不敢先惟其不敢先是以無所爭惟其無所爭故能入於不死不生舒王笑曰此特

棋隱語也

李元膺喪妻長短句

許彥周曰李元膺作南京教官喪妻作長短句曰

去年相逢深院宇海棠下曾歌金縷歌罷花如雨

翠羅衫上點點紅無數今歲重尋攜手處物是人

非春莫回首青門路亂紅飛絮相逐東風去李元

膺尋亦卒

秦國大長公主挽詞

秦國大長公主薨神考賜挽詞三首曰海濶三山路香輪定不歸帳深空翡翠珮冷失珠璣明月留歌扇殘霞散舞衣都門送車返宿草自春菲又曰曉發城西道靈車望更遥春風空魯館明月斷秦簫塵入羅衣暗香隨玉篆銷芳魂飛北渚那復可爲招又曰慶自天源發恩從國愛申歌鐘雖在館桃李不成春水折空還沁樓高已隔秦區區會稽市無復獻珠人元豐初臣魏泰載之于詩話中雖

穆王黄竹漢高大風之詞莫可擬其髣彿噫豈特前代帝王蓋古今詞章之工者無此作也

荆公鍾山東坡餘杭詩

山谷云天下清景初不擇賢愚而與之遇然吾特疑端爲我輩設荆公在鍾山定林與客夜對偶作詩曰殘生傷性老躭書年少東來復起予夜據槁梧同不寐偶然聞雨落階除東坡宿餘杭山寺贈僧曰暮鼓朝鐘自擊撞閉門欹枕有殘釭白灰

旋撥通紅火臥聽蕭蕭雪打牕人以山谷之言爲確論

少游魯直被謫作詩

少游謫雷悽愴有詩曰南土四時都熱愁人日夜俱長安得此身如石一時忘了家鄉魯直謫宜殊坦夷作詩云老色日上面懽情日去心今既不如昔後當不如今輕紗一幅巾短簟六尺牀無客白日靜有風終夕涼少游鍾情故其詩酸楚魯直學

道休歇故其詩閒暇至於東坡南中詩曰平生萬事足所欠惟一死則英特邁往之氣不受夢幻折困可畏而仰哉

活人手段

司馬温公童稚時與群兒戲于庭庭有大甕一兒登之偶墮甕水中群兒皆棄去公則以石擊甕水因穴而迸見得不死葢其活人手段巳見于齠齓中至今京洛間多爲小兒擊甕圖

詩未易識

唐詩有竹逕通幽處禪房花木深之句歐陽文忠公愛之每以語客曰古人工爲發端心雖曉之而才莫逮欲倣此爲一聯終莫之能以文忠公之才而謂不能詩蓋未易識也

冷齋夜話卷之三

冷齋夜話卷之四

詩話妄易句法之病

司馬溫公詩話曰魏野詩云燒葉爐中無宿火讀書牕下有殘燈而俗人易葉爲藥不止不佳亦和下句無氣味魯直曰老杜詩云黃獨無苗山雪盛黃獨者芋魁小者耳江南名曰土卵兩川多食之而俗人易曰黃精子美流離亦未有道人劍客食黃精也如淵明曰採菊東籬下悠然見南山其渾

成風味句法如生成而俗人易曰望南山一字之差遂失古人情狀學者不可不知也

五言四句詩得于天趣

吾弟超然喜論詩其爲人純至有風味嘗曰陳叔寶絕無肺腸然詩語有警絕者如曰午醉醒來晚無人夢自驚夕陽如有意偏傍小窻明王維摩詰中山詩曰溪清白石出天寒紅葉稀山路元無雨空翠濕人衣舒王百家夜休曰相看不忍發慘澹

暮潮平欲别更攜手月明洲渚生此皆得于天趣予問之曰句法固佳然何以識其天趣超然曰能言蕭何所以識韓信則天趣可言予竟不能詰歎曰微超然誰知之

夢中作詩

崇寧元年元日粥罷昏睡夢中忽作一詩既覺輒能記之曰無賴東風試怒號共乘一葉傲驚濤不知兩岸人皆愕但覺中流笑語高三月七日偶與

瑩中濟湘江是日大風當斷渡而瑩中必欲宿道林小舟掀舞向浪中兩岸聚觀胆落而瑩中笑聲愈高予紬繹夢中詩以語瑩中瑩中云此段公案三十年後大行叢林也

西崑體

詩到李義山謂之文章一厄以其用事僻澁時稱西崑體然荆公晚年亦或喜之而字字有根蔕如作雪詩曰借問火城將策探何如雲屋聽牕知又

曰未愛京師傳谷口但知鄉里勝壺頭其用事琢句前輩無相犯者昔李師中作送唐介謫官詩曰去國一身輕似葉高名千古重於山並游英俊顔何厚未死姦諛骨已寒云云已而聞介赴月首上官李大敬以書索其詩唐公笑曰吾正不用此無寸馬落顔詩遂以還之李大敬久之乃悟一身千古非挾對與荆公措意異矣

詩比美女美丈夫

前輩作花詩多用美女比其狀如曰若教解語應傾國任是無情也動人誠然哉山谷作酴醾詩曰露濕何郎試湯餅日烘荀令炷爐香乃用美丈夫比之特若出類而吾叔淵材作海棠詩又不然曰雨過溫泉浴妃子露濃湯餅試何郎意尤工也

道潛作詩追法淵明乃十四字師號

道潛作詩追法淵明其語逼真處數聲柔櫓蒼茫外何處江村人夜歸又曰隔林彷彿聞機杼知有

人家住䂓微時從東坡在黄州京師士大夫以書抵坡曰聞公與詩僧相從眞東山勝遊也坡以書示潛誦前句笑曰此吾師十四字師號耳

元章瀑布詩

米芾元章豪放戲謔有味士大夫多能言其作止有書名嘗大字書曰吾有瀑布詩古今賽不得最好是一條界破青山色人固以怪之其後題云蘇子瞻曰此是白樂天奴子詩見者莫不大笑

詩句含蓄

詩有句含蓄者如老杜曰勳業頻看鏡行藏獨倚樓鄭雲叟曰相看臨遠水獨自上孤舟是也有意含蓄者如宮詞曰銀燭秋光冷畫屏輕羅小扇撲流螢天街夜色凉於水臥看牽牛織女星又嘲人詩曰怪來妝閣閉朝下不相迎總向春園裏花間笑語聲是也有句意俱含蓄者如九日詩曰明年此會知誰健醉把茱萸子細看宮怨詩曰玉容不

及寒鴉色猶帶朝陽日影來是也

滿城風雨近重陽

黄州潘大臨工詩多佳句然甚貧東坡山谷尤喜之臨川謝無逸以書問有新作否潘答書曰秋來景物件件是佳句恨爲俗氛所蔽翳昨日閑臥聞攪林風雨聲欣然起題其壁曰滿城風雨近重陽忽催租人至遂敗意止此一句奉寄聞者笑其迂濶

天棘

王仲正言老杜詩江蓮摇白羽天棘蔓青絲天棘非烟雨自是一種物曾見于一小說今忘之高秀實曰天棘天門冬也一名顛棘非天棘也王元之詩曰水芝卧玉腕天棘舞金絲則天棘盇柳也

琥珀

韋應物作琥珀詩曰曾爲老茯苓元是寒松液蚊蚋落其中千年猶可覿舊說松液入地千年所化

令燒之尚作松氣嘗見琥珀中有物如蜂然此物自外國來地有茯苓處皆無琥珀不知韋公何以知之

詩誤字

老杜詩曰白鷗没浩蕩萬里誰能馴今誤作波浩蕩非唯無氣味亦分外閑置波字舒王曰道人北山來問松我東岡舉手指屋脊云今如許長今誤作問松栽東岡與波浩蕩當併按也

王荆公東坡詩之妙

對句法詩人窮盡其變不過以事以意以出處具備謂之妙如荆公曰平昔離愁寬帶眼迄今歸思滿琴心又曰欲寄歲寒無善畫賴傳悲壯有能琴乃不若東坡徵意特奇如曰見說騎鯨游汗漫亦曾捫蝨話辛酸又曰蠶市風光思故國馬行燈火記當年又曰龍驤萬斛不敢過漁舟一葉縱掀舞以鯨爲蝨對以龍驤爲漁舟對小大氣焰之不等

其意若玩世謂之秀傑之氣終不可没者此類是也

詩忌

今人之詩例無精彩其氣奪也夫氣之奪人百種禁忌詩亦如之富貴中不得言貧賤事少壯中不得言衰老事康強中不得言疾病死亡事脫或犯之人謂之詩讖謂之無氣是大不然詩者妙觀逸想之所寓也豈可限以繩墨哉如王維作畫雪中

芭蕉詩法眼觀之知其神情寄寓于物俗論則譏以爲不知寒暑荆公方大拜賀客盈門忽點墨書其壁曰霜筠雪竹鍾山寺投老歸歟寄此生坡在儋耳作詩曰平生萬事足所欠惟一死豈可與世俗論哉予嘗與客論至此而客不然予論予作詩自誌其略曰東坡醉墨浩琳琅千首空餘萬丈光雪裏芭蕉失寒暑眼中騏驥略玄黃云云

詩言其用不言其名

用事琢句妙在言其用不言其名耳此法唯荆公東坡山谷三老知之荆公曰含風鴨緑鱗鱗起弄日鵝黄裊裊垂此言水柳之用而不言水柳之名也東坡别子由詩猶勝相逢不相識形容變盡語音存此用事而不言其名也山谷曰管城子無食肉相孔方兄有絶交書又曰語言少味無阿堵氷雪相看有此君又曰眼有人情如格五心知世事等朝三格五今之蹙融是也後漢注云常置人于

險處耳然句中眼者世尤不能解語言者葢其德之候也故曰有德者必有言王荆公欲革歷世因循之弊以新王化作雪詩其略曰勢合便疑包地盡功成終欲放春回農家不驗豐年瑞秖欲青天萬里開

賈島詩

賈島詩有影略句韓退之喜之其渡桑乾詩曰客舍并州三十霜歸心日夜憶咸陽如今更渡桑乾

水却望并州是故鄉又赴長江道中詩曰策杖馳山驛逢人問梓州長江那可到行客替生愁

詩用方言

句法欲老健有英氣當間用方俗言爲妙如奇男子行人群中自然有穎脫不可干之韻老杜八仙詩序李白曰天子呼來不上船方俗言也所謂襟紉是也家家養烏鬼頓頓食黄魚川峽路人家多供祀烏蠻鬼以臨江故頓頓食黄魚耳俗人不解

便作養畜字讀遂使沈存中自差烏鬼爲鸕鷀也夜闌更秉燭相對如夢寐更互秉燭照之恐尚是夢也作更字讀則失其意甚矣山谷每笑之如所謂一霎社公雨數番花信風之類是也江左風流久已零落士大夫人品不高故奇韻滅絕東晉騷人勝士最多皆無出謝安石之右烟飛空翠之間乃攜娉婷登臨之與夫雪夜訪山陰故人興盡而返下馬據胡牀三弄而去者異矣

舒王女能詩

舒王女吴安持之妻蓬萊縣君工詩多佳句有詩寄舒王曰西風不入小窻紗秋氣應憐我憶家極目江山千里恨依然和淚看黄花舒王以楞嚴經新釋付之有和詩曰青燈一點映窻紗好讀楞嚴莫憶家能了諸緣如幻夢世間惟有妙蓮花

冷齋夜話卷之十

冷齋夜話卷之五

賭輸梅詩罰松聲詩

王文公居鍾山，嘗與薛處士棋，賭梅詩，輸一首，曰：「華髮尋香始見梅，一枝臨路雪培堆。鳳城南陌他年憶，杳杳難隨驛使來。」又嘗與俞秀老至報寧，公方假寐，秀老私跨驢入法雲謁寶覺禪師。公知之，有頃秀老至，公佯睡，睡起，遣秀老下階，曰：「爲僧子乃敢盜跨吾驢。」秀老叩頭，願有以自贖其罪。寺僧

亦爲之解勸公徐曰罰松聲詩一首秀老立就其詞極佳山中人忘之予爲補曰萬壑搖蒼烟百灘渡流水下有跨驢人蕭蕭吹醉耳

東坡藏記

舒王在鍾山有客自黃州來公曰東坡近日有何妙語客曰東坡宿于臨皐亭醉夢而起作成都聖像藏記千有餘言點定纔一兩字有寫本適留舟中公遣人取而至時月出東南林影在地公展讀

于風簷喜見眉鬚曰子瞻人中龍也然有一字未穩客曰願聞之公曰日勝日貧不若曰如人善博日勝日負耳東坡聞之拊手大笑亦以公爲知言

荆公梅詩

荆公嘗訪一高士不遇題其壁曰牆角數枝梅凌寒特地開遥知不是雪爲有暗香來

詩置動靜意

荆公曰前輩詩云風靜花猶落靜中見動意鳥鳴

山更幽動中見靜意山谷曰此老論詩不失解經旨趣亦何怪耶唐詩有曰海日生殘夜江春入暮年者置早意于殘晚中有曰鷩蟬移別柳闘雀墮閑庭者置靜意于喧動中東坡作眉子研詩其略曰君不見長安畫手開十眉橫雲却月爭新奇遊人指點小顰處中有漁陽胡馬嘶用此微意也

舒王山谷賦詩

舒王宿金山寺賦詩一夕而成長句妙絶如曰天

多剩得月月落聞歸皷又曰乃知像教力但渡無所苦之類如生成山谷在星渚賦道士快軒詩點筆立成其略曰吟詩作賦北牕裏萬言不及一盃水願得青天化爲一張紙想見其高韻氣摩雲霄獨立萬象之表筆端三昧遊戲自在也

王荆公詩用事

舒王晚年詩曰紅梨無葉庇華身黄菊分香委路塵歲晚蒼官纔自保日高青女尚横陳又曰木落

岡巒因自獻水歸洲渚得橫陳山谷謂予曰自獻橫陳事見相如賦荊公不應用耳予曰首楞嚴經亦曰於橫陳時味如嚼蠟

蘇王警句

唐詩有曰長因送人處憶得別家時又曰舊國別多日故人無少年荊公用其意作古今不經人道語荊公詩曰木末北山烟冉冉草根南澗水泠泠繰成白雪桑重綠割盡黃雲稻正青東坡曰桑疇

雨過羅紈膩麥隴風來餅餌香如華嚴經舉因知果譬如蓮花方其吐華而果具蘂中

句中眼

造語之工至于荆公東坡山谷盡古今之變荆公曰江月轉空爲白晝嶺雲分暝與黄昏又曰一水護田將緑遶兩山排闥送青來東坡海棠詩曰只恐夜深花睡去高燒銀燭照紅妝又曰我攜此石歸袖中有東海山谷曰此皆謂之句中眼學者不

知此妙語韻終不勝

舒王編四家詩

舒王以李太白杜少陵韓退之歐陽永叔詩編爲四家詩集而以歐公居太白之上世莫曉其意舒王嘗曰太白詞語迅快無疎脱處然其識汚下詩詞十句九句言婦人酒耳歐公今代詩人未有出其右者但恨其不修三國志而修五代史耳如歐公詩曰行人仰頭飛鳥驚之句亦有佳趣第人不

解耳

范文正公𧉅詩

范仲淹少時求爲秦州西溪監鹽其志欲吞西夏知用兵利病耳而廨舍多蚊蚋文正戲題其壁曰飽去櫻桃重饑來柳絮輕但知離此去不用問前程雖戲笑之語亦愷悌渾厚之氣逼人況其大者乎

柳詩有奇趣

柳子厚詩曰漁翁夜傍西巖宿曉汲清湘然楚竹烟消日出不見人欸音奧謁一聲山水綠回看天際下中流巖上無心雲相逐東坡云詩以奇趣爲宗反常合道爲趣熟味此詩有奇趣然其尾兩句雖不必亦可欸謁三老相呼聲也

東坡屬對

予遊儋耳及見黎民爲予言東坡無日不相從乞園蔬出其臨別北渡時詩我本儋耳民寄生西蜀

州忽然跨海去譬如事遠遊平生生死夢三者無劣優知君不再見欲去且少留其末云新醞佳甚求一具臨行寫此詩以折菜錢又登望海亭柱間有擘窠大字曰貪看白鳥横秋浦不覺青林没暮湖又謁姜唐佐唐佐不在見其母母迎笑食予檳榔予問母識蘇公否母曰識之然無奈其好吟詩公嘗杖而至指西木櫈自坐其上問曰秀才何往我言入村落未還有包燈心紙公以手拭開書滿

紙祝曰秀才歸當示之今尚在予索讀之醉墨欹傾曰張雎陽生猶駡賊嚼齒空齦顔平原死不怂君握拳透爪

林和靖送遵式詩

王冀公鎮金陵以書致錢塘講師遵式遵式以病辭及愈將謁公乃過孤山和靖先生林逋逋以詩送之曰虎牙熊軾隱鈴齋棠樹陰陰長碧苔丞相望崇賓謁少淸談應喜道人來

丁晉公和東坡詩

韓子蒼曰丁晉公海外詩曰草解忘憂憂底事花能含笑笑何人世以爲工讀東坡詩曰花非識面嘗含笑鳥不知名時自呼便覺才力相去如天淵

上元詩

予自并州還江南過都下上元逢符寶郎蔡子因約相國寺未至有道人求詩且曰覺範嘗有寒巖寺詩懷京師曰上元獨宿寒巖寺臥看青燈映薄

紗夜久雪猿啼岳頂夢回山月上梅花十分春瘦緣何事一掬歸心未到家却憶少年行樂處軟風香霧噴東華今當爲作京師上元懷山中也予戲爲之曰北遊爛熳看幷山重到皇州及上元燈火樓臺思往事管絃音律試新翻期人未至情如海穿市歸來月滿軒却憶寒巖曾獨宿雪牕殘夜一聲猿

東坡滑稽

有村校書年已七十方買妾饌客東坡杖藜相過
村校喜延坐其東起爲壽且乞詩東坡問所買妾
年幾何曰三十乃戲爲詩其略曰侍者方當而立
歲先生已是古稀年此老滑稽故文章亦如此又
曰世間事無有無對第人思之不至也如曰我見
魏徵甞嫵媚則對曰人言盧杞是姦邪又曰無物
不可比類如蠋花似石榴花紙花似罌宿花通草
花似梨花羅絹花似海棠花

冷齋夜話卷之五

冷齋夜話卷之六

曾子固諷舒王嗜佛

舒王嗜佛書曾子固欲諷之未有以發之也居一日會于南昌少頃潘延之亦至延之談禪舒王問其所得子固熟視之已而又論人物曰某人可秤子固曰弇用老而逃佛亦可一秤舒王曰子固失言也善學者讀其書惟理之求有合吾心者則樵牧之言猶不廢言而無理周孔所不敢從子固笑

曰前言第戲之耳

稱甘露滅

陳了翁罪予不當稱甘露滅近不遜曰得甘露滅覺道成者如來識也予凡夫與僕輩俯仰其去佛地如天淵也奈何冒其美名而有之耶予應之曰使我不得稱甘露滅者如言蜜不得稱甜金不得稱色黃世尊以大方便曉諸衆生令知根本而妙意不可以言盡故言甘露滅滅者寂滅甘露不死

之藥如寂滅之體而不死者也人人具焉而獨僕不得稱何也公今閑放且不肯以甘露滅名我脫爲宰相寧能飾予以美官乎瑩中愕然思所爲折難予不可得乃笑而已

大覺禪師乞還山

大覺璉禪師學外工詩舒王少與遊嘗以其詩示歐公歐公曰此道人作肝臟饅頭也舒王不悟其戲問其意歐公曰是中無一點菜氣璉蒙仁廟賞

識留住東京淨因禪院甚久嘗作偈進呈乞還山林曰千簇雲山萬壑流閑身歸老此峰頭慇懃願祝如天壽一炷清香滿石樓又曰堯仁況是如天潤乞與孤雲自在飛

靚禪師溺流詩

靚禪師有道老宿也主筠之三峰嘗赴供民家渡溪漲靚重遲爲溪流所陷童子掖至岸坐沙石間垂頭如雨中鶴童子意必怒且遭斥逐不敢仰視

靚忽指溪作詩曰春天一夜雨滂霈添得溪流意氣多剛把山僧推倒却不知到海後如何靚後往汝州香山無疾而化

靚禪師化人題壁

三峰靚禪師初住寶雲邑有巨商尚氣不受僧化曰施由我耳豈容人勸靚宣言唯吾獨能化之其人聞靚至果不出靚題其壁而去曰去年巢穴畫梁邊春暖雙雙遶檻前莫訝主人簾不捲恐啣泥

土汚花磚其人喜不怒特自追還厚施之靚笑謂人曰吾果能化之

誦智覺禪師詩

智覺禪師住雪竇之中嵓嘗作詩曰孤猿叫落中嵓月野客吟殘半夜燈此境此時誰得意白雲深處坐禪僧詩語未工而其氣韻無一點塵埃予嘗客新吳車輪峰之下曉起臨高閣窺殘月聞猿聲誦此句大笑栖鳥驚飛又嘗自朱崖下瓊山渡藤

橋千萬峰之間聞其聲類車輪峰下時而一笑不可得也但覺此時字字是愁耳老杜詩曰感時花濺淚恨別鳥驚心良然眞佳句也親證其事然後知其義

永庵嗣法南禪

鄧峰永庵主南禪師子也未嘗問法南禪公所至輙隨之魯直聞其風而悅之眼不及識有自慶者事永甚久即以慶主黄龍宜州爲作疏語特奇峻

叢林於慶玫觀又見之與語多解休又嗣法南公宜州過永舊庵題其壁曰奪得胡兒馬便休休嗟李廣不封侯當時射殺南山虎子細看來是石頭

東坡和惠詮詩

東吳僧惠詮佯狂垢汚而詩句清婉嘗書湖上一山寺壁曰落日寒蟬鳴獨歸林下寺柴扉夜未掩片月隨行屨唯聞犬吠聲又入青蘿去東坡一見爲和于後曰唯聞烟外鐘不見烟中寺幽人夜未

寖草露濕芒屨

象外句

唐僧多佳句其琢句法比物以意而不指言某物謂之象外句如無可上人詩曰聽雨寒更盡開門落葉深是以落葉比雨聲也又曰微陽下喬木遠燒入秋山是以微陽比遠燒也

僧清順十竹林下詩

西湖僧清順怡然清苦多佳句嘗賦十竹詩云城

中寸土如寸金幽軒種竹只十个春風愼勿長兒孫穿我階前綠苔破又有林下詩曰久從林下遊頗識林下趣縱渠綠陰繁不礙淸風度閒來石上眠落葉不知數一鳥忽飛來啼破幽寂處荊公遊湖上愛之稱揚其名坡晚年亦與之遊亦多唱酬

東坡稱賞道潛詩

東吳僧道潛有標致嘗自姑蘇歸湖上經臨平作詩云風蒲獵獵弄輕柔欲立蜻蜓不自由五月臨

平山下路藕花無數滿汀洲坡一見如舊及坡移守東徐潛往訪之館于逍遥堂士大夫爭欲識面東坡餽客罷與俱來而紅妝擁隨之東坡遣一妓前乞詩潛援筆而成曰寄語巫山窈窕娘好將魂夢惱襄王禪心已作沾泥絮不逐春風上下狂一座大驚自是名聞海内然性偏尚氣憎兄子如侁嘗作詩云去歲東風上苑行爛窺紅紫厭平生如今眼底無姚魏浪蘂浮花懶問名士論以此少之

僧景淳詩多深意

桂林僧景淳工爲五言詩規模清寒其淵源出于島可時有佳句元豐之初南國山林人多傳誦居豫章乾明寺終日閉門不置侍者一室淡然聞鄰寺齋鐘即造焉坐同海衆食堂前飯罷徑去諸刹皆敬愛之見其至則爲設鉢其或陰雨則諸刹爲送食住二十年如一日四時不出謂大風雨極寒熱時景福老衲爲予言淳詩意苦而深世不可遽

解如曰夜色中句後虛堂坐幾更臨溪猿不叫當檻月初生又曰後夜客來稀幽齋獨掩扉月中無旁立草際一螢飛有深意予時方十六七心不然之然聞清修自守是道人活計喜之耳

鍾山賦詩

余居鍾山最久超然山水間夢亦成趣嘗乘佳月登上方深入定林夜臥松下石上四更自寶公塔路還合妙齋月昃虛幌淨几兀然童僕憨寢甫鼾

凭前檻無所見時有流螢穿戶牖風露浩然松聲滿院作詩曰雨過東南月亮淸意行深入碧蘿層露眠不管牛羊踐我是鍾山無事僧又曰未饒拄杖挑山衲差勝袈裟褁草鞋吹面谷風衝過虎歸來風雨撼空齋

僧可遵好題詩

福州僧可遵好作詩暴所長以蓋人叢林貌禮之而心不然甞題詩湯泉壁閒東坡遊廬山偶見爲

乖之遵曰禪庭誰立石龍頭龍口湯泉沸不休直待衆生塵垢盡我方清冷混常流東坡曰石龍有口口無根龍口湯泉自吐吞若信衆生本無垢此泉何處覓寒溫遵自是愈自矜伐客金陵佛印元公自京師還過焉遵作詩贈之曰上國歸來路幾千渾身猶帶御爐煙鳳凰山下敲蓬咏驚起山翁白晝眠元戲答曰打睡禪和萬萬千夢中趁利走如煙勸君打快修禪定老境如蚕已再眠元詩雖

少蘊籍然一時快之

冷齋夜話卷之六

冷齋夜話卷之七

蘇軾襯朝道衣

哲宗問右璫陳衍蘇軾襯朝章者何衣衍對曰是道衣哲宗笑之及謫英州雲居佛印遣書追至南昌東坡不復答書引紙大書曰戒和尚又錯脫也後七年復官歸自海南監玉局觀作偈戲答僧曰惡業相纏卌八年常行八棒十三禪却着衲衣歸玉局自疑身是五通仙

東坡廬山偈

東坡遊廬山至東林作偈曰溪聲便是廣長舌山色豈非清淨身夜來八萬四千偈他日如何舉似人

般若了無剩語

橫看成嶺側成峰遠近看山了不同不識廬山眞面目只緣身在此山中曾叱曰此老人于般若橫說竪說了無剩語非其筆端能吐此不傳之妙哉

船子和尚偈

華亭船子和尚偈曰千尺絲綸直下垂一波纔動萬波隨夜靜水寒魚不食滿船空載月明歸叢林盛傳想見其爲人宜州倚曲音成長短句曰一波纔動萬波隨簑笠一鈎絲金鱗正在深處千尺也須垂吞又吐信還疑上鈎遲水寒江靜滿目青山載月明歸

東坡和陶詩

東坡在惠州盡和淵明詩時魯直在黔南聞之作偈曰子瞻謫海南時宰欲殺之飽喫惠州飯細和淵明詩淵明千載人子瞻百世士出處固不同風味亦相似尋又遷儋耳久之天下盛傳子瞻已仙去矣後七年北歸時章丞相方貶雷州東坡至南昌太守云世傳端明已歸道山今尚爾遊戲人間耶東坡曰途中見章子厚乃迴反耳

東坡戲作偈語

東坡自海南至虔上以水涸不可舟逗留月餘時過慈雲寺浴長老明鑑魁梧如所畫慈恩然叢林以道學與之東坡作偈戲之曰居士無塵堪洗沐老師有句借宣揚牕間但見蠅鑽紙門外時聞佛放光遍界難藏眞薄相一絲不掛且逢場却須重說圓通偈千眼重籠是法王又嘗要劉器之同叅玉版和尚器之每倦山行聞見玉版欣然從之至廉泉寺燒筍而食器之覺筍味勝問此筍何名東

坡曰郎玉版也此老師善說法要能令人得禪悅之味于是器之乃悟其戲爲大笑東坡亦悅作偈曰叢林眞百丈嗣法有横枝不怕石頭路來叅玉版師聊憑柏樹子與問籜龍兒尾礫猶能說此君那不知

東坡留戒公疏

東坡鎭維揚幕下皆奇豪一日石塔長老遣侍者投牒求解院東坡問長老欲何往對曰歸西湖舊

盧卽令出別候指揮東坡于是將僚佐同至石塔令擊鼓大衆聚觀袖中出疏使晁無咎讀之其詞曰大士何曾出世誰作金毛之聲衆生各自開堂何關石塔之事去無作相住亦隨緣戒公長老開不二門施無盡藏念西湖之久別亦是偶然爲東坡而少留無不可者一時稽首重聽白槌渡口船迴依舊雲山之色秋來雨過一新鐘鼓之聲謹疏予謂戒公甚類杜子美黃四娘耳東坡妙觀逸想

託之以爲此文遂與百世俱傳也

負華嚴入嶺及大雪偈

陳瑩中謫合浦時予在長沙以書抵予爲負華嚴入嶺有偈曰大士遊方興盡回家山風月絕塵埃杖頭多少閑田地挑取華嚴入嶺來予和之曰因法相逢一笑開俯看人世過飛埃湘江廟外休分別常寂光中歸去來又聞嶺外大雪作二偈寄之曰傳聞嶺下雪壓倒千年樹老人拊手笑有眼未

嘗覩故應潤物林一洗瘴江霧寄語牧牛人莫教頭角露又曰遍界不曾藏處處光皎皎開眼失却蹤都緣大分曉園林忽生春萬巵粲一笑遥知忍凍人未悟安心了

夢迎五祖戒禪師

蘇子由初謫高安時雲菴居洞山時時相過聽禪師者蜀人居聖壽寺一夕雲菴夢同子由聽出城迓五祖戒禪師既覺私怪之以語子由未卒聽至

子由迎呼曰方與洞山老師說夢子來亦欲同說夢乎聰曰夜來輒夢見吾三人者同迎五戒和尚子由拊手大笑曰世間果有同夢者異哉良久東坡書至曰已次奉新旦夕可相見二人大喜追筍輿而出城至二十里建山寺而東坡至坐定無可言則各追繹向所夢以語坡坡曰軾年八九歲時嘗夢其身是僧往來陝右又先妣方孕時夢一僧來託宿記其頎然而眇一目雲菴驚曰戒陝右人

而失一目暮年棄五祖來游高安終于大愚逆數蓋五十年而東坡時年四十九矣後東坡復以書抵雲菴其略曰戒和尚不識人嫌強顏復出眞可笑矣旣法契可痛加磨礪使還舊規不勝幸甚自是常衣衲衣

張文定公前生爲僧

張文定公方平爲滁州日游琅邪周行廊廡神觀清淨至藏院俛仰久之忽呼左右梯梁間得經一

函開視之則楞伽經四卷餘其半未寫公因點筆續之筆蹟不異味經首四句曰世間相生滅猶如虛空花智不得有無而興大悲心遂大悟流涕見前世事葢公生前嘗主藏于此病華自以寫經未終願再來成之故也公立朝正色自慶曆以來名臣爲人主所敬者莫如公公暮年出此經示東坡居士坡爲重寫題公之名于其右刻于浮玉山龍游寺

悅禪師作偈戲詵公

雲峰悅禪師叢林敬畏爲明眼尊宿與興化詵公友善詵城居三十餘年老矣猶迎送不已悅嘗誡曰公乃不袖手山林中去尚此恐垢乎郡僚愛詵多久不果一日送大官出郊墮馬損臂呻吟月餘以書哀訴于悅悅恨其不聽言作偈戲之曰大悲菩薩有千手大丈夫兒誰不有興化和尚折一支猶有九百九十九南華恭長老同嗣大愚然少叢

林有書來敘法禮悅作偈戲之曰與師萍跡寄江湖共憶當年在大愚堪笑堪悲無限事甜瓜生得苦葫蘆

觸背關

寶覺禪師老庵于龍峰之北魯直丁家艱相從甚久館于庵之旁兩年寶覺見學者必舉手示之曰喚作拳是觸不喚拳是背莫有契之者叢林謂之觸背關張丞相奉使江西日將造其廬至兜率見

悅禪師遽甚稱其門人及見寶覺乃作偈曰久響
黄龍山裏龍到來只見住山翁須知背觸拳頭外
別有靈犀一點通靈源叟時爲侍者迺作贊其略
曰聞時富貴見後貧窮年老浩歌歸去樂從他人
唤住山翁魯直大笑曰天覺所言靈犀一點此藞
苴爲虛空安耳穴靈源作賛分雪之是寫一字不
着畫

毛僧說偈

吴有異比丘號毛僧日遊聚落飲食無所擇輕薄子多狎玩之貴勢要之不詣忽謂人曰吾其死矣乃危坐説偈曰毛僧毛僧事事不能死了燒了却似不生言畢遽化嗟乎異哉其端師子戒闍梨之徒乎

謝無逸佳句

謝逸字無逸臨川人勝士也工詩能文黄魯直讀其詩曰晁張流也恨未識之耳無逸詩曰老鳳垂

頭噤不語枯木槎牙噪春鳥又曰貪夫蟻旋磨冷官魚上竹又曰山寒石髮瘦水落溪毛凋爲魯直所稱賞

洪覺範朱世英二偈

朱世英以德行薦于朝當入學意不欲行不得已詣之信宿而返所居一堂生涯如龐蘊予嘗過之少君方炊稚子宗野汲水而無逸誦書掃除顧見予放帚大笑曰聊復尔耳予作偈曰老妻營炊稚

子汲水龐公掃除丹霞適至棄帚迎册一笑相視
不必靈照多説道理世英聞之亦作偈曰提籃靈
照掃地謝公一般是麨做作不同不假語默通透
玲瓏更若不會換手搥胸

冷齋夜話卷之七

冷齋夜話卷之八

劉跛子說二范詩

劉跛子青州人拄一拐每歲必一至洛中看花館范家園春盡卽還京師爲人談噱有味范家子弟多狎戲之有范老見之卽與之二十四金曰跛子喫碗羹于是以詩謝伯仲曰大范見時二十四小范見時喫碗羹人生四海皆兄弟酒肉林中過一生

陳瑩中贈跛子長短句

初張丞相召白荆湖跛子與客飲市橋客聞車馬過甚都起觀之跛子挽其衣使且飲作詩曰遷客湖湘召赴京車蹄迎迓一何榮爭如與子市橋飲且免人間寵辱驚陳瑩中甚愛之作長短句贈之其略曰槁木形骸浮雲身世一年兩到京華又還乘興閑看洛陽花說甚姚黃魏紫春歸後終委泥沙忘言處花開花謝都不似我生涯云云予政和

攺元見于興國寺以詩戲之曰相逢一枴大梁間妙語時時見一斑我欲從公蓬島去爛銀堆裏見青山予姻家許中復大夫宜人趙務政槼之孫女云我十許歲時見劉跛子來覓酒喫笑語終日而去計其壽百四十五年許嘗館于京師新門張婆店三十年日坐相國寺東廊邸中人無有識之者

野夫長短句

劉野夫留南京久未入都淵材以書督之野夫答

書曰跛子一生別無路展手敎化三饑兩飽囘視雲漢聊以自誑元神新來被劉法師徐神翁形迹得不成模樣深欲上京相覷又恐撞着文人泥涴佛舊地被乾拳濕踢着甚來由其不羈如此嘗自作長短句曰跛子年年形容何似儼然一部髭鬚世上詩大拐上有工夫達南州北縣逢着處酒滿葫蘆醺醺醉不知來日何處度朝晡洛陽花看了歸來帝里一事全無若還與䬳羹不託依舊再作

門徒驚地思量下水輕船上蘆席横鋪呵呵笑雎陽門外有箇好西湖

劉淵材南歸布橐

淵材游京師貴人之門十餘年貴人皆前席其家在筠之新昌其貧至饘粥不給父以書召其歸曰汝到家吾倒懸解矣淵材于是南歸跨一驢以一黥挾以布橐橐黥皆斜絆其腋一邑聚觀親舊相慶三日議曰布橐中必金珠也予雅知其迂濶疑

之乃問親舊聞淵材還相慶曰君官爵雖未入手必使父母妻兒脫凍餒之厄槖中所有可早出以觀之淵材喜見眉鬚曰吾富可敵國也汝可拭目以觀乃開槖有李廷珪墨一丸文與可竹一枝歐公五代史草藁一巨編餘無所有

雲庵活盲女

雲庵住洞山時嘗過檀越家經大林間少立聞哀聲雜流水臨澗下窺有蹲水中者使兩夫下扶猿

臂而上乃盲女子年十七八許問其故曰我母死父傭于遠方兄貧無食牽我至此猛推下我而去雲庵意惻不自知涕下顧其人力曰汝無婦可畜以相活我給與一世力拜諾即以所乘筍兜舁歸山雲庵步隨之盲女後生三子皆勤院事雲庵雖領衆他山歲時遣人給衣食如子姪然雲庵高世之行若此之類甚衆

錢如蜜

仲殊初游吴中自負一畚見賣餳者從乞一錢餳與之即就買餳食之而去嘗客館古寺中道俗造之輒就覓錢皆相顧羞縮曰初不多辦來奈何殊曰錢如蜜一滴也甜

道士畜三物

萬安軍南並海石崖中有道士年八九十歲自言本交趾人渡海船壞于此崖因庵焉養一雞大如倒挂日置枕中啼即夢覺又畜王孫小于蝦蟆風

度清癯以綫繫几案間道士噀則跳躑登几唇危坐分殘顆而食之又有龜狀如錢置合中時揭其蓋使出戲衣袖間予謂之示此三物從予乞詩予熟視曰公小人國中引道者吾詩俚詎能摹寫高韻

夢遊蓬萊

黃魯直元祐中晝卧蒲池寺時新秋雨過凉甚夢與一道士褰衣升空而去望見雲濤際天夢中問

道士無舟不可濟且公安之道士曰與公遊蓬萊即襪而履水魯直意欲無行道士強要之俄覺大風吹鬢毛骨爲戰慄道士曰且斂目唯聞足底聲如萬壑松風有狗吠開目不見道士唯見宮殿張開千門萬戶魯直徐入有兩玉人導升殿主者降接之見仙官執玉麈尾仙女擁侍之中有一女方整琵琶魯直極愛其風韻顧之忘揖主者主者色莊故其詩曰試問琵琶可聞否靈君色莊伎摇手

項與予同宿湘江舟中親爲言之與今山谷集語不同葢後更易之耳

周貫吟詩作偈

周貫者不知何許人雅自號木鴈子治平熙寧間往來西山時時至高安與予大父善日酣飲畜一大瓢行旅夜以爲溺器工作詩詩成癖嘗宿奉新龍泉觀半夜搥門道士驚科髮披衣啓問其故貫笑曰偶得句當奉道士殊不意已問之因使口誦

貫以手指畫吟曰彈琴傷指甲蓋席損髭鬚是夜貫寒甚以席自覆故爾又至袁州見市井李生者有秀韻欲攜以同歸林下而李嗜酒色意欲無行貫指畫藥鐺作偈示之曰頑鈍天教合作鐺縱生三脚豈能行雖然有耳不聽法只愛人間戀火坑尋死于西山方將化人問其幾何歲貫曰八十西山作酒仙麻鞋軋斷布衣穿相逢甲子君休問太極光陰不訐年後有人見于京師橋付書與袁州

李生云我明年中秋夕時當上謁也至時果遣李生生時以事出乃以白土大書其門而去曰今年中秋夕來赴去年約不見破鐵鐺彈指空剥剥李生後竟墮馬折一足

石學士

石曼卿隱于酒謫仙之流也善戲謔嘗出報慈寺馭者失控馬驚曼卿墮地從吏驚遽扶掖據鞍市人聚觀意其必大詬怒曼卿徐着一鞭謂馭者曰

賴我石學士也若瓦學士顧不破碎乎

石土埭

高僧傳有神仙史宗者着麻衣加袖其上號袖衣道喜怒不常體癃瘡日往廣陵白土埭謳歌自適夜不知歸宿處江都令檀祇召至與語詞多無畔岸索紙賦詩曰有欲若不足無欲即無憂求其情處者帶索披麻裘浮游一世間汎若不繫舟要當畢塵累棲息老山丘檀祇異之陶潛淵明所記曰

白土埭逢三異比丘此其一也有狂道借海鹽令所畜小兒登小山山有屋數椽道人三四輩相勞苦其言小兒一不解但得食一嘔如熟艾有問道士者謫者何時竟荅曰在徐州江北廣陵白土埭上計其謫行當竟矣問者作書授道士曰爲達之即繫小兒衣帶還海鹽令喜問曰衣中有何曰書疏耳又呼問小兒至何處小兒曰前爲道士捉杖飄然去但聞足下波浪聲至山中山中人寄書與

白土埭上即引衣帶示令令亦不能曉小兒詣史宗史宗大驚曰汝乃蓬萊山中來耶神仙之有無吾不能知然觀其詩句脫去畛封有超然自得之氣非尋常介夫所能作也

范堯夫揖客對臥

范堯夫謫居永州閉門人稀識面客苦欲見者或出則問寒暄而已僮掃榻具枕于是揖客解帶對臥良久鼻息如雷霆客自度未可起亦熟睡睡覺

常及暮而去

李伯時畫馬

李伯時善畫馬東坡第其筆當不減韓幹都城黃金易得而伯時馬不可得師讓之曰伯時爲士大夫而以畫行已可恥也又作馬忍爲之耶伯時恚曰作馬無乃倒能蕩人心墮惡道乎師曰公業已習此則日夕以思其情狀求爲神駿繫念不忘一日眼光落地必入馬胎無疑非惡道而何伯時大

驚不覺身去坐榻曰今當何以洗其過師曰但畫觀音菩薩自是畫此像妙天下故一時公卿服師之善巧也

房琯前身爲永禪師

東坡集中有觀宋復古畫序一首曰舊說房琯開元中宰盧氏與道士邢和璞過夏口村入廢佛寺坐古松下和璞使人鑿地得甕中所藏婁師德與永禪師畫笑謂琯曰頗憶此耶因悵然悟前生之

爲永禪師也故人柳子玉寳此畫葢唐本宋復古所臨者

退静兩忘

尹師魯謫官過大梁與一老衲語師魯曰以退静爲樂衲曰孰若退静兩忘師魯頓若有所得及移鄧州時范文正守南陽師魯手書與文正别文正馳至則師魯已沐浴衣冠而坐少頃而化文正哭之甚哀師魯忽舉首曰已與公别安用復來文正

驚問所以師魯笑曰死生常理也何文正不達此又問後事曰此在公耳乃揖希文復逝俄頃又舉手謂文正曰亦無鬼亦無恐怖言訖長逝沈存中曰師魯所養至此可謂有力然尚未脫有無之見何也得非退靜兩忘尚存胸中乎獨無爲子楊次公曰存中識藥矣然未識藥之忌也

冷齋夜話卷之八

冷齋夜話卷之九

草書亦自不識

張丞相好草書而不工當時流輩皆譏笑之丞相自若也一日得句索筆疾書滿紙龍蛇飛動使姪錄之當波險處姪罔然而止執所書問曰此何字也丞相熟視久之亦自不識詬其姪曰胡不早問致予忘之

當出汝詩示人

沈東陽野史曰晉桓温少與殷浩友善殷甞作詩示温温玩侮之曰汝慎勿犯我犯我當出汝詩示人

昌州海棠獨香

李舟大夫客都下一年無差遣乃受昌州議者以去家遠乃改受鄂倅淵材聞之吐飯大步往謁李曰今日聞大夫欲受鄂倅有之乎李曰然淵材悵然曰誰爲大夫謀昌佳郡也奈何棄之李驚曰供

給豐乎曰非也民訟簡乎曰非也然則何以知其佳淵材曰天下海棠無香昌州海棠獨香非佳郡乎聞者傳以爲笑

劉淵材迂濶好怪

淵材迂濶好怪嘗畜兩鶴客至指以誇曰此仙禽也凡禽卵生而此胎生語未卒園丁報曰此鶴夜産一卵大如梨淵材面發赤訶曰敢謗鶴也卒去鶴輒兩展其脛伏地淵材訝之以杖驚使起忽誕

一卯淵材嗟咨曰鶴亦敗道吾乃爲劉禹錫佳話所誤自今除佛老子孔子之語予皆勘驗予曰淵材自信之力然讀相鶴經未熟耳又嘗曰吾平生無所恨所恨者五事耳人問其故淵材歛目不言久之曰吾論不入時聽恐汝曹輕易之問者力請說乃答曰第一恨鰣魚多骨第二恨金橘大酸第三恨蓴菜性冷第四恨海棠無香第五恨曾子固不能作詩聞者大笑而淵材瞠目曰諸子果輕易

吾論也

課術有驗無驗

靈源禪師住龍舒太平精舍有日者能課使之課莫不奇中蘇朝奉者至寺使課無驗非特爲蘇課無驗凡爲達官要人言皆無驗至爲市井凡庸山林之士課則如目見而言靈源問其故答曰我無德量凡見尋常人則據術而言無所緣飾見貴人則畏怖往往置術之實而務爲諛詞其不驗要不

足怪

郭注妻未及門而死

韓魏公客郭注者才而美然求室則病行年五十未有室家魏公憐之百計賙恤爲求婚將遂其人必死公以侍兒賜之未及門而注死郭注殆可與范公客同科也韓范功名富貴如太山黄河日月所不能老兩客乃爾可笑耶

癡人說夢夢中說夢

僧伽龍朔中遊江淮間其迹甚異有問之曰汝何姓答曰姓何又問何國人答曰何國人唐李邕作碑不曉其言乃書傳曰大師姓何何國人此正所謂對癡人說夢耳李邕遂以夢爲眞眞癡絶也僧贊寧以其傳編入僧史又從而解之曰其言姓何亦猶康會本康居國人便命爲康僧會詳何國在碎葉東北是碎葉國附庸耳此又夢中說夢可掩

卷一笑

不欺神明

徐鉉曰江南處士朱眞每語人曰世皆云不欺神明此非天地百神但不欺心卽不欺神明也予聞司馬温公曰我平居無大過人但未嘗有不可對人言者耳此不欺神明也

聞遠方不死之術

孔叢子有言昔有人聞遠方能不死之術者褁糧往從之及至而其人已死矣然猶歎恨不得聞其

道予愛其事有中禪者之病佛法浸遠眞僞相半唯死生禍福之際不容僞耳今日識其僞猶惑之可笑也

自以宗教爲己任

高仲靈作遠公影堂記六件事且罪學者不能深考遠行事以張大其德著明於世予曰仲靈寧嘗自考其事乎謝靈運欲入社遠拒之曰是子思亂將不令終盧循反而遠與之執手言笑謂遠知人

則何暗于循謂不知人則何獨明于靈運遠自以宗敎爲巳任而授詩禮于宗雷輩與道安諫苻堅勿伐洛陽同科父子于釋氏其可爲純正而知大體者耶

牛逐虎

筠溪快山有虎嘗搏牧牛童子爲兩牛所逐虎既去牛捍護之童子竟死石門老衲文公爲予言之爲作詩記之以諷含齒被髮而不義者然予徒能

諷之共能已之哉快山山淺亦有虎時時曳尾過行路一豎坐地牧兩牯以捶捶地不復顧虎搏豎如鷹搦兎兩牛來奔虎棄去因往荷痒挨老樹牯則喘視同守護虎竟不能得此豎豎雖不救牯無負一村囂然共鳴皷而虎已逃不知處嗟哉異哉兩大武高義可與貫高伍今走仁義名好古臨事眞情乃愧汝此事可信文公語爲君落筆斂風雨

劉野夫免德莊火災

龔德莊罷官河朔居京師新門劉野夫上元夕以書約德莊曰今夜欲與君語令閤必盡室出觀燈當清淨身心相候德莊雅敬其爲人危坐三皷矣家人輩未還野夫亦竟不至俄火自門而燒德莊窘持誥牒犯烈焰而出頃刻數百舍爲瓦礫之場明日野夫來弔且欣曰令閤已不出是吾憂幸甚可賀也德莊心異野夫然不欲詰之也

三十六計走爲上計

紹興初曾子宣在西府淵材往謁之論邊事極言官軍不可用用士爲良子宣喜之既罷與余過興國寺河上食素分茶甚美將畢問奴楊照取錢奴曰忘持錢來奈何淵材色窘予戲曰兵計將安出淵材以手捋鬚良久目予趨自後門出若將便旋然予追逐淵材以手挈帽褰衣走如飛予爲奴楊照追逐二相公廟淵材乃敢回顧喘立面無人色曰鞭虎頭撩虎鬚幾不免于虎口哉予又戲曰在

兵法何如淵材曰三十六計走爲上計

冷齋夜話卷之九

冷齋夜話卷之十

作詩准食肉例

陳瑩中謫通州夜讀洛浦錄乃大有所悟歛目長息曰此句唯覺範可解然渠在海外吾無定光佛手何能招之又曰吾甥李郁光祖者覺範所愛當呼來授以此句覺範倘有生還之幸而吾以去死不遠恐隔生則託光祖授之如太陽直掇付遠錄公耳于是光祖自邵武跰足至通瑩中熟視彌月

曰非寄附所可姑置之明年予還自朱崖館于高安大愚瑩中自台州載其家來漳浦過九江廬山因家焉督予兼程來予以三日至湓城瑩中曰自此公可禁作詩無益于事予曰敬奉敎然予見時好食肉毋使持齋予叩頭乞先飫食肉一日母許之今亦當准食肉例先吟兩詩喜吾二人死而復生如何瑩中許之予詩曰雁蕩天台看得足盡搬見女寄蓬廳徑來漳水謀二頃偶愛廬山家九江

名節逼眞如醉白生涯領略似裏龐向來萬事都休理且聽樓鐘一夜撞與公靈鷲曾聽法遊戲人間知幾生夏口龕中藏畫像孤山月下認歌聲翳消已覺華無蒂礦盡方知珠自明數抹夕陽殘雨外一番飛絮滿江城瑩中喜而謂曰此詩如岐下猪肉也雖美無多食後三年予客漳水見瑩中姪勝柔自九江來出詩示予曰仁者雖逢思有常平居愼勿示何妨爭先世路機關惡近後語言滋味

長可口物多終作疾快心事過必爲傷與其病後求良藥不若病前能自防予謂勝柔曰公癡叔詩如食鯆魚唯恐遭骨刺耳與岐下猪肉不可同日而語也

蠹文不通辯譯

景祐中光梵大師惟淨以梵學著聞天下皇祐中大覺禪師懷璉以禪宗大振京師淨居傳法院璉居淨因院一時學者依以揚聲景靈宮鋸傭解木

木既分有蟲鏤紋數十字如梵書字旁行因進之上遣都知羅宗譯經潤文夏英公竦詣傳法院導譯冀得祥異之語以讖國淨梵香導譯遝刻乃曰天竺無此字不通辯譯右瑺悳曰諸大師且領上意若稍成譯館恩例不淺而英公以此意諷之淨曰幸若蠹紋稍可箋辯誠教門光也異日彰謬妄萬死何補上又嘗賜璉以龍腦鉢盂璉對使者焚之曰吾法以壞色衣以瓦鉢食此鉢非法使者歸

奏上佳歎之

淨瑾輩何可少

富鄭公每語客此兩道人可謂佛弟子也倘使立朝必能盡忠以其人品不凡故隨所寓輙盡其才今則淨瑾輩何其少也耶

石崖僧

予遊褒禪山石崖下見一僧以紙軸枕首跣足而臥予坐其旁久之乃驚覺起相向熟視予曰方聽

萬壑松聲泠然而夢夢見歐陽公羽衣折角巾杖藜逍遥潁水之上予問師嘗識公乎曰識之予私自語曰此道人識歐公必不凡乃問曰師寄此山如今幾年矣道具何在伴侶爲誰僧笑曰出家欲無累公所言衮衮多事人也曰豈不置鉢耶曰食時寺有椀又曰豈不畜經卷耶曰藏中自備足曰豈不備笠耶曰雨即吾不行曰鞋履亦不用耶曰昔有之今弊棄之跣足行殊快人予愕曰然則手

中紙軸復何用曰此吾度牒也亦欲睡枕頭予甚愛其風韻恨不告我以名字鄉里然識其吳音也必湖山隱者南還海岱逢佛印禪師元公出山重荷者百夫擁輿者十許夫巷陌聚觀喧吠雞犬予自嘆曰使褒禪山石崖僧見之則子爲無事人耶

三生爲比丘

唐忠義傳李澄之子源自以父死王難不仕隱洛陽惠林寺年八十餘與道人圓觀遊甚密老而約

自峽路入蜀源曰予久不入繁華之域于是許之觀見錦襠女子浣泣曰所以不欲自此來者以此女也然業影不可逃明年其日君自蜀還可相臨以一笑爲信吾已三生爲比丘居湘西岳麓寺寺有巨石林間嘗習禪其上遂不復言已而觀死明年如期至錦襠家則兒生始三日源抱臨明簷見果一笑却後十二年至錢塘孤山月下聞扣牛角而歌者曰三生石上舊精魂賞月吟風不要論慚

愧情人遠相訪此身雖壞性常存東坡刪削其傳而曰圓澤而不書岳麓三生石上事贊寧所錄爲圓觀東坡何以書爲澤必有據見叔黨當問之

禪師知羊肉

毗陵承天珍禪師蜀人也巴音夷面真率不事事郡守忘其名初至不知其佳士未嘗與語偶攜客來游珍亦坐于旁守謂客曰魚稻宜江淮羊麵宜京洛客未及對珍輒對曰世味而如羊肉大美且

性極暖宜人食守色變瞋視之徐曰禪師何故知羊肉性暖珍應曰常臥氈知之其毛尚爾暖其肉不言可知矣如明公治郡政美則立朝當更佳也

日延一僧對飯

趙悅道休官歸三衢作高齋而居之禪誦精嚴如老爛頭陀與鍾山佛慧禪師爲方外友唱酬妙語照映叢林性喜食素日須延一僧對飯可以想見其爲人矣

邪言罪惡之由

法雲秀關西鐵面嚴冷能以理折人魯直名重天下詩詞一出人爭傳之師嘗謂魯直曰詩多作無害艷歌小詞可罷之魯直笑曰空中語耳非殺非偸終不至坐此墮惡道師曰若以邪言蕩人淫心使彼逾禮越禁爲罪惡之由吾恐非止墮惡道而已魯直頷之自是不復作詞曲

三君子瑕疵可笑

徐師川曰予于東坡山谷瑩中三君子俱知敬畏者也然其瑕疵予能笑之如東坡議論諫諍奡所謂殺身成仁者其視死生如旦夜爾安能爲哉而欲學長生不死山谷赴官姑熟旣至未視事聞瑩罷不去竟俯就之七日符至乃去問其故曰不亦無舟吏可遷夫士之進退大體欲分明不可苟也豈以舟吏爲累耶瑩中大節昭著其能必行其志者視爵祿如糞土然猶時對日者說命此皆顚倒

也吾故笑之

歐陽修何如人

臨川謝逸字無逸高才江南勝士也魯直見其詩歎曰使在館閣當不減晁張朱世英爲撫州舉入行不就閑居多從衲子遊不喜對書生一日有一貢士來謁坐定曰每欲問無逸一事輒忘之嘗聞人言歐陽修果何如人無逸熟視久之曰舊亦一書生後甚顯達嘗叅大政又問能文章否無逸曰

也得無逸之子宗野方七歲立于旁聞之匿笑而去

證道歌宣公塔

大通禪師言吾頃過南都謁張安道於私第道話一夕安道曰景德初西土有異僧到都下閱永嘉證道歌卽作禮頂戴久之譯者問其故僧曰此書流播五天稱眞丹聖者所説經發明心要者甚多又問大律師宣公塔所在吾欲往禮謁譯者又問

此方大士甚衆何獨求宣公哉曰此師持律名重五天

寧安不視秀僧書

洪州武寧安和尚者天衣懷禪師之嗣也與秀關西爲同行秀巳應詔住法雲寺其威光可以挾其友登雲天而翔也而安止荒村破院單丁五十年秀時以書致安安未嘗視棄之侍者不解其意因聞問之安曰吾始以秀有精彩乃今知其癡夫出

家兒塚間樹下辦那事如救頭然無故于八達衢頭架大屋養數百閑漢此眞開眼尿牀也何足復對語哉吾宗自此益亦微矣子曹猶當見之

饌器皆黄白物

王荆公居鍾山特與金華俞秀老過故人家飲飲罷少坐水亭顧水際沙間有饌器數件皆黄白物意吏卒竊之故使人問司之者乃小兒適聚于此食棗栗食盡棄之而去文公謂秀老曰士欲任大

事閑富貴如群兒作息乃可耳

聖人多生儒佛中

朱世英言予昔從文公定林數夕聞所未聞嘗曰子曾讀游俠傳否移此心學無上菩提孰能禦哉又曰成周三代之際聖人多生儒中兩漢以下聖人多生佛中此不易之論也又曰吾止以雪峰一句語作宰相世英曰願聞雪峰之語公曰這老子嘗爲衆生自是什麼

有縫浮屠

石塔長老戒公東坡居士昔赴登文戒公迓之東坡曰吾欲一見石塔以行速不及也戒公起曰這着是磚浮屠耶坡曰有縫奈何曰若無縫爭容得世間螻蟻坡首肯之

麥舟助喪

范文正公在睢陽遣堯夫于姑蘇取麥五百斛堯夫時尚少既還舟次丹陽見石曼卿問寄此久近

曼卿曰兩月矣三喪在淺土欲喪之西北歸無可與謀者堯夫以所載舟付之單騎自長蘆捷徑而去到家拜起侍立良久文正曰東吳見故舊乎曰曼卿爲三喪未舉留滯丹陽時無郭元振莫可告者文正曰何不以麥舟付之堯夫曰已付之矣

讀傳燈錄

東坡夜宿曹溪讀傳燈錄燈花墮卷上燒一僧字即以筆記于牕間曰山堂夜岑寂燈下讀傳燈不

覺燈花落茶毘一箇僧梵誌詩曰城外土饅頭餡草在城裏一人喫一箇莫嫌沒滋味魯直曰既是餡草何緣更知滋味易之曰顯見以酒澆且圖有滋味

詩當作不經人語

盛學士次仲孔舍人平仲同在館中雪夜論詩平仲曰當作不經人道語曰斜拖闕角龍千丈澹抹牆腰月半稜坐客皆稱絕次仲曰句甚佳惜其未

大乃曰看來天地不知夜飛入園林總是春乎仲乃服其工

嶺外梅花

嶺外梅花與中國異其花幾類桃花之色而唇紅香著東坡詞曰玉質那愁瘴霧氷姿自有仙風海仙時遣探芳叢倒掛綠毛么鳳素面常嫌粉涴洗妝不褪唇紅高情已逐曉雲空不與梨花同夢曾直詞曰天涯也得江南信梅破知春近夜闌風細

得香遲不道曉來開徧向南枝玉簫弄粉人應妬飄到眉心住平生箇裏傾盃深去國十年老盡少年心

詩忌深刻

黄魯直使余對句曰呵鏡雲遮月對曰啼妝露着花魯直罪余于詩深刻見骨不務含蓄余竟不曉此論當有知之者耳

蔡元度生歿高郵

蔡元度焚黃餘杭舟次泗州病亟僧伽塔吐光射其舟萬人瞻仰中有棺呈露士大夫知元度不起矣至高郵而歿元度生于高郵而歿于此亦異耳世言元度蓋僧伽侍者木义之後身初以爲誕今乃信然

浮屠之高尚其志籍籍於述作之林殆不多見矣至小說家言者尤鮮宗僧自文瑩而外覺範洪公之喜尋此事洪公自是宗門

傑士盡不守繩墨祖風往往著書不憚墨
多目為文字禪者何哉嘉祐間嵩禪師住
西湖三十年撰輔教編詣闕上之仁宗嘉
歎其才書畫賜入藏明教之名遂聞天下從
公之林間錄僧寶傳緒編清才妙筆不讓
嵩公而其書竟不入藏豈時至大鈞風會又一
變耶冷齋夜話雖微瑣零襍如渴漢嚼
櫺子喉吻間津津多酸漿滴入所以應世傳

冷齋夜話　卷十　汲古閣

三冬窮也謝角毛空淺

冷齋夜話第十卷